本成果受到中国人民大学“985工程”的支持
This paper/book is funded by “985” project of Renmin University of Chi

从感性走向理性（二）

——城乡规划空间和管理视角下的文学作品解读

郃艳丽　编著

中国建筑工业出版社

图书在版编目（CIP）数据

从感性走向理性（二）——城乡规划空间和管理视角下的文学作品解读／郤艳丽编著．—北京：中国建筑工业出版社，2017.6
ISBN 978-7-112-20748-0

Ⅰ．①从…　Ⅱ．①郤…　Ⅲ．①世界文学－文学研究　Ⅳ．①I106

中国版本图书馆CIP数据核字（2017）第087753号

责任编辑：杨　虹　刘晓翠
责任校对：李美娜　刘梦然

从感性走向理性（二）
——城乡规划空间和管理视角下的文学作品解读
郤艳丽　编著
*
中国建筑工业出版社出版、发行（北京海淀三里河路9号）
各地新华书店、建筑书店经销
北京锋尚制版有限公司制版
廊坊市海涛印刷有限公司印刷
*
开本：787×960毫米　1/16　印张：17¾　字数：205千字
2017年12月第一版　2017年12月第一次印刷
定价：58.00元
ISBN 978-7-112-20748-0
（30405）

前 言

Preface

为应对中国城市化快速发展和城市规划转型的需要，中国人民大学于 2006 年 12 月在公共管理学院设立了城市规划与管理系。2011 年，在国务院学位委员会和教育部组织的学科调整中，我校以本系为依托，在公共管理学和社会学两个一级学科下自主设置了“城乡发展与规划”交叉学科。根据城市管理前沿的需要，充分发挥中国人民大学的学科优势，目前已经形成与工学互补的城市管理本科教学体系。

《城市总体规划原理》为专业基础课，笔者 2008 年开始教授此课程，设在本科三年级下学期，此时学生已经掌握大部分专业知识和分析方法。传统规划院校城市规划原理课程一般采用大作业的形式，需要较强的动手能力，但我系学生恰恰在于动手能力较弱，优势是知识结构好，综合分析能力强。为探索和培养学生运用所学的知识分析和研究城乡问题，领会城市规划的专业基本知识，规避弱点，发挥专长，特设定这样的作业形式：从名著中用城乡规划原理的相关知识去分析城乡建设与规划历程，解读城乡空间规划与管理的相关内容，并在此基础上形成关于城市规划的理性思考和价值判断。

《从感性走向理性》作品集第一部已于 2015 年出版，本作品集是第二部，收集了 2012 届《城市总体规划原理》课程的部分优秀学生作业，既有本人的教学感悟，也有学生的认真思考，从文学作品切入进行专业研究是规划行业教学的首创和探索，其中的解读难免有错误和偏颇之处，希望得到批评指正。本成果受到中国人民大学“985 工程”的支持（This paper/book is funded by “985” project of Renmin University of China），特此致谢。

郐艳丽

2016 年 10 月 17 日

目 录

Contents

一 品书识城
——中国农民工之“落脚城市”

郤艳丽

“我们都是被城市化的一员，我们回不去故乡，也离不开城市。从乡村到城市，全球三分之一的人口正在进行最后的大迁移。”——道格·桑德斯《落脚城市》

（一）道格·桑德斯的《落脚城市》

道格·桑德斯（Doug Saunders）是加拿大著名的记者、专栏作家。2010年，他寻访伦敦、阿姆斯特丹、巴黎等发达城市的隐秘角落，又探访孟买、重庆、里约热内卢等地的底层平民，足迹遍布5大洲16国，对从农村到城市人口迁徙的城市化现象进行了深度调查。在此基础上完成了《落脚城市》（Arrival City）。

“在外人眼中，六公里是一座肮脏腐臭的贫民窟……头顶上满是电线和有线电视的线路；废水从水泥地涌出，流过房屋四周，沿着开放的水沟灌入一条臭气熏天的河流，流淌在山谷底部的水泥桥梁下……你也许会认为这里是穷人迫不得已的栖身之地......不过，你一旦从主干道走入通往山谷底部的泥土小径，即可看出六公里的真正本质，在山谷顶端，在每一扇窗户的后面，在每一栋水泥房屋粗陋

的门口里面，都可听到生产的当啷作响。15年间，重庆市郊的'六公里'，由70人的村庄变身为12万农民工进城的'落脚地'"。

这就是《落脚城市》（Arrival City）的开篇《六公里·中国》。道格·桑德斯在《落脚城市》中从经济学和管理学等视角，运用个体观察的手法记录了从农村到城市人口迁徙、安身的历程，为我们了解世界各地城市化进程中亲历从农村到城市迁移过程的人，他们的生活，他们在城市中的居住生活状况，打开了一面鲜活的窗口。在我国自1978年以来的城市化滚滚浪潮中，有数亿农民工从农村涌入城市，他们在城市中的生存状况是怎样的呢？他们从事什么职业？他们住在哪里？……这些是人口和社会学家试图要解答的问题，也是众多文学、影视作品所描述的对象。

（二）城镇化滚滚浪潮中的农民工

在改革开放初始的1978年，我国的城镇化水平仅为17.9%，到2014年我国的城镇化水平达到了54.77%。伴随着城镇化水平的快速提高，大量的农村人口进入城市。2014年《中国流动人口发展报告》显示，全国流动人口约有2.45亿。

如此大量的农村人口在城市的生存状态并没有全国尺度的动态监测和准确统计，但是从针对某些地区的调查数据我们还是可见一斑。中国人民大学公共管理学院2011年对北京亦庄和顺义的流动人口进行了抽样调查发现，流动人口中的62%从事非专业技术服务（图1-1），即绝大多数进城农民从事低端行业，以制造业、建筑业、餐饮业和废品回收等为主，他们的月平均收入为3121.14元；他们中有一半以上与他人合住（图1-2），具有在大城市中买房定

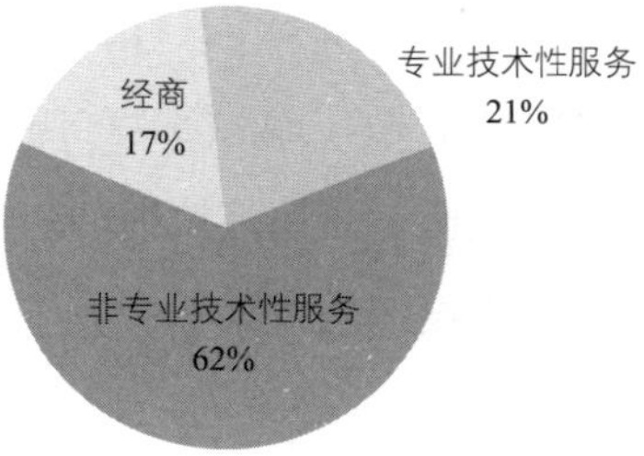

图1-1　流动人口职业分布

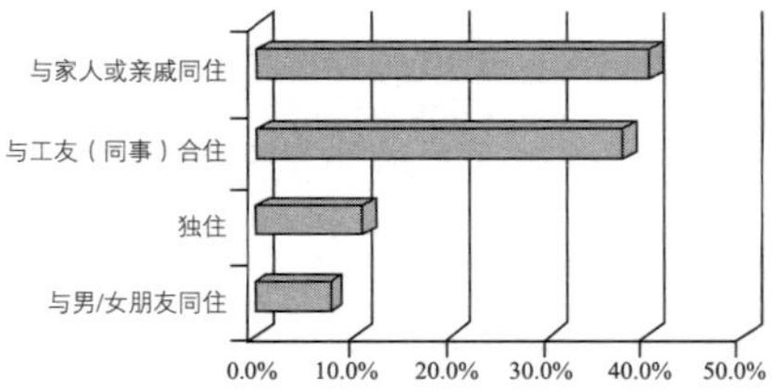

图1-2　流动人口居住状况

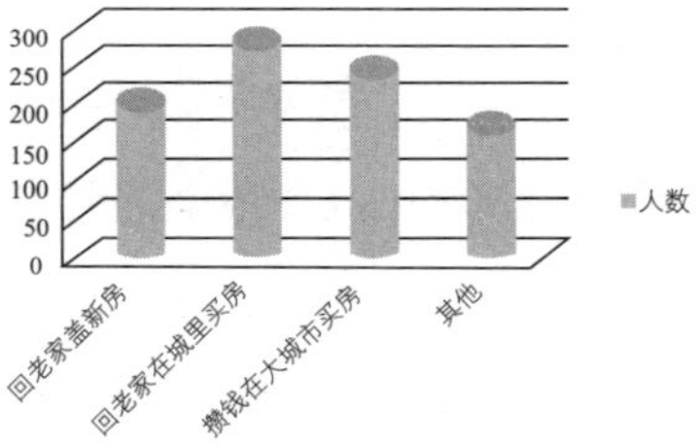

图1-3　流动人口落脚意愿

图1-1～1-3图片来源：2011年中国人民大学公共管理学院
北京亦庄和顺义的流动人口调查.

居意愿的只占27.1%，70%以上的人并没有永久性落脚城市的意愿（图1-3）。

进一步看，这些低收入的农民工又是落脚在城市的哪个角落呢？中国人民大学人口与发展研究中心于2006年9月至10月组织了“北京市1‰流动人口调查”，调查了42个街道，回收了约占北京市流动人口1‰的4087份有效问卷。数据显示，80%的流动人口住在“城中村”或城边村，他们中有一半租住农民原建房，有80%住房面积在20平方米以下，近些年农民工的居住状况并未有明显的改善。随着区位较好的“城中村”改造进程的加快，农民工转移到更外围的“城中村”。2013年中国人民大学叶裕民教授对海淀区城乡结合部的调查显示，海淀区流动人口占常住人口比重由2000年的17.4%提高到2010年的38.3%，随着重点村的改造，流动人口出现由近郊区山前地区向远郊区山后地区扩展的趋势，城乡结合部范围急剧扩大，出现“一个肖家岭倒下了，千万个肖家岭站起来”的政策衍生效应。

为什么绝大多数农民工会选择住在“城中村”呢？原因很简单。“城中村”具有生活成本低、区位优越、管理薄弱（图1-4、图1-5）等特点，是符合大多数流动人口收入水平的理想居所。“城中村”不仅是进城农民成本最小的城市化途径，对于进入城市的外来人来说，也是学习城市生活方式、行为和价值观念的绝佳场所。城市在发展过程中产生了很多新的需求，一定时期内城市对于一些“非正式”的填补存在着极大的刚性需求，部分“城中村”成为北京新的产业据点。如原北京市丰台区南苑乡大红门地区的“浙江村”，主要集中在时村、果园村，以做服装生意或者其他轻工业生意为主，并形成了产供销一条龙的生产销售体系。由此可见，“城中村”不是城市的“毒瘤”，而是城市的“伤口”（图1-6、图1-7）。

除了从上述专业的调查研究报告中了解我国农民工的基本情况，我们还可以从道格·桑德斯的《落脚城市》、威廉·富特·怀特的《街角社会》等纪实性文学、影视作品中，体验他们的经历。这些文学、影视作品形象地展示了这一特殊人群落脚城市的历程，而这往往从时间和空间上超越了我们直接的经验范围。也就是说，这些文学、影视作品使得农民工落脚城市的历程可以被我们更形象化地认知和感知，它们与专业的调查研究报告共同展示出城市化过程中的综合性特征。

图1-4 “城中村”很乱
图片来源：作者拍摄.

图1-5 “城中村”很险
图片来源：作者拍摄.

图1-6 “城中村”很近
图片来源：作者拍摄.

图1-7 “城中村”很远
图片来源：作者拍摄.

（三）中国农民工之“落脚城市”

收废品群体绝对是和普通居民联系较为密切的一个群体。随着国有废旧物资回收企业日益萎缩和大批农民工涌入城市，农民工成为收废品群体的主力军，他们游走于城市边缘。贾平凹的《秦腔》的故事发生地——清风镇，原型是陕西省商洛市丹凤县棣花镇，这部作品描写了农民在乡土困境中是怎样一步步地从土地上走出来的，而贾平凹的《高兴》则以卓越的白描手法描述一个普通的农民从家乡清风镇到西安市，再到咸阳最后回到西安的进城和落脚城市的故事，展示出收废品群体别样的真实人生。《高兴》的原型是贾平凹的童年好友刘书祯，主角刘高兴先是为了盖房子娶媳妇将自己的一颗肾卖给了城里人。由于房子没盖起来，媳妇自然也没娶到，于是他就听从那颗肾的召唤来到了西安城，拾起了破烂。通过刘高兴的眼睛，作品呈现了西安城市边缘区和中心城区大街小巷中一个主流社会之外的社会阶层和生存景观。北京市亦有号称“十万大军”的收废品群体散落在“城中村”（图1-8），与他们比邻而居的多是临时摊贩群体（图1-9），文学或影视作品中对其描述很少，但这一群体的活动在城市中极为常见。

盲人是弱势群体。毕飞宇的《推拿》就描述了改革开放后盲人推拿师辗转深圳、上海，落脚南京的历程，他们是被忽略的群体，他们的世界看似寂寞无边，却又黑白分明。根据第六次全国人口普查和第二次全国残疾人抽样调查数据推算，2010年末我国残疾人总人数8502万人。对于盲人来讲，无论哪座城市和他们其实都没有多大关系。他们往往会选择从事专业性的按摩工作，且一般会住在店

图1-8　收废品者住处
图片来源：李梦垚拍摄.

图1-9　流动摊贩住处
图片来源：李梦垚拍摄.

图1-10　戛然而止的盲道
图片来源：作者拍摄.

图1-11　无法穿越的盲道
图片来源：作者拍摄.

里，而商店多分布于居住区附近。很少有人会设身处地地为他们想过，于是便有了无法善终的盲道（图1-10），以及无法穿越的盲道（图1-11）嘲讽般出现在大街小巷。

图1-12　北京西站日间乞讨
图片来源：石小林拍摄.

图1-13　北京西站夜间安歇
图片来源：石小林拍摄.

文学、影视作品对底层农民工落脚城市的描绘细腻，直抵心灵。透过这些作品，我们了解到他们生存的困境、生活的窘态以及生计的无奈（图1-12、图1-13），因此贾平凹曾经质疑，“农民工是国家在改革进程中的无奈之举、权宜之计还是长远的战略决策？”虽说艺术源于生活而高于生活，但现实中他们落脚城市的生活历程更加触目惊心。我国第一代农民工基本呈现个体流动特征，居住问题是第一大要务，“城中村”现有的公共服务尚可满足农民工低收入、低消费需求。而第二代农民工演变为家庭流动，他们面临的困境不仅仅是自身的生存和居住，还面临着子女的教育和医疗等更加复杂的问题，这些不是散布的“城中村”可以承载的，也不是农民工自己能解决的。他们需要城市服务的支撑和应对，需要城市政府的认同和解决，需要城市居民的包容和善待。对待农民工的态度考验着城市政府良心和城市居民的素质，接纳农民工的能力考验着城市服务的水平，唯有两者均经得起考验，农民工方能真正落脚城市。

二 琉璃世界

——从《红楼梦》看清朝的城市建设与管理

朱春武（2013级本科生）

鲁迅先生说《红楼梦》："单是命意，就因读者的眼光而有种种：经学家看见《易》，道学家看见淫，才子看见缠绵，革命家看见排满，流言家看见宫闱秘事……"历来文人关注《红楼梦》就有评点派、考证派、索引派等派别之分，从不同角度解读《红楼梦》得到的观点各不相同，区别甚大。或许作品一经创作出来，就已不属于作者了，"一千个读者有一千个哈姆雷特"。但是就读者的解读来说，从不同的角度去理解和解释一个作品，具有不同的魅力。在此，笔者从清朝的礼法制度与官式建筑、清朝土地制度与城乡关系这两个角度，联系《红楼梦》中所描写的反映清朝社会这两种制度的具体内容，来解读清朝的城市建设与管理情况①。

（一）大观园原型探微

当我们阅读《红楼梦》时，不免得会对大观园这个"琉璃世界"心向往之，不禁发问"大观园真的存在吗？如果它存在的话，它在

①《红楼梦》版本众多，尤其是程伟元、高鹗的续本（即百二十回通行本）对于曹雪芹的原意改动巨大，固本文采用八十回的东方出版社出版的《脂砚斋全评石头记》。

哪里呢？”对于大观园的原型具体在何处，历来说法不一，有南京随园一说，有江宁织造署西花园一说，也有北京恭王府一说。有关大观园原型的考证和资料不计其数，笔者比较支持大观园原型在北京恭王府这一说法，红学家周汝昌先生是这一说法的推崇者。因此，这里主要以他所著的《恭王府考》和《芳园筑向帝城西》这两本有关大观园原型考证的著作，来介绍大观园的原型被认为是北京恭王府的原因。当然，笔者自己也去恭王府实地考察过，王府很气派，中间有许多地点和整体布局都与大观园有着相似之处，不过笔者觉得王府后花园无论是在面积上还是在格局上，都不如《红楼梦》中描述的大观园那样恢宏气派。现今学术界一般认为，恭王府是曹雪芹杂糅南方私家园林与北方皇家园林的特点构想出来的蓬莱仙居。

琉璃世界何处寻？大观园的原型在南京还是北京？《红楼梦》又名《金陵十二钗》，从书名上考究《红楼梦》故事的发生地是金陵吗？“燕市狂歌悲遇合，秦淮残梦忆繁华”，这其中的“秦淮残梦”是发生在秦淮河岸吗？曹雪芹惯用幻笔虚写，所谓“真事隐去，假语存焉”。从文中很多地方都能看出来《红楼梦》的故事发生地不在金陵，例如王熙凤的判词“哭向金陵事更哀”，说的是王熙凤在后来穷途末路之时只能面向她的家乡金陵哭泣，还有第三回贾母和王夫人收到来自金陵的书信谈及薛家母女即将进京之事。因此，《红楼梦》的故事并不是发生在金陵。

我们且看书中是怎么写的：《红楼梦》开篇第一回“**甄士隐梦幻识通灵，贾雨村风尘怀闺秀**”中，大荒山无稽涯上的那块顽石凡心偶炽，恳求一僧一道两位神仙将它带入红尘去经历一番“风月之事”。于是，这一僧一道便将这块石头投到了“昌明隆盛之邦、诗礼簪缨之族”的贾家去。对于这“昌明隆盛之邦”，甲戌本《红楼梦》的侧批是“伏长安也”，而《红楼梦》的甲戌本凡例（图2-1）中这样写道：“书中凡写‘长安’，在文人笔墨之间，则从古之称；凡愚夫妇儿女子家常口角，则曰“中京”，是不欲着迹于方向也，盖天子之邦，亦当以中为尊，特避其‘东’‘西’‘南’‘北’四字样也。”这就是说，由于首都是

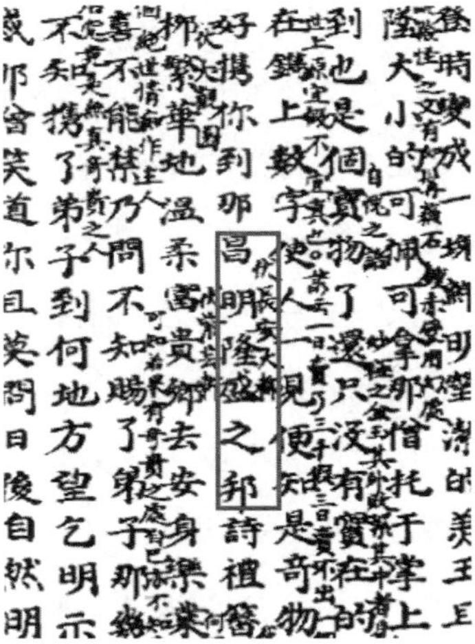
登時變成一塊鮮明瑩潔的美玉
墜大小的可佩可拿那僧托于掌上
到也是個寶物了還只沒有實在的
在鐫上數字使人一見便知是奇物
好攜你到那昌明隆盛之邦詩禮簪
柳繁華地溫柔富貴鄉去安身樂業
喜不能禁乃問不知賜了弟子那幾
不知攜了弟子到何地方望乞明示
惑那僧笑道你且莫問日後自然明

图2-1 甲戌本《红楼梦》侧批

天子之邦，要避免直接说东南西北的忌讳，所以在愚夫妇儿女子家常口角之中，称之为中京，而在文人笔墨之间，从古之称，为“长安”。辛弃疾词云：西北望长安，可怜无数山。辛弃疾于南宋写此词，望着被外敌入侵的北宋首都汴京，在此用“长安”代指首都，即是此意也。曹雪芹生活在康熙、雍正、乾隆年间，当时的首都为北京，因此能大致判断《红楼梦》的故事背景是在北京。当然，还有许多证据能表明《红楼梦》的故事发生地是北京，在此不细表。

宁荣两府和大观园的描写应该极大地参照了恭王府的格局。芳园筑向帝城西，这句诗出自《红楼梦》第十八回“皇恩重元妃省父母，天伦乐宝玉呈才藻”，说的是元春当上了皇妃之后在元宵节这天回到荣国府看望父母家人，并在大观园考察贾宝玉和园中姑娘们的才情。其中薛宝钗写的七律《凝辉钟瑞》中第一句便是“芳园筑向帝城西”。大观园本来就是贾府为了元妃省亲而为她修建的一座行宫。芳园筑向帝城西，说明大观园修建在帝城，也就是紫禁城的西面。

《红楼梦》原文中能找到多处含有地点信息的内容。第二十八回，贾芸还了倪二银子，又拿了五十两，“出西门，找到花儿匠方椿家里去买树”，这里所提及西门在紫禁城来说，不是西直门，便是阜成门。第三十二回，“正说着，有人回来说，兴隆街的大爷回来了。”北京一共有五条街叫兴隆街，其中只有一个在内城，是今和平门以北的地方，南通大栅栏，北通横街二条，也位于西城。第五十七回，邢岫烟回答宝钗把棉衣典当在哪里了，说“叫做什么恒舒典，是鼓楼西大街的。”这条大街由鼓楼直奔西北，接近北京的最西北处。第二十三回，“贾琏笑道：西廊下五嫂子的儿子芸儿来求了我两三遭”，庙宇的两旁夹道称为“廊下”，而北京的东西“廊下”共有三处，其一在隆福寺两旁，其二在阜成门内葡萄园东北，其三在护国寺两旁，后改称东西巷或东西夹道。第六十回，贾琏筹备偷娶尤二姐，“已于宁荣街后二里远近，小花枝巷内买定一所房子。”而在护国寺以北不远的地方，就有一条花枝胡同。因此可以看出，《红楼梦》原文中所提及距离宁荣两府和大观园相关和较近的地点（图2-2），都在恭王府的附近。

（二）清朝的建设管理

礼法制度是封建王朝用以维护其统治威权和封建等级体系的重要制度规定。自秦汉至明清，中国各封建王朝废立不止、更迭不息，但每一个王朝都有其各自独特的礼法制度。清朝作为中国封建制度发展的巅峰时期，对于城市中的建设管理与官式建筑的规制也有着严格的规定。其规定主要表现在建筑律法、建筑礼制和建筑主管部门上。

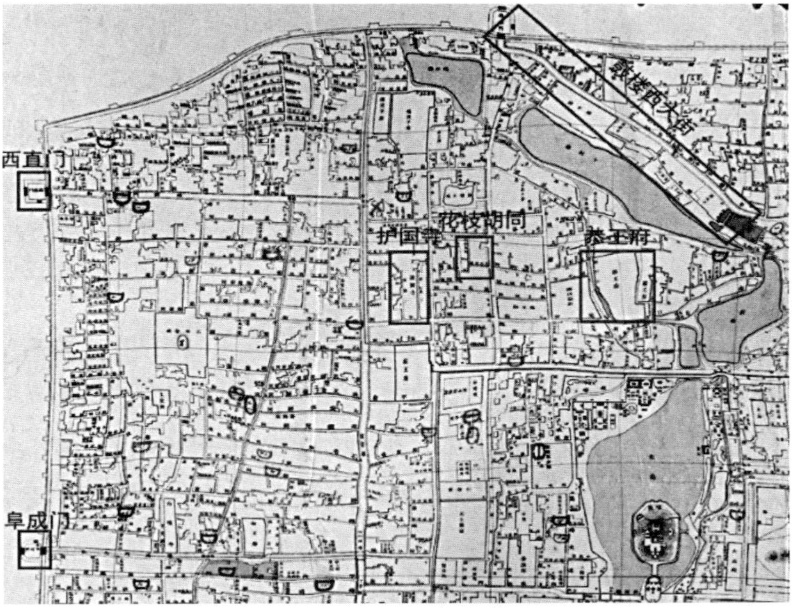

图2-2 恭王府与书中提及地点示意

1. 建筑律法

清朝建立之初暂时使用《大明律》，顺治二年开始着手编订《大清律集解附例》，顺治三年编成并开始颁行，乾隆五年将其更名为《大清律例》。《大清律例》中有专门的工律，是对于城市营造建设中的违法现象的专门规定。“律·擅造作”中规定了关于擅自建设不上报、非法建设、城墙仓库等公共物品损坏而不上报等事项的处罚，例如“凡军民官司有所营造应申上而不申上应待报而不待报而擅起差人工者［即不科敛财物］各计所役人雇工钱［每日八分五厘五毫以］坐赃［致罪］论”[1]；又如，《律·造作不如法》中规定了官

① 摘自《大清律例·工律·营造·擅造作》。

用、军用器物不按照应有的礼制样式的规定制作会受到的惩罚，“凡［官司］造作［官房器用之类］不如法者笞四十，若成造军器不如法及织造段匹粗糙纰薄者［物尚堪用］各笞五十若……”[①]；《律·侵占街道》中规定了擅自侵占街道会受到的惩罚，“凡侵占街巷通路而起盖房屋及为园圃者杖六十各令［拆毁修筑］复旧其［所居自己房屋］穿墙而出秽污之物于街巷者笞四十［穿墙］出水者勿论”以及“在京内外街道若有作践掘成坑坎淤塞沟渠盖房侵占或傍城使车撒放牲口损坏城脚及大清门前御道盘并护门栅栏正阳门外御桥南北本门月城将军楼观音堂关王庙等处作践损坏者俱问罪枷号一个月发落”[②]。《红楼梦》中有文：“先令匠人拆宁府会芳园墙垣楼阁，直接入荣府东大院中。荣府东边所有下人一带群房尽已拆去。当日宁荣二宅，虽有一小巷界断不通，然这小巷亦系私地，并非官道，故可以连属。[③]”说明即使是贾家这样的亲贵大户，在营建大观园时，也得按照当时律法的规定，谨慎地修建，不能违反律法，否则会受到严厉的惩罚。

2. 建筑礼制

清朝对皇亲宗室的封爵有着严格的规定，并以世袭递降（长子承袭父亲的爵位会下降一级承袭）的形式考察官爵后代。贾宝玉的祖上便是国公一爵，而到宝玉这一辈，爵位已经降没了，因此宝玉背负着考取功名以仕官而使得贾家中兴之重任。按照礼法的规定，贾宝玉的父亲贾政只是工部员外郎，并且是次子，未袭爵，贾政之

① 摘自《大清律例·工律·营造·造作不如法》。
② 引自《大清律例·工律·营造·侵占街道》。
③ 引自《红楼梦》第十六回《贾元春才选凤藻宫 秦鲸卿夭逝黄泉路》。

兄贾赦也只承袭了大将军之职，是不能住贾府这样规制的宅邸的。但清承明制，依照《明史》中的记载：“其父祖有官，身殁，子孙许居父祖房舍。[①]”因此祖宅可世袭，贾家才得因祖上的荫庇而住在贾府里。清朝入关后，为了加强中央集权，强化等级观念，给不同爵位的贵族的府邸设立了不同的标准，按照《钦定大清会典则例》规定：“顺治九年，题准亲王府基高十尺，外周围墙，正门广五间，启门三，正殿广七间，前墀周卫石阑，左右翼楼各广九间，后殿广五间……贝子府制，基高二尺，正房三间，启门一，堂屋四重各广五间，脊安望兽，余与具勒府同，镇国公辅国公府制均与贝子府同。[②]”可以看出，清朝对上至亲王下至国公等爵位的建筑规格、建筑样式、建筑单体的类型都有着严格的规制，镇国公和辅国公一级的规制与贝子的规制相同，次于亲王、郡王和贝勒，要求基高二尺，宽为三间的正房，一个启门，四重的堂屋均宽为五间。全书对贾府规制最早的描写是在林黛玉进贾府的时候，“又往西行，不多远，照样是三间大门，方是荣国府了……正面五间上房，皆雕梁画栋，两边穿山游廊厢房……[③]”。其中宽为三间的大门和宽为五间的上房，符合《钦定大清会典则例》中关于国公一级的府邸营建的规定，这说明贾府府宅的营建是严格遵照清朝礼制的规定的。

3. 建筑主管部门

清朝官式建筑和公共建设的管理部门主要是内务府和工部。内务府不仅掌管帝后的衣食住行等生活方面的事务，也掌管宫廷建设，

① 引自《明史·舆服志》。

② 引自《钦定大清会典则例·卷一百二十七·府第》。

③ 引自《红楼梦》第三回《金陵城起复贾雨村 荣国府收养林黛玉》。

其主要负责建设的下属部门是内务府营造司。工部是掌管天下工程事务的机关，“掌天下造作之政令与其经费，以赞上奠万民[①]”，其下设营缮清吏司，具体掌管土木工程的营造建设。《红楼梦》中贾政恰好就是工部的一个员外郎。“大内兄现袭一等将军，名赦，字恩侯，二内兄名政，字存周，现任工部员外郎……[②]”。而元妃省亲回贾府的时候，也能看出内务府与工部的职能，“展眼元宵在迩，自正月初八日，就有太监出来先看方向：何处更衣，何处燕坐，何处受礼，何处开宴，何处退息。又有巡察地方总理关防太监等，带了许多小太监出来，各处关防，挡围幕，指示贾宅人员何处退，何处跪，何处进膳，何处启事，种种仪注不一。外面又有工部官员并五城兵备道打扫街道，撵逐闲人。贾赦等督率匠人扎花灯烟火之类，至十四日，俱已停妥。这一夜，上下通不曾睡。[③]”可见内务府更多地作为礼仪管理机构，而工部更多地表现了城市具体管理的职能。

总的来说，清朝通过律法、礼制、官制等一系列涉及城市建设与管理的制度对城市进行规范管理，对于皇家建设和官式建筑有专职的内务府和相应的等级礼制，对民间建设及公共建设有工部进行管理，等级分明。清朝律法严明，对违法、违礼的建设有严格的规定，即便是贵族也不敢贸然逾制。

（三）清朝的土地管理

作为中国最后一个封建王朝，清朝的土地为地主阶级所有。然

① 引自《光绪会典·卷五十八》。
② 引自《红楼梦》第二回《贾夫人仙逝扬州城 冷子兴演说荣国府》。
③ 引自《红楼梦》第十八回《皇恩重元妃省父母 天伦乐宝玉呈才藻》。

而，由于清朝统治者是来自关外的少数民族，加上少部分的汉族地主，使清朝统治阶层的民族构成和阶级构成具有复杂性。这些人除了满族八旗贵族，还有包衣中的贵族（包衣是清朝上层的奴隶，曹雪芹家就是因战功而加入旗籍的包衣世家），也有因军功或科举等方式做官的汉人。在清朝的土地制度中，旗地是非常独特的土地占有形态，由清朝统治者赏赐划拨给皇室、勋贵或八旗官兵。其中，皇室占有的土地归内务府管，称之为皇室庄田（皇庄），赐予亲王、郡王、贝勒、贝子、国公等爵位的勋贵的土地称之为宗室庄田（王庄），授予满族八旗、蒙古八旗和汉军八旗官兵的土地称之为八旗官兵旗地。旗地最早形成于清朝入关之前，清朝统治者将大量的辽沈土地授予满族官兵，这些土地称为盛京旗地。而在入关后，八旗以“兵民杂处”，战后“土地无主”等借口，强占了大量的土地。顺治元年十二月，“丁丑，谕户部，我朝建都燕京，期于久远，凡近京各州县民人无主荒田及明国皇亲、驸马、公、侯、伯、太监等死于寇乱者，无主田地甚多，尔部可暂行清查，若本主尚存或本主已死而子弟存者，量口给与，其余田地尽行分给东来诸王、勋臣、兵丁人等……然此等土地若满汉错处，必争夺不止……可令各州府县乡村满汉分居，各理疆界以杜异日争端……[①]”。通过这样一个谕令，清朝贵族和八旗官兵以各种借口大量占有了北京附近的土地，导致大量的汉民流离失所，生计无觅。

在《红楼梦》中，贾家就有一个庄子，在京城西边的黑山村，每年过年的时候会为贾家进贡种类繁多的物品，曹雪芹利用元宵节

① 引自《清实录·卷一百四十四》。

进献收成的机会将之很好地展现了出来。“只见小厮手里拿着个禀帖并一篇账目，回说：‘黑山村的乌庄头来了。’……贾蓉接过禀帖和账目，忙展开捧着，贾珍倒背着两手，向贾蓉手内只看红禀帖上写着：‘门下庄头乌进孝叩请爷，奶奶万福金安，并公子小姐金安。新春大喜大福，荣贵平安，加官进禄，万事如意。’……一面忙展开单子看时，只见上面写着：大鹿三十只，獐子五十只，狍子五十只，暹猪二十个，汤猪二十个，龙猪二十个，野猪二十个，家腊猪二十个，野羊二十个……共折银二千五百两……①”。可以看出，王庄给主人进献的物品都是本地的特产，一般是通过狩猎、养殖、种植等方式获得的。

由于土地被贵族占有，加之战乱俘获等因素，下层人民有许多人被派遣到这些旗地里去当壮丁，失去了人身的自由。这些壮丁实际上就是包衣中的一类，他们没有人身自由，从属于他们的主人，并由庄头管控。这些人大致可以分为四类：第一是“东来人”，即在入关前俘获的汉民；第二是因罪入刑的犯人；第三是庄头购置的奴仆；第四是被主人发遣的奴仆。《红楼梦》焦大醉酒之后，痛骂贾府“扒灰的扒灰，养小叔子的养小叔子”，被路过的凤姐听到，便说“我何曾不知道这焦大。倒是你们没主意，有这样的，何不打发他远远的庄子上去就完了。”②这也就是说，亲贵大户之家也会将家里不受待见的奴仆发遣到庄子上去做壮丁。

《红楼梦》作为中国最伟大的古典小说之一，经曹雪芹“批阅十载，增删五次”而成书，是反映清朝贵族家庭生活以及清朝社会风俗

① 引自《红楼梦》第五十三回《宁国府除夕祭宗祠 荣国府元宵开夜宴》。
② 引自《红楼梦》第七回《送宫花贾琏戏熙凤 宴宁府宝玉会秦钟》。

的一本百科全书式的小说。历来人们对《红楼梦》的解读就众说纷纭，每个人都能从不同的角度体会到这本书的无穷魅力，这是一本读之不尽的奇书。也正因为《红楼梦》能非常真实细致地反映清朝的社会情况，我们才能从城市建设、城市管理、土地制度和城乡关系的角度去解读《红楼梦》，从侧面了解清朝政府对城市的建设规制与管理规定。

参考文献

[1] 周汝昌. 恭王府考[M]. 上海：上海古籍出版社，1980.
[2] 周汝昌. 芳园筑向帝城西[M]. 桂林：漓江出版社，2007.
[3] 何晓龙. 北京西城区现存清代王府建筑研究[D]. 北京建筑工程学院，2011.
[4] 童珊. 从《红楼梦》看清代法制[J]. 学习与探索，2011（1）：231-233.
[5] 常清华. 清代官式建筑研究史初探[D]. 天津大学，2012.
[6] 赵晓峰，潘莹，张慧. 清代王府建筑制度初探[J]. 建筑与环境，2009，3（6）：16.
[7] 邵立芳，戴俭. 清王府规制及其适应性调整[J]. 中外建筑，2013（6）：71-73.

二 生活场域
——从《城南旧事》解读居住区发展演变

翁湉源（2013级本科生）

小说《城南旧事》描绘了20世纪20年代老北京南城中的传统胡同生活图景，作者通过一件件童年琐事记录着当时的社会变迁。纵观林海音在北京的20年生活轨迹，胡同文化对其影响至深，而小说中描写的种种生活景象都可以作为其生活圈的还原依据。

（一）还原老北京南城居民生活圈

1. 地点原型探微

作为自传体小说，《城南旧事》及作者林海音的回忆录《英子的乡恋》中都对20世纪20年代的老北京城进行了真实而详尽的描写。

（1）生活居住地点：城南胡同

在北洋军阀统治的动荡时代，林海音在20年间先后搬家9次，且全部位于南城——老北京城的外城区域内。从小说及回忆录的多处文字描写中可以得到印证且较为准确的居住地址，涉及珠市口大街、虎坊桥大街、骡马市大街、永光寺街、南长街五条大街和相应的椿树上二条、新帘子胡同、南柳巷、西交民巷、梁家园五条胡同，具体如图3-1所示。同时，作者在小说中也对居住地周边及其活动范围内的诸多胡同进行了描述，包括：横胡同、西草厂胡同、魏染胡同、西琉璃厂胡同、臧家桥、沙土园、绒线胡同、兵部洼等。

（2）日常上学地点：厂甸小学（虚）/师大附小（实）

根据作者在书中对于上学路线的描述，可以推断出学校所处的位置在西琉璃厂以北，和平门以南的大路西侧，现为北京第一实验小学（图3-2）。作者在童年时期经历几次搬家，但所上学校一直未曾改变，并根据此间经历创作了《我们看海去》。

（3）文化活动地点：琉璃厂

林海音在童年时期的生活和琉璃厂地区有着难以割舍的关系，她在回忆录中特别用《家住书坊边》①一章来描述琉璃厂对她的文化熏陶。琉璃厂（图3-3）文化街起源于清代，因为众多科举考试的举人在此处居住，出售书籍和笔墨纸砚的店铺便聚集于此，形成了较浓的文化氛围。当时的北京居民及考生大多在此处购买文化用品，许多新式书局也开在此处，文化店铺对居民文化知识的普及和提升起到了一定作用。林海音的公公夏仁虎先生在《旧京琐记》中写道："琉璃厂是书画、古玩商铺荟萃之所……余卜居其间，恒谓此中市佣亦带数分书卷气。盖皆能识字，亦彬彬有礼。"②

（4）商业活动地点：蕉岭会馆&晋江会馆

琉璃厂作为京城的文化场所不仅聚集了众多科考考生，各地会馆作为考生在京城的居住地也在城南形成了独特的会馆聚集区域——虎坊桥大街一带。林海音在回忆录中对会馆有着这样的描述："北京各省会馆很多，都是清朝各地上京赶考学子所居住的，民国以

① 林海音. 英子的乡恋［M］. 北京：人民文学出版社，2013：127-139.
② 夏仁虎. 旧京琐记［M］. 北京：北京古籍出版社，1986：98.

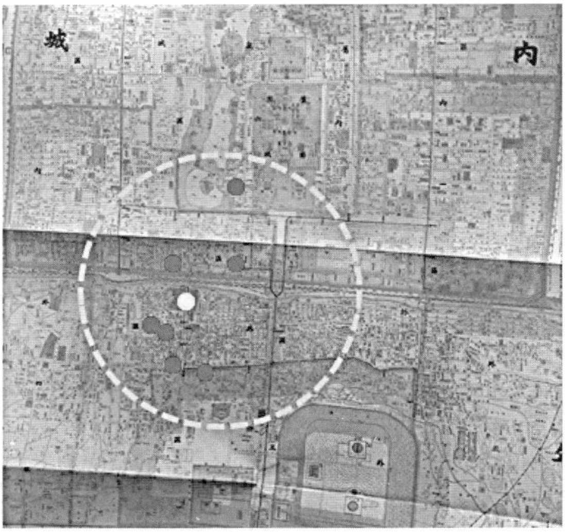

图3-1　林海音“搬家地图”
图片来源：《北京内外城详图》为底图绘制.

图3-2　厂甸小学现状
图片来源：作者拍摄.

图3-3　西琉璃厂胡同现状
图片来源：作者拍摄.

图3-4 晋江会馆现状
图片来源：作者拍摄.

图3-5 晋江会馆标牌
图片来源：作者拍摄.

后没有考举之事，会馆里虽然仍住有各省学生，也有很多租给人住家，以便有收入作管理会馆的费用。”[①]在林海音小学三四年级时，全家便居住在广东蕉岭会馆，她的父亲也在此帮助了许多反抗旧势力的进步青年学子，小说中《兰姨娘》一章便是据此进行创作的。林海音的父亲去世之后，全家就搬到了南柳巷的晋江会馆（图3-4、图3-5）居住，这里也是她在北京唯一留存的故居。

（5）文化娱乐地点：购物&听戏

在南城，居民购物娱乐的地点主要集中在西单牌楼、骡马市大街、绒线胡同、菜市口大街等几处，且各自有其特色和功能。在小

① 林海音. 我的京味儿回忆录［J］. 台港澳和海外·中文报刊资料·中国文史类，1988，（7）：1-6.

说原文中有林海音及其母亲到骡马市大街的佛照楼购买杂货的情节描写："是昨天，我跟着妈妈到骡马市的佛照楼去买东西，妈是去买搽脸的鸭蛋粉，我呢，就是爱吃那里的八珍梅。我们从骡马市大街回来，穿过魏染胡同，西草厂，到了椿树胡同的井窝子，井窝子斜对面就是我们住的这条胡同"①；回忆录中将西单牌楼定位在小吃和老字号聚集区，绒线胡同是专门购买女工用品的地点，菜市口大街则有西鹤年堂等药店。而听戏作为旧社会居民的主要娱乐活动也对城市的空间形态产生了影响。从小说的描写中可以看出，当时的听戏地点分为两类：男性和女性听戏场所。小说中英子的好友妞儿被养父逼迫在天桥唱戏："小英子，我现在上天桥唱戏去了，围一圈子人听，唱完了我就捧着个小箩筐跟人要钱，一要钱人都溜了，回来我爸爸就揍我！"②作为男性专门的听戏场所，前门的广和楼、天桥及八大胡同等地点都排斥女性，而女性一般则前往城南游艺园听戏。

（6）医疗：国外医院

在小说的最后一章《爸爸的花儿落了，我也不再是小孩子》当中，英子重病的父亲曾在多家国外医院就诊，其中明确提到过德国医院和日华同仁医院；而《驴打滚儿》中也描写了美国同仁医院的风貌。几家医院的共同特征是：它们都分布在北京东交民巷（图3-6）一带的使馆区内，不同国家的医院坐落在相应国家的使馆附近。北京居民在国外医院就诊始于这一时期，而在这些医院就诊的居民大多是中高收入阶层，普通百姓仍然在老字号药房或江湖游医处就诊。

---

① 林海音．城南旧事［M］．北京：北京出版社，1984：3.

② 林海音．城南旧事［M］．北京：北京出版社，1984：44.

（7）金融服务地点：外国银行

自清末以来，东交民巷使馆区的出现对老北京城产生了较大影响，这些影响不仅体现在国外风格建筑物的建造和西方医学的引入上，也对中国传统的金钱交易方式带来了冲击，最直观的表现就是各国银行的纷纷出现。在小说中，英子的父亲在临终前让英子到正金银行去存钱："于是他数了钱，告诉我怎样到东交民巷的正金银行（图3-7）去寄这笔钱——到最里面的柜子上去要一张寄款单，填上'金柒拾圆也'，写上日本横滨的地址，交给柜台里的'小日本'儿！"[①]银行逐渐融入北京居民的日常生活，东交民巷由于各国使馆的建设吸引现代银行聚集，成为城中的银行区，也为城市风貌带来了西式改变。

图3-6　东交民巷现状图
图片来源：作者拍摄.

图3-7　原正金银行
图片来源：作者拍摄.

（8）节假日活动地点：厂甸庙会

林海音在回忆录中写道："逛厂甸儿一年只有两次，就是新历年和旧历年的时候。厂甸的范围原属海王村公园一带，但北伐以前的

① 林海音. 城南旧事［M］. 北京：北京出版社，1984：143.

北京时代，其热闹繁盛要延长东西南北数方里；一整条新华街，北起和平门脸儿，南达虎坊桥大街；还有整条东西琉璃厂，刚好形成十字形。”[①]如此热闹的贸易活动在年节时间出现，并在北京居民的生活中占据极其重要的地位，从历史记载当中可见一斑，如据乾隆年《帝京岁时纪胜》记载：“每于正月元旦至十六日，百货云集……千门联络、图书充栋、宝玩填街”。光绪年间《厂甸记》中说：“平时空旷，人迹罕至；至正月则倾城士女、如荼如云，车载手挽、络绎于途。”

2. 生活圈还原

通过上述小说中地点的还原和分析，可以做出以林海音的经历为基础的南城居民日常生活圈（图3-8）。而在林海音的回忆录中，曾对她居住在南柳巷胡同中的生活有过这样的描写：“出南柳巷口儿，是接西草厂、魏染胡同、孙公园的交叉口，是我的日常生活区；烧饼麻花儿、羊肉包子、油盐店、羊肉床子、猪肉杠、小药铺，甚至洗澡堂子、当铺、冥衣铺等等都有，是解决这一带住家的每日生活所需。”[②]由此可以发现，老北京胡同中的居民日常生活圈基本维持在一个稳定的范围内，在胡同附近500米范围内即可满足基本生存需求。当人们开始追求文化娱乐等服务需求时，其生活圈的范围扩大至1500至2000米为半径的圈层。

通过小说的分析和史料记载，大致可以得出老北京南城的分区情况：在清朝时，清政府为了安全，不允许外地来京人员住在京城内，所以外地人集中住在前门和崇文门外，也因此形成了前门商业

① 林海音. 英子的乡恋［M］. 北京：人民文学出版社，2013：137.
② 林海音. 我的京味儿回忆录［J］. 台港澳和海外·中文报刊资料·中国文史类. 1988，(07)：1-6.

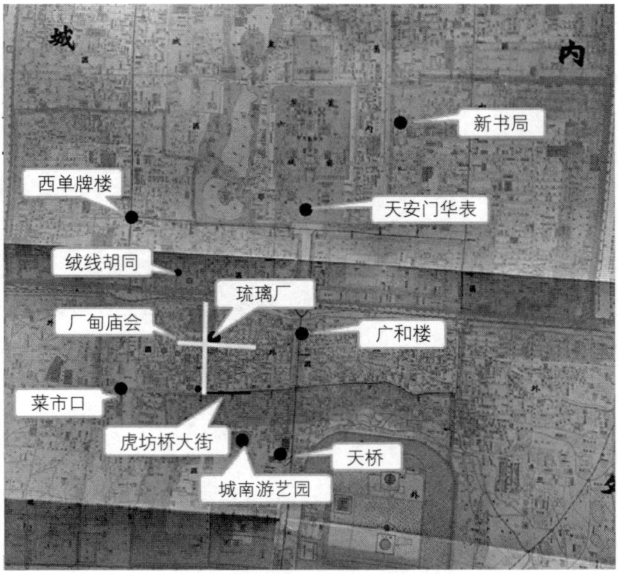

图3-8 南城居民日常生活圈重要地点分布

图片来源：《北京内外城详图》为底图绘制，图中点状为林海音搬家地点.

区；外来人员中许多是来京赶考的举人，因此形成了琉璃厂文化街；天桥地区有许多娱乐场所，北京的剧院也都集中在南城。

总体来说，南城由于封闭式居住形式，贫富毗邻，店铺、寺庙夹杂其中，商业和居住功能混杂，市井文化兴旺。茶馆、会馆、旅馆、剧院均在四合院基础上改造，满足使用要求，成为功能复合的居住商业片区。[①]

3. 生活载体：胡同与四合院

北京的胡同与四合院共同构成城市封闭住区的一种典型形态，以四合院为微观家庭封闭住宅，胡同与栅栏构成中观上的封闭街道

① 魏薇，秦洛峰. 对中国城市封闭住区的解读［J］. 建筑学报，2011（2）：5-8.

图3-9　东新帘子胡同

图3-10　椿树胡同旁的四合院

与胡同内的公共空间，在老北京的城市文化中占有重要地位。通过对小说《城南旧事》的解读可以发现，老北京居民在胡同（图3-9）和四合院（图3-10）这样具有封闭性质的居住形式中，形成了较为固定的日常生活活动范围，体现出封闭住区对居民生活的影响。住宅封闭模式能在中国占据主流，一方面与封闭的农耕文明有关，另一方面也与中国城市的起源息息相关：中国城市居民一般对自己城市的公共事务缺乏参与，更为注重私域空间[①]，体现在住宅上就是四合院这种形式。

北京胡同的起源有多种不同的说法，根据史料记载和民间传说，胡同是北京居民因水井而聚集进而形成街道的代称。胡同最早起源于元代，最多时有6000多条，历史上最早的是朝阳门内大街和东四之间的一片胡同，规划整齐，胡同与胡同之间的距离大致相同。南北走向的一般为街，相对较宽，如从北京火车站到朝阳门内大街的南小街和北小街，因过去以走马车为主，所以也叫马路。东西走向

① 卫奕奕. 中国为何建那么多封闭式小区？不只因为安全［EB/OL］.（2016-02-23）. http://news.ifeng.com/a/20160223/47549220_0.shtml.

的一般为胡同，相对较窄，以走人为主。胡同两边一般都是四合院，是一种由东西南北四座房屋以四四方方的对称形式围在一起的建筑物。大大小小的四合院一个紧挨着一个排列起来，它们之间的通道就是胡同。

（二）封闭住区形成的历史过程

我国的封闭住区形成按照历史进程有着较为清晰的发展脉络，在各个阶段都有着不同的影响因素，且随着时代的变迁逐渐叠加，最终形成了目前的封闭小区形式。而胡同和四合院的居住形式则是发展脉络中不可忽视的重要影响因素之一，下面将对我国从古代至近代的封闭住区发展脉络进行分析。

1. 围墙对我国居住形式的重要意义

在传统文化中，围合是我国居住形式的重要特征。繁体“國”字，表现出一个四周城墙围合的地域。围墙在中国人心中不仅关系着家庭的安全与舒适，更关系着家族的兴旺与衰败[①]，对国人来讲，有墙的地方才有家的感觉。

从微观上看，传统的城市民居建筑组团，从北方的四合院到南方的天井式院落，居住多以家庭为单位，形成封闭的私人居住空间。

2. 古代城市管理制度对居住形式的影响

形成上述微观居住形式的宏观制度因素随着历史时代的更迭不断变化，官府因对城市居民的管控程度不同而对居民居住物质空间形式产生重要影响。总体规律是官府对城市的管控在隋唐时期较为

① 卫奕奕. 中国为何建那么多封闭式小区？不只因为安全 [EB/OL]. (2016-02-23) http://news.ifeng.com/a/20160223/47549220_0.shtml.

严格，北宋适当宽松，明清时期重新恢复严格管控。

（1）从西周到隋唐时期，官府对城市居民的严格管控

我国最早的封闭住宅制度可以追溯到西周时期的闾里制。官府将城市居民按户数用高墙围合成方块状的“闾”，门侧设“弹室”一类的机构，并配置“里正”作为管理者对居民生活的出行时间、方式和范围进行管控。①

三国至隋唐时期，闾里制发展为里坊制，其对城市规划产生影响的最直接证据就是唐代的长安城和曹魏邺城。邺城的规划开创了一种布局严整、功能分区明确的里坊制格局：平面呈长方形，宫殿位于城北居中，全城作棋盘式分割，居民与市场纳入这些棋盘格中组成“里”。每个方格都以高墙环绕，并设有大门，由吏卒和市令严格管控出入时间，夜晚实行全城宵禁。方格可分为里（坊）、市、衙署和宫殿几种类型：里（坊）作为封闭的城市居住区，四周设墙，中间设十字街，每坊四面各开一门，日出开坊门，日落敲街鼓60下后关坊门，管理极为严格。到唐代后期，在扬州等商业城市中传统的里坊制遭到破坏。坊市结合，不再设坊墙，由封闭式向开放式转变，此外夜市也逐渐兴盛。

（2）北宋时期放松管控程度

到北宋时期，工商业发达，店铺“侵街”现象频发②，坊墙逐渐失去维护社会治安的功能，严格控制居民人身自由的里坊制被街巷

① 宋伟轩. 中国封闭式居住模式的源流、现状与趋势［C］//转型与重构——2011中国城市规划年会论文集. 北京：中国建筑工业出版社，2011：7.

② 李合群. 论中国古代里坊制的崩溃——以唐长安与宋东京为例［J］. 社会科学，2007（12）：132-138.

制所取代，商铺可临街而立，城市居民也不再被政府用高墙圈禁。然而，这一时期，政府对市民的管理并非放任自流，而是采取以“止令分地巡逻，治烟火盗贼公事”[①]为职能的厢坊制对城市治安和居民生活进行管理，依旧将居民按户数进行区域划分，分区管理，意欲控制由街巷制和工商业繁荣发展带来的社会失序倾向。

（3）明清时期的栅栏与胡同

明清时期，为了防范外人夜间随便进入胡同，便在胡同口安装栅栏，使得胡同与四合院再次形成了封闭的居住空间。据史料记载，北京内城的栅栏始于明弘治年间。弘治元年（1488年），百户王敏上奏皇帝：“京城之内，大街小巷不止一处，巡捕官兵，只有七百余名，未免巡历不周，一闻有盗，昏夜追赶，大街曲巷辄被藏匿……于小巷路口置立栅栏夜间关闭。”弘治皇帝觉得此奏折很有道理，便传下旨意，在北京内城大街小巷的主要路口设置栅栏，意在“谨防盗者，慎保平安”。此后短短几个月，内城各街巷设置木质栅栏近百处，以防“流寇之盗”[②]。到了清代康熙年间初期，因为多有贼寇流窜作案，所以康熙皇帝诏令“京师不靖，责令内城和外城每日巡缉，外城各巷口照内城设立栅栏，定更后官员不许行走。”

乾隆三十九年（1774年），又“准奏外城各街道胡同设有栅栏至为严密，交五城不时稽查，务令以时启闭，栅顶仍钉木板，书写街道胡同各色”。即街道胡同不仅要设立栅栏，而且在栅栏上还要标出街道胡同的名称。乾隆皇帝同时还诏令：“京师内外城大小街巷设立护门

① 潜说友. 咸淳临安志（卷七十三）[M]. 台北：成文出版社有限公司，1970：697-705.

② 卢力友. 老北京有几个“大栅栏”[N]. 北京晚报，2014-12-5.

栅栏，有作践损坏者交刑部治罪”。每处栅栏入夜时关闭，“自王（爷）以下官民人等，概禁行走，步军校等分街道，轮班值宿。”至乾隆时期，内外城总共设立了1746处栅栏，并对栅栏实行严格地管控，京城的各类盗窃案件大为减少。至此，北京四合院与胡同共同组成的封闭住区趋于完备，成为城市居民日常生活的主要居住形态。

纵观上述历程，历朝历代，我国封建统治阶级为了严格管控民众，实行的一系列政策使得封闭住区在我国逐步发展成熟。“围墙”作为传统建筑文化中的重要元素，在微观个体住宅维护上关系着家庭的安全舒适与家族的兴衰成败；在中观住区管理上发挥着重要的管控作用；在宏观城市管制上承担着军事保卫的功能，对我国居民的居住习惯和心理产生不可磨灭的影响。

3. 近代社会殖民者对城市居民居住形式的影响

清末以来，殖民者在中国的侵略为城市规划和城市建设带来了一定程度上的积极影响，租界区域内引入西方城市规划思想并付诸实践，而殖民者对于殖民城市居民的管控也使居民形成了独特的居住形式。

上海作为近代第一批通商口岸吸引了大批殖民者，为了管理租界中的中国居民并获得丰厚的租金，殖民者在上海建设大量里弄住宅，成为中国现代封闭住区的开端。里弄组成封闭的小社区，其内部是供邻里交流的支弄空间，支弄端头的大门旁有小店形成街道眼（图3-11），为居民提供安全保障。

这一时期，在中国的其他殖民城市也出现了具有同样功能的居住形式，如青岛里院住宅是德国殖民者在建设初期为安置拆迁的本土居民而建设的新的住宅形式（图3-12），最早起源于20世纪初大鲍

图3-11 上海石库门里弄
图片来源：上海本地宝，2013-8-19.

图3-12 青岛里院
图片来源：凤凰网青岛，2013-3-6，探访青岛里院深藏在老城区的城市记忆.

岛“中国城”内，1922年《青岛概要》称其为“华洋折中式”建筑。据相关史料记载，二十世纪四十年代，青岛的里院达到鼎盛时期，1948年里院达760处[①]。

里院的建筑形式独特，大多平行街道而建，其外部轮廓由城市街道走向决定，常为方形，四周围合，中心形成一个大院，两到三层，底层多为商业用途，二层以上为住宅。里坊有封闭的坊墙，基本生活需求可以在坊内解决。同时，封闭的里院住宅还能对居民的社会阶层进行划分：较高阶层的教师、职员、政府公务员住在“里”内，而产业工人等较低阶层的市民则住在“院”内。由此可见，近代外国殖民者对中国居民的管理同样采用了封闭的住宅形式，并融合了西方的建筑文化与先进的城市治理理念，对我国封闭住区的文化增添了新的因素。

总体而言，我国封闭式住区在历史形成的过程中受到宏观政策因素的影响，如闾里制、里坊制、街坊制等，同时围墙作为我国传统文

① 徐增娥. 里院：“华洋折中式”建筑[EB/OL].(2012-02-17). http://qd.ifeng.com/special/lywh/detail_2013_03/06/618181_0.shtml.

化的元素符号具有强大的传承性心理作用，使得我国封闭住区呈现出多样化的建筑形态，如北京胡同与四合院、上海里弄、青岛里院等。而封闭住区对居民个体的日常生活有着极强的影响力。从南城居民生活圈的规律中可以看出，居民由于生活在封闭住区中，生活范围呈现出被限定的特征，里弄和里院等居住形式也都具有同样的约束特点。

参考文献

[1] 林海音. 城南旧事[M]. 北京：北京出版社，1984.
[2] 林海音. 英子的乡恋[M]. 北京：人民文学出版社，2013.
[3] 夏仁虎. 旧京琐记[M]. 北京：北京古籍出版社，1986.
[4] 魏薇，秦洛峰. 对中国城市封闭住区的解读. 建筑学报，2011（02）：5-8.
[5] 卫奕奕. 中国为何建那么多封闭式小区？不只因为安全[EB/OL].（2016-02-23）[2016-06-28] http://news.ifeng.com/a/20160223/47549220_0.shtml.
[6] 宋伟轩. 中国封闭式居住模式的源流、现状与趋势[C]//转型与重构——2011中国城市规划年会论文集. 北京：中国建筑工业出版社，2011：7.
[7] 李合群. 论中国古代里坊制的崩溃——以唐长安与宋东京为例[J]. 社会科学，2007，（12）：132-138.
[8] [宋] 潜说友. 咸淳临安志（卷七十三）[M]. 台北：成文出版社有限公司，1970.
[9] 卢力友. 老北京有几个“大栅栏”[N]. 北京晚报，2014-12-5.
[10] 徐增娥. 里院：“华洋折中式”建筑[EB/OL].（2012-02-17）[2012-03-6] http://qd.ifeng.com/special/lywh/detail_2013_03/06/618181_0.shtml.
[11] 吴冬蕾. 略论中国近现代城市居住空间模式的变迁[J]. 建筑与文化，2011（12）：94-95.
[12] 谌旭彬. 造墙：中国城市住宅区“封闭史”[EB/OL].（2016-02-23）http://view.news.qq.com/original/legacyintouch/d461.html.

四 岁月无痕

——从《大宅门》看老字号商业变迁

陈筱璇（2013级本科生）

郭宝昌的小说《大宅门》以著名老字号同仁堂为原型，以乐氏家族的经历为主要故事线索，为我们展现出了一幅典型的北京老字号商业全景图。在百草堂的故事中可以发现老字号的特点、发展历程和核心价值观，体会古代的商业规则和百姓的所思所想。认识我国传统商业模式。

（一）原型考证

小说中对于空间的定位和描写并不多，很难基于空间寻找蛛丝马迹。然而，如果从主要人物活动来看，就会发现小说主人公白景琦和北京同仁堂老字号第十三代掌门人乐镜宇的生平经历有着惊人的相似，由此找出了大宅门的原型。

1. 少时顽劣，赶出家门

小说中塑造的童年白景琦形象是一个天性聪敏却顽劣不堪的"混世魔王"。原文有如下描述："景琦悄悄用手指沾了一指头鼻烟，往鼻孔上一抹深深一吸。孩子们看着他，偷偷地笑。景琦忽然瞪起了眼睛，张大了嘴，忍不住打了个大喷嚏。德先生一下子吓醒了，景琦也吓了一跳，两人惊愕对视。孩子们开心地哄堂大笑。"（P135）在封建时期的学堂敢戏弄老师，小孩的贪玩可见一斑。这样的性格并没有随着年龄的增长而改变，景琦长大后又因偷娶了王府格格的私生女而被母亲赶出家门，原文这样写道：白文氏："你听我说完。我认是认下了，可这个家容不得他们，从今天起，把他们两口子赶出家门，不混出个人样儿，永远不许进家门！"（P474）这件事在注重纲常伦理的封建社会也算是惊世骇俗，然而无独有偶，它有原型可循。《大宅门》的作者郭宝昌在一篇名为《我与大宅门》的文章中提到养父"自幼顽劣，个性张扬，属于不闹出点儿事儿来活着就不自在的那种人，年轻时终于被母亲赶出家门[①]"，与白景琦的经历完全对应。不过白景琦天生就是要干大事业的人，后来在山东闯出了一片新天地，后文将做进一步分析。

2. 幸得名师，踏实做人

白景琦虽自幼顽劣，但幸运的是在童年遇到一位影响他一生的老师，教会了他为人处事的道理。但白景琦并不是传统意义上听话顺从的学生，他只服气真正有本事的人。对于这位老师如何以自身的实力让白景琦折服，小说中也有详细的描写："雨夜之后，景琦将季宗布家当成学堂。这位季先生的授徒方法，大概是独一无二的。既教画画儿，又教打枪，又练挥刀对打，又教铁砂拳之类武功。"（P333）现实生活中，乐镜宇恰恰也遇到了这样一位老师，在郭宝昌的回忆录中专门提到，"幸得后来认识了一位文武双全的

---

① 郭宝昌. 我与大宅门. http://wenku.baidu.com/link?url=3suMqb9s5UHN7UugOTwH-L7G9ic16e0eI4a-cGGP5qKeiHsHZRKfuEfcJNnntwrPVPVIEXu_Yesbq9xf2P0JFe-qUTEFnsq1YFR0rJv8LV7.

教师，从此知道读书做人的重要性。”在这个细节上，白景琦与现实中的人物乐镜宇又一次相吻合。

3. **闯荡济南，创立分号**

被母亲赶出家门后，白景琦一路向南来到了济南，经过一段时间艰辛的打拼，他创立了自己的“黑七泷胶厂”。在小说中，泷胶厂成立的当天十分热闹：“鞭炮齐鸣、礼花喷放中，黑七泷胶厂牌匾揭幕。贺喜的人围得水泄不通。景琦、吕掌柜、吴掌柜不住地与贺喜的人打招呼”（P531）黑七泷胶厂后来成为百草堂在济南的分号，也是百草堂收入的重要来源。之后白家急需用钱时，还曾从济南分号调钱。这与北京同仁堂乐镜宇的经历再一次吻合，在同仁堂的官方网站上关于同仁堂历史的部分可以找到，乐镜宇于1907年在济南魏家庄创立“宏济堂”，后与北京同仁堂、杭州“胡庆余堂”并称中国三大名药店。

此外，小说中也有许多其他细节与现实生活对应。如乐镜宇的生卒年份与小说中白景琦的生卒年份基本对应，两人生活的时代和该时代发生的重大事件也都一致。小说中提到白文氏让白景琦到安国办药，加上来回需要一周的时间。安国药市在今河北省保定市辖区，自古以来就是药材集散的中心地，清道光年间达到鼎盛，更是有“天下第一药市”的美誉。无论是从路程时间上还是百草堂在安国办药期间对于药材品质的把控上，都进一步印证了百草堂很可能就是清代北京最大的药店同仁堂。这些细节上的推敲让我们大胆推断，小说中的白家老字号的原型就是取自北京同仁堂。

（二）北京老字号

北京同仁堂创立于1669年，是我国一家著名的医药老字号。郭宝昌在创作小说时以同仁堂为原型，故事的主要情节也都围绕这家老字号展开，这一创作背景决定了我们在解读小说《大宅门》时，绕不开对同仁堂和其代表的北京老字号进行研究。

1. 老字号的概念

字号，是我国古代商业中商铺的名称，也是其区别于其他商铺的名称。老字号，一般指经过长期历史的考验，首先由消费者对商品质量认可，进而推崇经营者的信誉而形成的商铺。它不但具有企业字号的一般性质，更主要的是具有深厚的历史底蕴和丰富的文化内涵。[①]从分类来看，大致可分为饮食、服饰、茶酒、娱乐和医药五类。我们今天讨论的同仁堂，就是医药老字号中最具代表性的一家。

2. 老字号的特点

目前，研究者们普遍认同的老字号的特点有历史悠久、行业认可度高、诚信为本等，这些特点在《大宅门》小说的细节中也一一得到体现：一是历史悠久。绝大多数老字号兴起于明清两朝的市井生活，拥有上百年的历史。它们不是简单的商铺，而是代际相传、延续至今的商业文化，也是我国古代城市文化的重要组成部分。如小说中描写的百草堂供奉几代皇家用药，而它的原型，成立于1669年的同仁堂更是超过三百年的历史；二是行业认可度高。小说原文描写白景琦在安国置办药材时，大管事走出店门喊“京城百草堂少

① 朱晓策，徐静，董宪军. 北京市老字号的发展现状与对策研究［J］. 北京行政学院学报，2004（3）：40-44.

东家到，安国药市开门大吉，各东家伙计务必严守市规，开市！”（P351）随后安国药市才开始正式的药材买卖活动，可见过去某一行业的领头商铺在行业中占据绝对权威地位，得到全行业的认可是建立在老字号商品质量长期积累的基础上的；三是诚信为本。小说中白景琦在发现儿子白敬业为谋取私利而以次充好，将品质不过关的药材在市场上售卖时，毅然决定销毁全部次品：“干咱们药行的出一点儿错儿，那就是草菅人命！白家老号绝不卖假药，药力不够都不能卖。甭说七万两，就是七十万两，把本儿烧光了，我关门歇业，回家吃窝窝头，也不能做亏心的事儿！”（P784）这种宁可自己损失也绝不亏待顾客的价值观和行为准则是老字号们普遍遵守的，如今更成为老字号企业独特的精神文化。

3. **老字号的空间分布**

为了呈现出北京老字号的空间分布情况，笔者在北京老字号百科的官方网站上找到了经过商务部认证的北京老字号，共计85家。在百度地图中依次搜索老字号，得到了29家主要老字号的空间分布（图4-1），其余则无搜索结果。从老字号的空间分布可以看出，绝大多数老字号都位于北京老城区，也就是现在的二环内。其地理位置的分布呈现出沿主要街区分布和商业中心（如大栅栏）聚集等特点。笔者认为，这一内外城分布不均的特点也制约了老字号的客流量，从而在一定程度上限制了老字号目前的经营和发展。

4. **老字号的发展历程**

从《大宅门》中百草堂原型同仁堂的起落，可以将我国老字号的发展情况归纳为三个阶段：辉煌期、衰落期和复兴期（表4-1）。同仁堂从创立的一路发展，到战争时期和新中国成立后受政治影响

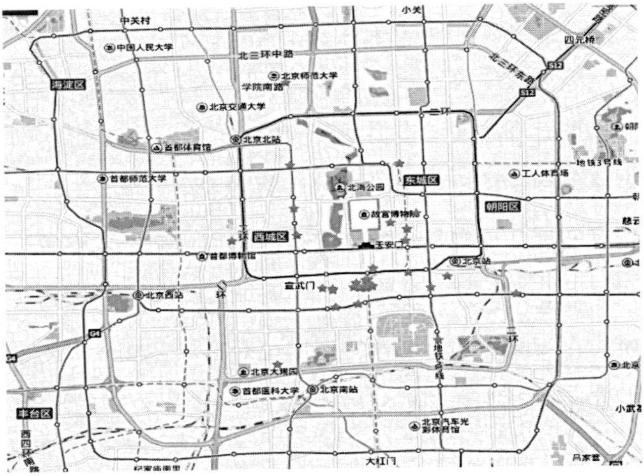

图4-1　北京老字号的空间分布（注："☆"为老字号）
图片来源：根据百度地图作者绘制.

的艰难支撑，再到改革开放后的重振活力，这个三阶段过程正是我国众多老字号发展历程的缩影。

北京老字号的发展阶段　　表4-1

阶段	时间	背景	典型案例
辉煌期	明清～20世纪30年代	明清资本主义萌芽出现，商品贸易活跃	内联升，丰泽园
衰落期	20世纪30年代～20世纪70年代	连年战争，"文化大革命"等冲击	王麻子剪刀
复兴期	20世纪80年代～今	市场竞争加剧，典型商家改革创新	全聚德，同仁堂

（1）辉煌期

主要指明朝中期到20世纪30年代抗日战争前，有利的商业环境使得大批老字号诞生于这一时期。明清是我国资本主义萌芽的阶段，市井商业贸易尤为繁荣，在这样的背景下也诞生了一批闻名全国的老字号，典型的如内联升、瑞蚨祥、丰泽园等。当时京城有一句流行的顺口溜“头顶马聚源，脚踩内联升，身穿瑞蚨祥，腰缠四大恒”，形象地反映了这些著名的老字号对普通百姓生活的影响之大。

（2）衰落期

20世纪30年代抗日战争期到20世纪70年代末，频繁的社会动乱和政策束缚导致老字号的发展步履维艰，很多老字号甚至消失在历史的长河中。民国时期开始的战乱让很多老字号的生意大打折扣，到了后来的抗日战争时期更是雪上加霜，有相当一批老字号在战乱中一蹶不振，甚至倒闭。战争结束后新中国成立，但老字号却并没有取得很好的发展。1954年开始的公私合营改造将许多老字号取消了名号，在随后到来的十年“文化大革命”中，老字号更是作为封建残念、资本主义产物被彻底改造，私有产权制度被打破，老字号失去了其百年生存的基础。计划经济时期政企不分、行政管理对于生产的干涉等使一批老字号“消失”。如曾经闻名一时的王麻子剪刀，在过度的行政控制下无力应对市场的变化，导致生产停滞、效率低下，最后不得不宣布破产。

（3）复兴期

20世纪80年代，即改革开放后，我国的经济体制开始由计划经济向市场经济转变。一方面，这是对于过去政治束缚的冲破，另一方面，经济全球化使得肯德基、麦当劳等“洋”快餐迅速占领了国内市场，一些老字号无力支撑而被迫变迁或倒闭，但也有部分老字号适时推进改革创新，实现了复兴。典型的老字号代表如全聚德，在北京市政府等相关部门的支持下改组上市，成立包括多个餐饮老字号的全聚德集团，增强了竞争力。此外，同仁堂也推行企业化改革并上市，成为转型成功的典型老字号代表。

明清至今的五百年间见证了老字号的辉煌、衰落和复兴。虽然有部分老字号通过改革创新实现了新的发展，但这种复兴只是小范围的，局限于个别老字号，仍有大量的传统老字号经营堪忧。新中国成立初期，全国有上万家老字号，然而到了20世纪90年代初，由原国家商业部认证的中华老字号只剩1600 多家。有学者在研究中统计表明，目前这些老字号企业中生产仍具有一定规模、经济效益较好的仅占10%。[①]

（三）老字号的传承建议

老字号不仅仅是商铺，更是我们感知过去生活的一种方式，老字号背后的历史文化彰显了我国古代的商业文化。从这个角度来说，我们不能放任老字号的衰落，如何更好地谋求老字号实体的发展和将老字号所代表的精神文化传承下去是我们需要认真思考的问题。结合对一些成功转型老字号的研究，笔者对于老字号的转型和未来发展提出以下建议。

1. 进行现代企业制度改革，采取法人制度管理

现代企业制度改革包括产权制度、组织制度和管理制度三方面：一是产权制度。全聚德、同仁堂等老字号将旗下核心业务改为股份制公司，改变了产权。股份制公司通过公开上市发行股票筹措资金，不仅为老字号的发展提供了资金支持，也使得老字号的资金筹措方

① 陈文. 北京老字号振兴与发展问题初探［J］. 北京市财贸干部学院学报，2007（2）：21-25.

式实现多元化，降低了经营风险。但国有资产持股率过高，行政干预强等问题仍是制约老字号进一步市场化的因素；二是组织制度。主要体现在老字号的品牌重组上。1993年，全聚德将全部烤鸭店联合起来成立北京全聚德烤鸭集团公司，实行统一化管理。2005年1月，在首旅集团的委托下，全聚德集团全权接管了仿膳饭庄、丰泽园饭店和四川饭店三家著名的老字号饭店。全新的组织化制度标志着全聚德老字号从烤鸭品牌向餐饮品牌的拓展，实现了品牌多元化的经营；三是管理制度。部分老字号也采用现代法人管理制度，提高公司的运行效率。在这种组织和管理制度下，老字号的实际管理运营人员不是家族传人而是市场化招聘中胜出的具有优秀管理能力的人才，有助于老字号企业市场竞争力的增强。

2. 企业产品不断创新，提高产品质量和服务质量

老字号们有各自的“绝活”，成功的老字号从未停止根据市场需求来进行产品的改进和创新。如同仁堂每年都会研制新的药品，其研发投入占到总营业收入的六成[①]；内联升以制作布鞋起家，在保有传统布鞋优势的同时，也依托其优良的原料和技术，生产了许多款式新颖，符合现代审美的新样式布鞋和皮鞋[②]。而逐渐没落的老字号则多固守传统，没有做到推陈出新。在大众点评网上搜索“馄饨侯”、“青云阁”等老字号时，我们会发现这些老字号的顾客评价都很低，无论是菜品口味还是服务环境，都明显落后于其他新建的餐饮店铺，在激烈的市场竞争中对于老字号的发展十分不利。创新并

① 数据来源：北京同仁堂股份有限公司2014年报. http://www.tongrentang.com/tongrentang/resource/cms/2015/05/2015051110512339349.pdf.

② 详见内联升官网：http://www.nls1853.com/.

不是让老字号抛弃传统，而是在传统基础上进行精炼，以精致取代粗糙，以带有传统特色的新装饰取代老旧的装修风格等，以贴近顾客心理的周到服务来增强老字号的竞争力和顾客吸引力。

3. 适当开设分店，扩大市场份额

随着城市的不断扩张，人口的大量涌入，老字号仅守一家总店，限量营销的方式可能难以为继。距离较远和交通拥堵等不便条件可能会让许多老字号的潜在客源望而却步，从而影响老字号产品的销量。从北京老字号的分布图来看（见前文），多数老字号总部集中在大栅栏、鲜鱼口等商业中心，辐射范围有限；而经营成功的老字号如全聚德、吴裕泰等多在北京各个城区设有分店，此举吸引了更多的客源，也奠定了老字号转型中稳定的客流基础。连锁经营的方式能够扩展市场，也能使老字号品牌传播更广泛，更具竞争力。

4. 保有诚信经营理念，强调信誉至上

老字号多是行业中的佼佼者，顾客对其认可也是源于多年来高品质的产品，对于这些百年老字号来说，诚信和口碑是它们区别于其他企业的重要因素。同仁堂自创立以来一直将“炮制虽繁必不敢省人工，品味虽贵必不敢减物力”奉为核心价值观，始终保证其销往市场的产品用的是最好的原料，自然赢得了大量忠诚度高的顾客。

在2003年“非典”疫情中，同仁堂以2元亏本的价格为大量民众煎药，坚持使用质量上乘的原料入药，短期看企业亏损严重，然而却赢得了消费者长期的信任和尊重。在企业利益和道德正义的抉择中，同仁堂始终站在道德的一方。老字号让我们看到一个优秀的企业不仅仅履行其经济义务，更能在需要的时候站出来履行其社会义务。事实上，许多老字号的核心价值观都与“诚信为本，信誉至上”有关系，正是这种对消费者负责任的态度成就了老字号的百年历史。

参考文献

[1]“北京老字号发展研究”课题组. 北京市老字号的发展现状与对策研究[J]. 北京行政学院学报，2014(3)：40-44.

[2] 陈文. 北京老字号振兴与发展问题初探[J]. 北京市财贸管理干部学院学报，2007(2)：21-25.

[3] 周爱华等. 北京城区餐饮老字号空间格局及其影响因素探究[J]. 世界地理研究. 2015(1)：150-158.

[4] 郭宝昌. 我与大宅门. http://www.docin.com/p_492668434.html.

[5] 北京同仁堂股份有限公司2014年报. http://www.tongrentang.com/tongrentang/resource/cms/2015/05/2015051110512339349.pdf.

[6] 内联升官网. http://www.nls1853.com/

[7] 北京老字号百科网. http://laozihao.baike.com/article-6326.html.

五 何以为家
——从《钟鼓楼》中还原老北京婚俗

刘洁（2015级研究生）

城市规划的主要功能是探究城市的空间形态，并利用空间形态保护城市的灵魂，这些灵魂就是在中华民族五千年历史文化长河中发展起来的风俗。婚礼自古以来倍受人们重视，被称为“人生大事”。婚礼的过程、排场等无不体现一个时代、一个家族甚至一个人的特点，这是中华民族数千年的文化传承。但是由于政治因素、时代变迁，传统的婚俗正在逐渐消逝。如今，人们虽然可以在老辈们的口耳相传中了解老北京的婚俗，但是却很难再看到一场真正的传统婚礼。《钟鼓楼》[①]主要叙述的是1982年12月12日早晨5点至下午5点在北京钟鼓楼一带一个四合院内，以薛大娘的儿子薛纪跃的婚礼为主线的故事，借此还原老北京婚礼过程。

（一）老北京婚俗的历史

1949年以前的北京婚俗是承袭清朝的婚俗。在民国时期，由于西方文明的入侵，一些西式婚礼和集体婚礼得到发展。新中国成立

---

① 刘心武. 钟鼓楼［M］. 北京：人民文学出版社，1985.

以后的一段时间内，婚俗还是不变的——下聘礼、请客、吃饭，但是由于经济困难，国家主张节俭，于是开始提倡移风易俗，将传统的婚俗简化为“一场聚会”[①]。“文化大革命”结束之后，北京的传统婚礼又逐渐开始兴起。由于西方文化的传播，北京的婚礼开始西化，虽然穿着婚纱、礼服，但是传统的向父母敬酒，敬茶、喝交杯酒的习俗在婚礼中还是存在的[②]。

（二）老北京婚礼的特征

老北京婚礼的发源可追溯到周，《礼仪·士昏礼》中记载“六礼”有“采纳”，即男方请媒人到女方家提亲；“问名”，即男方请媒人问女方的名字、出生年月，以占卜吉凶；“纳吉”，即男方家卜得吉兆后，备礼告知女方家，决定缔结婚姻；“纳征”，即男方家向女方家下聘礼；“请期”，即男方家决定婚期，备礼告知女方家，求其同意；“迎亲”，即新郎到新娘家迎娶。至今这些传统都还可见，而且还衍生了一些有趣的风俗，增添了婚礼的娱乐性[③]。

“北京市民的家宴式婚礼，在新中国成立前，不消说有着极其繁琐的仪式：女方一下轿，便要立即拜堂，早先都是先对着‘天地码儿’（神像）拜，后来有的改为先对着大红喜字拜……但有一个动向是值得注意的，便是无论取何种方式办喜事，都大大精减或干脆免去了具体的仪式，便是集体婚礼，有的也并不搞太多的鞠躬行

---

① 李慧波. 新中国十七年（1949—1966）北京市婚姻文化嬗变研究［D］. 首都师范大学，2012.

② 王思远. 婚礼视觉传达设计应用研究［D］. 北京印刷学院，2010.

③ 常人春. 红白喜事——旧京婚丧礼俗［Z］. 北京：北京燕山出版社，1996.

礼，只要开始喝酒后，小两口懂得按次序一一敬酒，大家便都心满意足。”（P135，P136）

1. 合婚择日

合婚择日具有很浓厚的封建礼教和神权观念。合婚是“六礼”中的“问名”，即卜测对方与自家的凶吉。合婚的形式有两类：一类是自我合婚，就是各自的主婚人将各方的庚帖放在自己家的佛桌的香炉下或者压在宗亲排位前的香炉底下，焚香、祷告，此后的三天之内，测看全家的凶吉。要是主婚人或者家庭成员里有人有吉兆，两家必当联姻。否则，就不结婚了。要是什么也没发生，就要去命馆合婚，这也是合婚的第二类。自我合婚的另一种方式就是主婚人就男女各方的“命相”、“属相”进行自我鉴定。第二类合婚是命馆合婚，就是确定将男女双方的八字给算命先生看，要是“上等婚”就是最好的，要是“下等婚”就不好，就要重新考虑是否结婚。而一般算命先生为了挣钱，就会促成婚礼。命合婚成功，才能取得“龙凤帖”即当时的结婚证书，然后就可以下聘礼了。

但是在下聘礼之前，还要选择良辰吉日。命馆先生根据双方属相或者八字算出具体下聘时间、结婚时间，男女双方就要根据算出的时间，进行相应的活动。择日完成之后，还要请星命家根据以上合婚、择日的结果，给请求合婚的男女写出鉴定，称为《龙凤通书》，作为喜事的全部礼仪指导①。

到了20世纪80年代，这些迷信的风俗少了，但是对于结婚选日子还是十分看重的，毕竟中国人讲究的就是“图个吉利”。“同北京许许

① 李凤琪．青州满族婚俗［J］．满族研究，1993（2）：52-53.

多多同龄的老市民一样，薛大娘现在绝不是一个真正迷信的人，她知道迷信归根结底都是瞎掰，遇上听人讲述哪里有个老太太信神信鬼闹出乱子，她还会真诚地拍着大腿笑着说几句嘲讽的话；但她又同许许多多同龄的老市民一样，内心还揣着个求吉利的想法”（P8，P9）。

2. 放定

放定与现代的定婚类似。放定分为放大定和放小定。放小定也称为过小帖，古时候称为“文定”。此时男方家会选一个黄道吉日到女方家放定，并且还要在至亲中选出一位“全福太太”——上有丈夫，下有孙男弟女来主持这个仪式。在定礼上达官贵人们最重视“如意”，因为它象征着吉祥如意。除如意之外，还要准备一对荷包，荷包是由绸缎做成的，里面装有金、银如意或者镯子等。放定时，姑娘要盘大腿而坐，全福太太一边捧着如意走进闺房，一边还要念着吉祥话，将如意放在姑娘的双膝之上。此外，还要给姑娘带上镯子或者钗之类的首饰，将荷包挂在姑娘衣襟的纽扣上。有些人的定礼不用如意，而是戒指或者手镯等，通常讲究的是四件，即项圈、耳环、手镯和戒指，这也是我们今天所说的“四金”。姑娘会将自己做的小礼物送给放定人作为答谢。此外，男方家还要为女方准备一两个点心盒子，里面放茶叶或者酒，送给女方的父母。

小定之后，男方家可以准备筹备婚礼了。但文定到婚期并没有具体规定，有的间隔时间很短，有的很长。一旦男方家准备结束，男方便可以要求迎娶，此时为通知女方家，就要过大定。

过大定就是男方家下聘礼，通常在迎亲前两个月左右举行，主要是男方家通知女方家迎娶的日期，所以又称为“通信过礼”。过礼的数量、种类和规模没有明确规定，主要视男方家经济条件而定，一般有：①《通书龙凤帖》，通常是一个红纸的折子，外加一个龙凤金文的封套；②如意匣，是放如意的盒子；③鹅笼，其实是在鹅笼里装鹅；④“酒海”，用笼子装酒；⑤“鱼池”，是在小鱼池里放2尾鲤鱼；⑥衣服；⑦首饰；⑧被子；⑨龙凤喜饼等。以上每件定礼都是以抬为单位，每抬都是涂以红漆、描以金边。每名抬夫都身穿红光金喜字绿袍，戴大绒秋帽。这些定礼由媒人和结亲队伍送往女方家。女方家收到聘礼之后，会陈列在院子里供亲友观看。男方代表会将如意放在女方的膝上，礼仪跟小定一样。女方作为答谢，将文房四宝、糕点和礼单等作为礼物送给男方。

3. 送嫁妆

嫁妆也称为陪嫁、妆奁，是女方家送给女儿的礼物。嫁妆的来源主要有两个：一是家中采办的，称为“攒妆”；二是亲戚朋友送的，称为“添箱”。

男方家下聘礼之后，女方家会将送来的龙凤喜饼和茶点分送给亲戚，并告知陪送妆奁和嫁女的具体时间，以示邀请；朋友就只送请帖。嫁妆的多少视家庭而定，富裕的家庭会送房产、土地或者商号等，贫穷的家庭可能就只送一些生活用品。

一般往男方家送嫁妆是迎亲的前一天。送嫁妆有固定的形式和程序，先是男方进行“催妆”。“催妆”有两种含义：一种是催女方上妆，另一种是催嫁妆出发。这里的“催妆”是指后者。男方催妆后，女方才能送妆。男方催妆会带来礼物，主要是肉类或者年糕，肉类称为“离娘肉”，年糕意味着步步高升，是谢妆的礼物。如果没有催妆，男方会与媒人和送妆人一起到女方家的上房中间，向上三叩首，一言不发，然后走出，女方家长站在一旁，并不接送，这也称为“谢妆”。

女方送妆后，男方家就会派人到路口迎接，称为“迎妆”。送来的嫁妆按照新郎新娘的习惯，摆放在男方家事前已糊成白色的新房里，这称为“安妆”。安妆结束后，送妆人会向男方家“报帖”，就是向男方家报告嫁妆的数量和类型。男方家一般会招待送妆人，还要进行“放赏”，即给他们发红包。

4. **迎娶**

“当然，正像每棵柳树都不仅不同于杨树、桑树、榆树……它们与别的柳树又有所不同，薛纪跃潘秀娅式的嫁娶一般分下列步骤：（1）小轿车迎亲。车到男方门口要放鞭炮、撒五彩纸屑，门口自然要贴红囍字；（2）在男方家成亲。主要招待男方的亲友，其中主要的亲友要留下来吃饭。女方家如离得远，一般只有女方的父母，其他亲友该天并不到场”（P106）。20世纪80年代的中国，已经过了物质紧缺的年代，婚礼婚俗虽没有恢复到以前的状态，但是基本的流程并没有变化。随着新时期琳琅满目的新物品的出现，婚礼也出现了新形式。

在婚礼当天，新郎会到新娘家接亲。茶房（礼仪指挥，等于现在的司仪）向娶亲太太请示什么时候发轿，是正响房还是倒响房。得到回应后，茶房便准备发轿。吉时已到，茶房通知门外的鼓手等全部进院里来。此时，茶房将新郎领到娶亲太太和娶亲客官前，一一叩首，表示要迎娶。娶亲太太便进入喜房（洞房）炕上象征性地整理被子，洗手后，到天地桌（供奉诸神的香案）前，将喜烛拔下，对点，但不能使蜡流下来，再以红棉引燃长命灯。此时，茶房向鼓手借一面直径为2尺以上的大广锣，交给一个十岁以下的男孩，让他在喜房里敲三下，称之为“正响房”。如果是娶亲回来再敲，就称为“倒响房。”听到锣声“冲犯”的人要回避。此时娶亲太太将天地桌上的高香打开，包装压在木斗下，双手举高香旋转在红烛上点燃，然后移至桌前，倒立香头（称为“拈香”），为使之充分燃烧形成一朵大红菊。最后插入木斗，跪下三叩，茶房宣布，娶亲太太上香完毕。开道锣手听到后，开始敲锣，称为“对锣”。对锣结束后，其他乐器起鸣。新郎向天地桌上供奉的“白份”（一个红纸口袋里半装着一沓水彩神头像）三叩首。茶房宣布吉时已到。两个茶房各托一个铜茶盘，里面以红绸垫底，上面放着一本万年历，一面铜镜，一盏红棉纸花灯，一支香，另一个铜盘有苹果，用胭脂染红的生花生、桂圆等。娶亲太太和茶房一起出喜房，新郎与娶亲客官跟在后面，最后跟着的两个人，一个是提装有盖头的包袱，一个是提装有“金银水”（从男方家里带一壶水到女方家里，再从女方家里带一壶水到男方家里）壶的小男孩，来到大门前。此时，娶亲太太点燃花灯，用铜镜在轿里照一下，称为“照轿”，可以驱邪。然后点燃香，在轿里熏一下，称为“熏轿”，祛煞气。再把喜果撒在轿内，最后盘腿坐在轿里，称为“压轿”。此时，娶亲的队伍便可以出发去新娘家了，新郎和娶亲的人一般走在轿的后面。

娶亲队伍来到女方家路口，先由走在最前面打着“开道旗”的鼓手猛烈敲锣，以此通知女方家喜轿要到了。女方家收到讯息后，由四位送亲客官把街门关起来，称为“闭门”，是为避避煞气。这时，娶亲客官们便要叫门，门里门外相互逗话。逗趣一番，临开门前，娶亲的人要将几个红包和一包茶叶从门缝里递给送亲人，大喊“合意开门”，然后向空中掷硬币，称为“满天星”，围观的小孩会过来抢。娶亲的人随后进门，由送亲人引见，到堂上互相道喜。送亲太太和娶亲太太稍做寒暄，便入闺房，张罗上轿。进门只允许喜轿进门，其他人在外面等。要是新娘家宽敞，就不必撤杆，称为“拉门子”。要是女方家较窄，就必须要撤杆、卸顶，轿夫抬着轿底下的四角的坐绳，进门，一直堵到闺房门口，要求上不见天，下不露地。新郎也会在媒人的陪同下进门，先是到正堂给岳父母叩三个头，称为“谢亲”。再到闺房作揖，表示“催妆迎亲”。娶亲太太会给新娘梳双抓髻，双抓髻夫妇象征男女都是初婚，而不是半路夫妻。新娘穿的上轿服，春、秋、冬季为薄棉服，象征保暖或者荣华（“绒花”的谐音），夏天穿夹衣，但在腰和膝盖处也有棉。新娘梳妆完毕，由娶亲太太或者送亲太太盖上盖头。准备就绪，新娘盘腿坐在炕上等待吉时，吉时一到，由新娘的兄长抱入轿中，或者由送亲太太扶入轿中。

在喜轿出发之前，女方家要设法款待娶亲人，一般都是象征性的，摆一个“看席”。等喜轿退出闺房门口，茶房端来一碗清汤放在桌上，大喊：“上汤了您哪！”表示款待结束，娶亲人在桌上放下“汤封”的赏钱。娶亲人用女方家事前准备好的“子孙碗”、“子孙筷子”偷给新人吃的“子孙饺子”，带回男方家，象征“窃去子孙”。

新娘坐上喜轿，喜轿便称为“宝轿”，要放下轿帘。路过坟茔、河流、桥梁等都要象征性地用红毡子遮挡一下[①]。宝轿要求平稳，所以要由新娘的兄弟扶轿。从女方家将新娘抬到男方家，称为“起轿”。但抬回新娘不能走来时的路，要走另一条，称为“不走回头路”。

① 李凤琪. 青州满族婚俗［J］. 满族研究，1993（2）：52-53.

迎亲队伍来到男方家附近，便开始放慢脚步，大敲锣鼓，以示男方家做好接新娘的准备。男方家也要向女方家一样关街门等，但时间没有那么长。女方的送亲人也会撒“满天星”，不过这些钱是犒赏轿夫的。女方进门时，男方家院中会用一个盆生炭火，势必要旺盛，以示以后的夫妻生活红红火火。宝轿在门外卸了顶，拆了杆之后，轿夫手提轿厢的坐绳，越过火盆，称为“熏煞”，停在喜房前面，堵在风口上，新娘不得见光。此时，娶亲太太会在天地桌上再烧一次香。茶房从天地桌上将马鞍拿来放在轿前，新郎手执弓箭，箭头朝下，隔着轿帘虚发三箭，寓意马到成功①。打开轿帘后，由男方家请来的填粉少女在新娘脸上涂粉，一脸白，一脸红，称为“填脂粉”。此时，新娘要下轿了，但新娘不能空手，一般手抱苹果或者花瓶。新娘越过马鞍，预示“平平安安”。新娘脚下用红毡子铺地，鞋不能沾地，由男方家请来的两位全福妇女搀扶，来到天地桌前拜天地。拜天地，男左女右，向象征天地的“白份”三叩首，夫妻对拜一叩首。茶房将天地桌上的“白份”和香送到院里的炭火盆里焚化，称之为“送神”。至此，迎亲仪式结束。

接下来的洞房，首先是“坐帐”。新人根据男左女右的顺序坐在炕沿上，将新郎的左衣襟压在新娘的右衣襟上，寓意男人压女人一头。此时，男方家会将帐子支起来，把新人闷在里面一下，以示已经共宿。然后，娶亲太太一面将桂圆等喜果撒在帐内，一面说吉祥话，然后把帐子打开，称为“撤帐”。此时，新郎便可以用红纸包的称将新娘的盖头挑起来，称为“初见”，因为此时新人才看见对方的

① 李凤琪. 青州满族婚俗［J］. 满族研究，1993（2）：52-53.

脸。称寓意着“称心如意”。接下来是“插花卜喜”，就是把新娘头上的绒花取下来，插在喜房的某一处，预示什么时候有喜。接着是喝交杯酒，也称为“合卺”之礼，始于周。两个杯子用红头绳系在一起，寓意千里姻缘一线牵。新人先喝一半，然后交换，喝完，称为交杯酒。喝完交杯酒就要吃“子孙饺子”了，就是从女方家偷来的那个，一共7对，每对用红线拴起来，男方家还会准备长寿面，娶亲太太会将饺子和面分别喂给新人，同时还要说吉祥话，当新人被问到“生不生？”新郎回答“生”，表示以后要生儿育女。吃完，新郎就可以退出喜房了，留新娘一个人，新娘面对喜神方位盘腿坐在炕上，不能笑，不能随便下地走动，此谓“坐财”。

当天，会有亲朋好友前来祝贺，一般会分为不同席别比如贵宾席，是招待接亲人员的；新亲席，是招待对方家来客的；近亲席，是招待自家亲戚的；朋情席，是招待一般的朋友的。席面也根据主办方的情况来安排，大致有以下几种：①“猪八件”——“花九样”的便席。“猪八件”就是用猪肉做八大碗肉菜，再配上八碟，称为“八碟八碗”，“花九样”就是在“猪八件”的基础之上进行调整；②火锅；③普通“四到底”。有四干果，四蜜饯，四冷荤，四炒菜，四大碗，四大件，四点心。还有一些是在普通“四到底”的基础上改良而成。此外还有京西“八碗一锅子”。有钱人家则会准备“四到底”燕翅席、“四到底”鱼唇席、鱼肚席、海参席等[①]。“**薛大娘在苫棚里检查着备好各种原料和半成品——洗净切好的白菜、油菜和胡萝卜，裹上鸡蛋面粉炸过的一道小黄花鱼，发了一夜的木耳、黄花**

① 常人春. 红白喜事——旧京婚丧礼俗［Z］. 北京：北京燕山出版社，1996.

和笋干……请到的大师傅据说曾在同和居掌过红案，他今天弄出来的‘四四到底’，肯定谁也挑不出碴儿来”（P10）。

当外面的席吃得差不多了，人们便开始闹洞房了，闹洞房花样不一，有咬苹果、咬葡萄等。闹洞房的习俗始于晋代，主要基于人们的求子心理和求发家兴旺的心理①。傍晚，洞房开始上灯。帐子上方要点上有鸳鸯彩绘的宫灯，要点新娘家陪送来的“蜜里调油”的长命灯，以及龙凤彩饰的大蜡。要把喜房点得通亮。这就是人们常说的“洞房花烛夜”。

第二天天亮，称为“双朝”，此时要进行贺红之礼。新妇由一位全福不忌的妇女梳妆打扮，首先是“开脸”，即用五色衣线将新妇脸上的汗毛去掉。之后是盘头发、穿衣服。然后新人一同祭拜神、佛、宗亲等②。在拜见亲人时，被拜见的长辈要给小辈准备礼物③。然后新人回到房中，在炕上对面而坐，全福妇女将两个人的长衣下襟搭在一起，中间铺上皮包袱，将新娘抱来的宝瓶里的“金银米”（大米、小米）和小的如意倒在皮包袱上，意为得到金银、如意的意思。

5. 会亲和回门

在迎亲的第二天，女方家会到男方家来“吃酒”，称为“会亲”。男方家会将大门内搭成门的形式，里门设有床，床后挂福、禄、寿三星，像前摆一面帽镜，帽镜前面放水壶、钟，称为“迎门钟”。吃酒的女方家人来到之后，主人和娶亲太太迎出，新郎则跪向三星，

① 鲍宗豪. 中国婚俗的文化意蕴［J］. 社会科学研究，1992（5）：66-70.
② 郭晓婷，冷纪平. 北京旗人婚俗在清代说唱文学中的体现［J］. 北京社会科学，2011（2）：90-94.
③ 李凤琪. 青州满族婚俗［J］. 满族研究，1993（2）：52-53.

将酒递给来客，三叩首，然后客人进入正堂。吃酒时，新郎会向新娘家的来客每桌敬酒，客人则赠送不同的礼物，比如扇子，寓意“善子”；带子，寓意“生子”。

吃酒，只是一种形式、礼仪，并不真正吃。在吃酒结束后，女方家会将酒席带走。而女方家在来时，就带来了新娘的礼物，他们会将这些礼物分给新郎的亲友，称为“开箱礼”或“见面礼”。礼物主要是一些女红。

新娘新婚后，要回家报告新郎家的情况和婚姻情况，所以要“回门”。“当天或者第二天男方随女方‘回门’，‘回门’一般就不坐小轿车而改为骑自行车或乘公交车电汽车了。女方家里招待女方的亲友，其中主要的亲友一般也要留下来吃饭，但排场花费一般都逊于男方家。”（P106）回门一般在迎亲的第二天，新娘家会在天亮前把新郎新娘接回来。同样也是拜神、拜宗亲等，礼数与在新郎家基本一致。

（三）由婚俗看非物质文化遗产保护

从老北京的婚俗中可以看出，这些风俗与其他地方的风俗，有相似之处也有区别。那些相似之处在现今的婚礼中仍有所保留，而那些繁琐之处已经被改良或者是被人们所遗忘了[①]。近些年来，淹没在西方婚礼大潮中的传统婚礼也会突然在某些地方露出冰山一角，如骑马迎亲、新娘乘轿子、拜天地等。这些现象可能是人们的标新立异，但也是一个推进传统文化风俗保护的契机。

① 周小平. 北京新版乡村婚俗［J］. 北京纪事，2009（8）：38-40.

我国对这些民俗的保护是相对欠缺的，相关的法律只有《历史文化传统名城名镇名村保护条例》和《中华人民共和国非物质文化遗产法》，而仅有这些是远远不够的。

参考文献

[1] 刘心武. 钟鼓楼[M]. 北京：人民文学出版社，1985.
[2] 李慧波. 新中国十七年（1949—1966）北京市婚姻文化嬗变研究[D]. 首都师范大学，2012.
[3] 王思远. 婚礼视觉传达设计应用研究[D]. 北京印刷学院，2010.
[4] 常人春. 红白喜事——旧京婚丧礼俗[Z]. 北京：北京燕山出版社，1996.
[5] 李凤琪. 青州满族婚俗[J]. 满族研究，1993（2）：52-53.
[6] 鲍宗豪. 中国婚俗的文化意蕴[J]. 社会科学研究，1992（5）：66-70.
[7] 郭晓婷，冷纪平. 北京旗人婚俗在清代说唱文学中的体现[J]. 北京社会科学，2011（2）：90-94.
[8] 周小平. 北京新版乡村婚俗[J]. 北京纪事，2009（8）：38-40.

六 天下为公

——从《国画》《梅次故事》看我国行政官员的时代使命

杨子成（2013级本科生）

《国画》和《梅次故事》的作者王跃文和“官”有着亲密接触，他充分地“深入生活”、“熟悉情况”，可以说，在他的小说里面，我们可以闻到一些真正的“官味”、“官气”，听到一些真正的“官腔”、“官调”，见到一些真正的“官模”、“官样”①。

（一）小说解读

1. 情节概要

《国画》（1998，36岁）是以主人公朱怀镜的宦海沉浮为线索的，描写朱怀镜在荆都处理因求他介绍工作的妻弟四毛受骗欠了龙兴大酒店酒钱而挨了打的过程中，假装自己经常见市长，得到派出所宋所长的奉承并认识酒店的老板雷拂尘和副总梅玉琴（后为情人），并且得到了八万五千元的赔款。之后通过宋达清认识了江湖艺人袁小奇，通过皮副市长的秘书方明远认识了皮副市长。朱怀镜使尽力气巴结上了皮副市长，仕途一帆风顺。但皮副市长的大儿子皮杰卷款

① 书虫子的新浪博客. http://blog.sina.com.cn/s/blog_610321e00100fazz.html.

出国，梅玉琴和雷拂尘相继被捕入狱，皮副市长转任政协主席，朱怀镜的权力也被架空。为了仕途，朱怀镜央求同为官且是老乡的张天奇帮忙周旋，幸有张天奇的把柄在手，朱怀镜最终得以调任梅次地区地委书记。

《梅次故事》（2001，39岁，续集）继续讲述朱怀镜调任梅次地区之后，便陷入了梅次地区党委书记缪明和行署专员（市长）陆天一的权力斗争中。花费一番工夫，朱怀镜弄清了形势：缪明是上任市委书记的“政治遗产”，而陆天一则是现任荆都市市委书记王莽之亲自提拔起来的。由于身居要职，很多人来送礼，朱怀镜为了自己的安全，把钱都捐了并做了详细的记录。朱怀镜在去北京向有关部门和领导汇报感谢的时候，经朋友吴弘介绍拜会了王莽之在北京的老上级李部长，借此搭上了王莽之，并从缪明和陆天一的斗争中跳出，甚至渔翁得利当了梅次地区党委书记。朱怀镜一面沉浸在升官的喜悦中，一面却发现自己倒了大霉。新任市委书记王莽之是国家干部且身居高位，而且王莽之授意朱怀镜把梅次价值20亿的高速公路工程交给他的儿子王小莽，朱怀镜考虑到自己的安危后拒绝了王莽之。在担忧受到迫害的春节，朱怀镜一家正在荆山寺拜佛，王莽之却在荆山上出车祸死亡。

2. 原型解读

（1）荆都市原型——湖南省

荆都市的原型为湖南省（行政）长沙市（地理），证据如下：①两本小说的创作者王跃文是湖南溆浦人，1984年，22岁的王跃文毕业后被分配到了溆浦县政府办公室工作，历任溆浦县政府办公室主任、溆浦县副县长。32岁时（1994年）调任湖南省怀化行署（现怀化市）办公室副秘书长，后又调任长沙。即作者毕业后到出版《国画》期间都在湖南省任公务员，且在1994年至2000年都在长沙工作，这一工作经历使得作者极有可能以此作为原型；②主人公朱怀镜任荆都市市政府财政厅副厅长，而只有省、自治区的政府部门才称“厅”；③行政层级任命线索，荆都市市委可以安排朱怀镜去任梅次地区地委副书记，也可以调整梅次班子，让朱怀镜来任书记（《国画》，P680页；《梅次故事》，P360），说明荆都市的原型应当是一个省会城市（它比地区高一个级别）；④在1977年6月到1993年9月间历任中共湖南省委书记都是湖南人担任，而在1993年9月至1998年10月则是山西人王茂林担任，这与小说中荆都市党委书记王莽之是新上任的且是山东人的背景一致，姓氏也一样（《梅次故事》，P188）；⑤荆都市里有荆水穿过，且北边有荆山。而长沙市有河流经过，且西北处有座北山，虽在网络上不出名，但在作者博客里却有一篇专门的文章（《国画》P330），因此可以基本判定故事的发生地是长沙市。

（2）拼贴的人物原型

《梅次故事》中有一段文字描写了梅次地区党委副书记及行署专员陆天一砸车的事情：“今天梅次日报的头条新闻竟让他大吃一惊。这新闻的标题是《陆专员独闯夜总会，怒火起铁拳砸公车》。昨夜十点半，地委副书记、行署专员陆天一路过夜夜晴夜总会，见门口停着很多公车，不禁怒气冲天。他掏出随车携带的警棍，朝这些公车奋力砸去。围观的群众拍手叫好，都说要好好整治这些使用公车出入娱乐场所的腐败干部……”（P37）

现实的报纸确实记载了一则公务员干部砸车的报道：“公车私

用屡禁不止。1996年元月，邵阳市部分中学师生义务在大街上擦洗护栏，孔令志前往看望，正在和孩子们交谈时，一个庞大的迎亲车队迎面而来。孔令志让司机说出所在部门，司机根本不予理睬。孔令志即把车队拦住，怒叫着：'从中央到地方，三令五申，不许用公车迎亲，你们充耳不闻，场面越搞越大。与孩子们比，你们太丢人现眼。'他随即取来两根交通指挥棒，把迎亲车队第一辆车前的大玻璃砸碎了，从此邵阳公车私用的现象很少见[1]。《邵阳日报》以《市长怒砸迎亲公车，围观群众拍手称快》为题，用大号字发了头条。"对于这件事，现在回忆起来，孔令志说："效果行，就是行为不佳。"1945年出生的孔令志，1983年起任湘潭市委副书记到2000年担任湖南省质量监督局长，在副书记位置共任职17年，而在一个位置停留这么久是极其罕见的。民间关于孔令志的评价是非常高的，2005年退休的孔令志在2010年的网络论坛中依然有着极好的名声，而《梅次故事》里描写的陆天一却有着坏名声。上述证据可表明，故事中的人物特征是汲取了多种素材拼贴而成的。

（二）朱怀镜形象与心路历程

1.《国画》中的朱怀镜

《国画》中的朱怀镜可以用表6-1展示他的官场心路历程。

---

① 邵阳人网. http://www.syrw.cn/rw/zj/201305/5621.shtml.

朱怀镜心路历程 表6-1

心情	城市	职位	事件	描写
踏实顺心	乌县	副县长	勤恳工作	朱怀镜在乌县过了十年，结婚、生子还有很多的朋友。最后三年多，朱当了副县长，事事也都顺心。(《国画》P7)
无聊气愤	荆都市	政府办公厅综合处副处长	死牛任剥	他没有权力提拔你，甚至也并不给你穿小鞋，但就是不在领导面前给你一个字的评价，哪怕坏的评价也没有。那么你就只有在他刘处长的正确领导下好好干了。干出的所有成绩，都是因为他领导有方。(《国画》P16)
痛并快乐	荆都市	副处长—财贸处处长	讨好上司和有用的朋友	不过朱怀镜自己也清楚，他的这种被领导赏识的感受是叫他自己放大了的。但不管怎么样，他认定这是一次机遇，他应该趁热打铁，让领导更加了解自己，或者说穿了就是同领导搞得更热乎一些。在这么一个大机关，你能让高层领导的目光投向你，在你身上多注视一瞬，就是很不错的了。(《国画》P152) 这三年中我越看越清楚，再也不能抱着自己过去认定的那一套处世方法了，那样只能毁掉自己的一生。……这三年中，我时时感到不平甚至愤慨的，就是认为长官无目，总幻想哪位有眼光的领导有一天慧眼识才，赏识重用我。……可是在这种体制和世风下，再好的组织原则、组织路线，也得看他们的个人道德啊！什么是组织？组织最后就是一个人！所以说到底，你是把自己的命运赌在他们的个人道德水平上。这是很危险的事情。你幻想他们道德完善，良心发现，太可笑了。(《国画》P153) 你不在官场，没法了解官场的微妙之处啊！这最多只能说明他们开始注意你了，这远远不够啊！说白了，你还得投资。现在玩得活的，是那些手中有权支配国家钱财的人。他们用国家的钱，结私人的缘；靠私人的缘，挣手中的权；

续表

心情	城市	职位	事件	描写
				再用手中的权，捞国家的钱。如此循环，权钱双丰。可我处于这个位置，就只好忍痛舍财，用自己的血去投资了。……他们不是被抓了就倒霉了，而是倒霉了才被抓了。（《国画》P154）
快乐太快痛苦袭来	荆都市	财政厅副厅长任上	调动关系自救	朱怀镜从党校回来……他原来分管的工作早已分解给其他各位副厅长了，现在重新安排他分管机关工会和离退休工作。……也没有从前那么忙了，待在办公室里，成天只是读书看报而已。人也慵懒了，总想打瞌睡。……日子看不到任何起色，朱怀镜真有些心如死灰了。……猛然想到自己奋斗这几年，不过就多了间小小的书房，简直太没意思了。（《国画》P671，P672） 朱怀镜便只好采用缓兵之计，说他现在刚刚接到任命通知，就忙着办离婚，说来不像话。（P681） 他似乎茅塞顿开了，对朋友的含义有了全新的诠释。这回没有张天奇这样的朋友，他是翻不了身的。（P682）

2.《梅次故事》中的朱怀镜

《梅次故事》中朱怀镜的职位变化并不频繁，完成了梅次地委副书记到梅次地委书记的跃升，但心情可以用“小心翼翼、如履薄冰”来形容。如“他说官话从来就慢条斯理，今晚把节奏放得更慢了，斟酌着每个措辞。他内心向着缪，却又不便着得罪陆天一，还得顾及向延平和邢子云（《梅次故事》P25）”；“最让他寝食不安的是高速公路招标，他越想越清楚：如果听凭王莽之父子的意图行事，太可怕了……但这王小莽只怕做得太过分了……这就有可能很快出事。

一旦出事，就是惊天大案。谁沾了边谁就倒霉……他真的拿不定主意。拱手将这么大的工程交在王小莽的手里，他真的不敢，迟早要出大事的。可是得罪了王莽之，后果也是不堪设想的。尽管早就有传闻，说王莽之要调走了。即便他调走了，也是高高在上。自己一个小小地委书记，怎奈他何……也就是说，王莽之并不是任用了一个干部，而是指派了一个利益代理人。”（《梅次故事》P418）

3. 孤独与痛苦的朱怀镜

两本小说中，朱怀镜的心里一直是孤独和痛苦的：①前途孤独与痛苦。朱怀镜为了升官殚精竭虑地去讨好领导。身边没什么朋友，同事只是共事的人，你只需要求他工作上好好配合，其他一概不值得管。以至于权力被架空的朱怀镜感叹道“猛然想到自己奋斗这几年，不过就多了间小小的书房，简直太没意思了”（《国画》P674）；②爱情孤独与痛苦。一方面源于不信任妻子，“他知道凭自己现在的身份，要给女人换单位，真比登天还难。他不想同女人说出自己的无能，怕让女人看扁了他。如今这世道，女人一旦瞧不起自己男人了，什么事情就来了”（《国画》P9）。另一方面是不负责任，对妻子香梅的痛苦无动于衷、冷漠处之，只在乎自己的心情，丈夫成为一种纯粹的身份（符号/工种），“对自己妻子竟丧失激情”（《国画》P339）不应该成为他不关心妻子、不负责任的借口。妻子知道他出轨后生气要离婚，“香梅提出离婚，他烦恼了几日，也就不把这事放在心上了。只是担心闹起来影响不好”（《国画》P686）。而同梅玉琴的感情，朱怀镜从开始就不知道要到什么地步，《大学》云“知止而后有定，定而后能静，静而后能安，安而后能虑，虑而后能得”。梅玉琴后来进了监狱，朱怀镜常常因此内疚不安；③友情孤独与痛苦。朱怀镜一厢情愿地认为自己只有三个说得上真心话的朋友，画家李明溪、记者曾俚、裱画店店主卜老先生。其实，这是朱怀镜的自我感觉太过于良好。如对他的好友李明溪而言，“朱怀镜一而再再而三，利用他的画作为巴结逢迎上司的阶梯。对李明溪深陷痛苦、身心几欲崩溃的状态却不理不睬，甚至以为不祥而深感嫌恶”[①]。对他的另一个好友曾俚，朱怀镜虽然认可他的理想追求，但是明确地意识到，自己和曾俚已是两个世界的人了。“为了替张天奇摆平乌县假桃种案和送乞丐翻车案，朱怀镜软硬兼施，最后利用曾俚对亲情友情的看重，封住曾俚之口。”后来虽有聚会，但其实话不投机。至于卜老，其实卜老只和李明溪说相投的话，朱怀镜只是旁观者、外行。朱怀镜面对自己心中的朋友的痛苦，表现出十足的麻木和冷漠，所以在自己悲怆时，自然也无人主动安慰他……虽然能在权力斗争中保全自己、左右逢源，但在身边已经没有倾诉对象了，也没有庇护之所了。用《国画》的结尾来形容朱怀镜的孤独无依，“恍恍惚惚，一时间不知身在何处”；④作为父亲的孤独与痛苦。儿子因为朱怀镜和妻子的不合也变得孤僻沉默起来，没有了孩子本应有的生动活泼。“朱怀镜坐过去，拉了拉儿子的手。儿子却触了电似的，手抖了一下。儿子的手并没有缩回去，却冒着汗。”（《梅次故事》P91）

（三）“认同朱怀镜”现象的文化根源及历史代价

王跃文如此评价作为官员的朱怀镜：“虽然是善良厚道的，绝非大奸大恶，但他圆滑自私、趋利避害、投机钻营、玩弄权术、没有

① 张战. 王跃文小说原创性初探［J］. 理论与创作，2011（01）：55-58.

信仰、没有原则、也没有真正的道德感和正义感。”[①]但也发现，不同的阶层对朱怀镜却是认同的，如读了《国画》的官员们，很多愿意以朱怀境自居；老百姓甚至认为官员能像朱怀镜这样，就已经很不错了。同时，社会大众广泛认为《国画》以及《梅次故事》是官场小说，虽然作者王跃文并不认同别人把他的小说打上官场小说的标签的做法，但并不影响我们对官员文化的探讨。

1. 官场小说与政治文化小说

官场小说古已有之，在王跃文看来，官场小说的目的只是满足人们对官场内幕的窥视欲、揭露官场黑暗，其品质不高，例如《官场现形记》、《孽海花》。王跃文认为自己的小说是反映时代的政治文化小说，“它从官场这一角度来表现人的共同处境和命运，是对深植于中国传统文化的民族心理中权力焦虑的一种切实而生动的表达。它比所谓‘官场小说’切入更深，拓展更广”。作者王跃文一再强调，“所谓政治文化，我觉得是指一个民族对政治的一种共同心态，是这个民族在政治方面一种共同的主观取向，它具体包括了对政治的价值观、对政治的态度和感情。”“但是在中国，由于特定体制和文化传统的原因，人们习惯于把政治等同于权力，把政治领域等同于官场……所以，政治文化小说热门的背后，实际上是人们对权力意志和权力的崇拜”[②]。

可以说，人们习惯于把政治等同于政权、权力、官场，却不理解政

① 十年后看《国画》. http://www.chinawriter.com.cn/2013/2013-11-05/180150.html.

② 十年后看《国画》. http://www.chinawriter.com.cn/2013/2013-11-05/180150.html.

治的本质是为公为民。例如，2009年郑州市规划局副局长逯军问采访经适房土地建别墅问题的张弘记者时竟然说道："你是准备替党说话，还是准备替老百姓说话？"这充分反映了国人基本政治观念的缺失与错误。关于政治，中国人的头脑里缺少政治理念而充斥着权力崇拜。

错误与虚假的文化打着政治的名义大行其道并占据人的内心，是对社会基础性信任的瓦解，是破坏社会基础联结纽带的蛀虫。但对于完全失序社会的恐惧使得缺乏政治文化的社会始终保留了一些政治文化，它的目标是守住"底线"因而容忍性极强，也塑造了人们对于并非大奸大恶但小奸小恶的朱怀镜的认同情绪和以其自居的自豪心理。但这种程度的政治文化只是守住底线保持现状，并没有形成改善人们整体福祉及促进社会和谐导向的强烈力量。这种程度的文化并非真心改善社会，只是为了避免社会完全失序，并非真心建设一个能够充分发挥生产创造力的社会，只是为了避免社会完全失序。这种程度的文化只能守成，而不能真正地发展。

2. 古代中国的反政治文化及历史代价

秦汉以来古代中国的国家制度已经变政治为统治，只看重有效的统治方式，而不考虑政治的理由和合法性，完全遗忘了之前的政治是为了公共利益的思想方式和制度设计[①]。这种变化，即所谓"三代之法/未尝为一己而立也/而后世帝王/唯恐其祚命之不长/子孙之不能保有也/思患于未然以为之法/然则其所谓法者/一家之法/而非天下之法也"（《明夷待访录—原法》）。

古代中国，自秦以后，统治政权的变化并没有带来政治文化、

① 赵汀阳. 反政治的政治［J］. 哲学研究，2007（12）：30-42.

政治理念的进步，反而使得只重视政权统治的反政治文化成为主流。以至于一度繁荣的古代中国在不断重复的政权更迭下，并没有培育出使得整个社会生产力得到解放的进步理念和进步制度（如越来越重视个人创造力的发挥、民主、实证科学等；何为良好教育、何为有效的惩罚等）。

古代中国由分裂走向统一是国家的进步，但是争权夺利的乱世导致的国家制度文化主流由政治文化变为反政治文化是整个中华文化的极大退步，这种退步影响到整个国家的发展命运。著名的“李约瑟之谜”对一度繁荣的古代中国在近代衰落挨打表示不解：**明清时，正值繁荣的中国社会出现了“早期工业化”，但却出现了科技成果和经济产出不足以支撑人口增长的相对衰落趋势，甚至于近代丧权辱国，付出血的代价**[①]。

只看重有效统治的反政治的文化，和依附于它的本质旨在强调有效统治的“底线”文化（故意保留一点地位低下的“政治文化”）共同组成了古代中国社会制度的文化基础。在有效统治为国家至高追求的国度里，社会经济发展的合法性和空间只能根植于国家统一和巩固王权的政治战略，“民为贵”多只被运用于底线考虑，“官本位”成为实际的社会共识，而其他各要素推动社会发展的空间极度狭窄，根本无法形成可以为自身发展改革社会制度的强大力量。

而这弊病贻害无穷，在改革开放之初甚为猖獗且得到强化，无怪乎王跃文借小说讲道：**“西方国家，真正的顶尖人才集聚在工商企业界，他们是社会财富的直接创造者，是社会精英分子；二流人才**

① 王津津，任保平．重释李约瑟之谜：经济转型路径演化视角下的兴盛与衰落［J］．经济学家，2016（6）：5-14.

才去从政。而我们中国，精英分子却相对集中在党政机关，无缘进机关的才去工商界或别的行业……相比之下，别人是优者更优，我们则是优者变庸，庸者更庸……人家的精英是千方百计把蛋糕做大；我们的精英却一天到晚考虑的是划分蛋糕，而且都想着自己多分一块。”（《梅次故事》P172）

3. 近现代西方的政治文化觉醒及阶段性历史优势

近代西方以资产阶级革命的方式扫除了大批政治上各要素服务经济发展的阻碍，通过以理性、现世为要义的宗教改革乃至资本主义精神的兴起，释放出了强大的认知转换力量[①]。在最近西方政治哲学的讨论中，自由主义学派从立足于“权利”转向强调“美德”，寻求康德与亚里士多德的结合；共和主义学派同样力图以古典传统来矫正现代思想的偏颇和极端[②]。可以说，在政治讨论的逐渐积累中，何为社会发展，如何实现公利，何为政治得到越来越清晰的阐释。这有助于政治理念在西方获得越来越多的民众基础，从而也有助于释放社会极大的创造力。

（四）“认同朱怀镜”现象的现实逻辑与制度基础

1. 现实逻辑

（1）阶层化社会的底层奋斗

朱怀镜为什么要来到荆都呢？书的开篇写道，朱怀镜回忆了在县城的美好生活，先说自己喜欢小地方的随意与平和，然后又说出省考察时曾遇到一个看相先生说自己离土离乡会有大出息，就找机会调到

① 皮凯蒂. 21世纪资本论［M］. 北京：中信出版社，2014：359.
② 皮凯蒂. 不平等经济学［M］. 北京：中国人民大学出版社，2016：17.

省里了。所以离土离乡来到前途无定的荆都表面是因为一个算命先生的议论，其根本是因为想有大出息。按道理讲，副县长已经出息够大了，为何要抛弃实权来省里呢？为何只要有机会就非此不可呢？

什么是大出息？主父偃的“丈夫生不五鼎食，死则五鼎烹耳”吗？大出息究竟有什么，是小出息万万比不上的呢？回看朱怀镜的出身：“他买双皮鞋，买件衣服，或是下了顿馆子，总会突然想到花的这些钱，父亲得辛辛苦苦做半年或是做一年。”朱怀镜出身于非常普通的底层农民家庭，他对于自己父辈以及自己一生奋斗的看法是：“一个乡下人所谓的大出息，得通过几代人的努力才能实现。他朱怀镜这一代只能走完从乡下人变成城里人这一步。他只能为儿子创造条件，让儿子比他再高贵些。以后孙子比儿子又更高贵些。只有这样，他的家族才会慢慢进入社会的高层。不管你承认也罢，不承认也罢，社会已经在事实上存在了阶层。生活在下层的人，你可以傲骨铮铮地蔑视上层，可你休想轻易地接近和走向上层。所谓上层，向来都是指做了大官的人，可这些年上层行列里又增加了新的成分，那就是赚了大钱的人。在荆都，做大官的和赚大钱的都被人称做老板。朱怀镜只是真切地感到这社会的确越来越阶层化了，有些人更是越来越贵族化了。尽管做官的仍被称作公仆，尽管有钱的人仍尊你为上帝，可事实就是事实。下层人想快些进入上层，拿时兴的官话说，就是实现超常规发展，你就得有超常规的手段。”（《国画》P213，P214）

（2）行政官员的小我理想战胜了城市管理的大我理想

“一个人为何而当官，为何而渴望升官”是极其重要的问题，它关系到个人目标和公务员组织目标的一致性。“上下背德，祸必兴焉”（《罗织经·事上卷》），如果一个组织成员的目标和组织目标背道而驰，那就必然产生祸患，起码不利于组织目标的良好实现。

对于身为行政官员的朱怀镜，前途即是理想，前途即是正义，而公务员的职业目标却是尽可能有效地实现公共利益。无疑，城市管理者的小我理想与城市管理的大我理想发生了冲突。朱怀镜的做法是容易理解的，但其行动却是对政治理想的背离。

小民的生活理想容易实现，容易感受且风险低，并帮助其轻易站在了价值判断的制高点，在缺乏制约监督且缺乏政治理想时，普通人的一切行动便以自身利益为中心了，甚至形成利益集团，共谋私利。“如今在官场上要想有所作为，靠你一个人埋头奋斗、苦干傻干肯定不行，得编织一张互利互惠的关系网。”（《国画》P440）为了获取自身权力和利益，一些地方政府没有很好地权衡经济成本和社会效益的关系，致使这些地方发展不均衡。无论如何，一个人担任公务员的最高动机不应该是养家糊口甚至发家致富，公务员制度的设计应该围绕公职属性，要尽力改变担任公务员是为了实现个人小我理想的动机。

2. 制度基础

（1）干部选拔制度

我国的干部选拔方式主要有考试、考评、选举、任命。干部考核指标体系虽几经调整，但基本上都从德、能、勤、绩和廉五个方面对干部进行综合考评。目前的考核体系从源头上存在一些问题：①公务员考试的内容和要求实际上决定了城市管理者的知识储备和理论视角，目前的公务员考试知识面广但专业性差，导致入行门槛低。甚至在公务员培养方面，我国虽重视全方位培养（如基层锻炼，跨区调动），但也忽视了城市管理的科学属性，忽视了具备专业知识的技术官员。“缺少技术性的公务员队伍中积累了一些即使不满于腐败但‘除了能够照着报纸上学说几句官话，没别的本事，你不让他当干部，他还真没办法活’的没有丝毫依靠的公务员，也培养了一批只把智慧用在钻研升官的公务员”（《国画》P543）；②各项指标的权重由上级政府公职人员决定，甚至可以随意变更，导致在经济等各项硬指标差距不大的情况下，会直接影响考评结果。因此不可避免地造成了下级的行为以上级的偏好为转移，导致“官场”上的依附关系盛行；③在“关系场”的力量下，领导的“暗示”和“吹风”完全可以遥控选票从而提拔想提拔的人。关系场有利于团队融洽，但是依靠升官利益形成的团队是不利于公共利益的。

（2）层级管理与层级福利设计

我国国家公务员的行政级别分为十二等十五级，如此多的级别使得整个系统的控制力度非常强，所谓“下有所求，其心必进，迁之宜缓，速则满矣。上有所欲，其神若亲，礼下勿辞，拒者无助矣”（《罗织经·治下卷》）。当然，一些发达国家如美国也一样保持了对公务员的强控制力度，美国联邦政府的职业公务员甚至设计了18个等级。但是我国有着独特的与行政级别相关的“福利”设计，从配车到办公室装修标准都讲级别，并且差距较大，这些捆绑福利无疑使得公务员急切于升官。等级福利制度设计背后的“官本位”意识严重，甚至倒逼制度设计，使得公务员差旅费不得不上调（避免身份意识强的“官员”采用变通的做法住超标准的宾馆）[1]。《国画》中

① 官员差旅住宿费标准上调. http://news.china.com/domestic/945/20151021/20598245_1.html.

提到“官样文章常见的套路是，在什么什么的正确领导下，在什么什么的大力支持下……看上去方方面面都点到了，只有人民群众被忽略不计了。似乎只要谁加强了领导，用不着人民群众流血流汗，这个社会就五谷丰登、财源滚滚”（《图画》P601）。这样的“官本位”意识在层级福利中自我复制繁衍，不能不警惕。改革与行政等级挂钩的福利，使得公务员意识到经费是纳税人的钱，意识到自身的职业是普通的，并不因对社会作了贡献而高高在上，是耗时耗力但也必须做的。官场等级福利制度可以被认为是行政管理改革的迂回战术，但不能一直仅此而已，抓准时机进行全方位的改革是必需的。

3. 现象消除

无论某些读者如何认同朱怀镜行动的合理性，其行动与公益目的无关甚至背离是显然的。一些人心中或多或少有着大我情怀，但行动却往往只关心私利，面对公利不作为甚至加以损害，这反映在他们心中便是一种偶尔但重复产生的终将平息的冲动。对于社会来说，这种现象反映在一种普遍的、互相伤害的、重复浪费的、畸形的个人奋斗历程。虽然形势严峻，困难重重，但消除这种现象仍然是可能的，也是有迹可寻的。

（1）文化根源

之前虽然说“只看重有效统治的反政治的文化，和依附于它的根本上强调有效统治的‘底线’文化（故意保留一点地位低下的‘政治文化’）共同组成了古代中国的社会制度的文化基础”（见前文），但是中华文明的文化基因里始终保存了原汁原味的政治文化（政权以公益为目的而非自身政权统治的维系）基础。近代我国赤诚青年为救亡图存而做出的奋斗牺牲就充分反映了我国传统文化教育中的公益意识和政治教育。“先天下之忧而忧”的文化熏陶虽然在现实中被制度及环境所扭曲，但若逢乱世仍可激励诸君勇往直前，充分显示了其强大的文化影响力。

救亡图存危机下学习西方的功利性和急迫性使得我们的文化教育有着巨大的断层，尤其是改革开放以来，发展迅速但不平衡的社会里“学习—挣钱”的教育思想广为流传，许多家庭教育也技止于此，法律和制度的不断完善根本无法弥补这种文化教育的缺失。而资本及其意识形态在现阶段更加强烈地冲击着中国人的内心，影响着中国人如何看待人生的意义，看待成功，看待公利。自利是不需要教育的，但公利和互爱却一向是容易漏掉的，这是需要大加提倡和弘扬的。

人到底是出于情感相亲而联合组成社会共谋未来，还是如《社会契约论》所讲为了自由而以契约的方式构建社会秩序？显然这两种思路是不同的。子曰：“可与共学，未可与适道；可与适道，未可与立；可与立，未可与权”(《论语—子罕》)。意思是可以一起学习的人，未必都能学到道；能够学到道的人，未必都能够坚守道；能够坚守道的人，未必都能够权衡应变。文明直接关系到公共政策和制度的设计思路及出发点，全球化背景下西方文化的影响渗透是必须明了的。我们学习的近现代西方文明虽然兼有自我保存和与人同存的基本价值观，“但在自由主义与资本主义的大气候下，自我保存的膨胀把与人同存挤出去”，“到了今天，更干脆把公利扭曲成为私利竞争的产品（公众利益）”。“公众”是很多人的集合，是小我概念。[①]“大我”

① 梁鹤年. 西方文明的文化基因［M］. 北京：三联书店，2014.

是很多人的综合，不单是这一代人，还包括前后几代人，不单是这一个群体的利益，更考虑综合的整体的利益，即多数票的结果并不一定更符合公利。

正如，被视为西方文明典范的最保障自由的美国，却是西方发达资本主义国家中工资不平等程度最为严重的[①②]，自由的弱肉强食逻辑也一直维护着种族歧视的观念[③]。我国的不平等程度比发达的美国更加严重，需要在制度上学习和借鉴西方，但前提是先认清西方制度设计背后的效率考量和效率之外的其他考量。我国的政治文化长时间在反政治文化（只看重有效的统治方式）的阴影下勉强维持，在近现代又逢打击，来者可追，我们应珍惜有限时间和历史财富。西方文明虽然发达但仍然结构性地制造着社会隐患，我们的文化根源不仅赋予我们以谦逊的心态学习西方文明优秀之处，也赋予了我们强大的凝聚力（不是因私利因自由的维护而产生）。这是我们的幸运，也是时代的希望。

（2）图景

人们实现小我理想的通道顺畅且代价低，使得小我理想在一定程度上已经很好地实现了，而实现大我理想是人们运用体力、物力、智力的宏观目标。我们共同的愿景应是：要用最少的成本保障人们的生活、感情、健康，节省财富，怀着良好的心智及技能投入工作和创造，“劳动已经不仅仅是谋生的手段，而且本身成了生活的第一

① 皮凯蒂．21世纪资本论［M］．北京：中信出版社，2014：359.

② 皮凯蒂．不平等经济学［M］．北京：中国人民大学出版社，2016：17.

③ 种族歧视撕裂美国（深度观察）．http://paper.people.com.cn/rmrb/html/2016-07/10/nw.D110000renmrb_20160710_1-03.htm.

需要”。在幸福之上，共建社会，努力创造。

（3）路径

光有梦想（文化、思想）是不够的，如果缺少实现的方法和机会，缺少可寻的路径，有梦想的人或国家的思维反而会陷入无奈的混乱和争论中①。这些争论和混乱自身有着循环反复的特点，既消耗精力又消耗信心、勇气和最重要的团结。文化知识传递的效率是递减的。只有通过制度设计等将好的文化固化下来，才能形成社会的“永久资产”，下一代人才能站在上一代人的肩膀上继续思考和攀登。目前为了对权力进行制约，我们虽然大力推进了反腐败和理论教育工作，但物质决定意识，无物质基础，是谈不上实际的平等地位的。

总之，通过教育、再分配、立法、权力制约、管理程序设置、社会公平制度设计、社会上升通道设计等手段，来促进社会公平，促进更大范围的人们以较低成本获得坚实的、长期的、有保障的物质基础，促进社会结构扁平化，是消除“认同朱怀镜”现象的基本路径。这也是城市规划管理的工作逻辑。

“愿修心，行修身”，从公共组织到每个家庭、每个人，承载文化的制度设计、知识及修养的提升都能够拓宽这条路径，从而使我们的社会不仅平等和谐而且效率高（应对风险能力强）。希望整个社会具备既在生产力上有充分效率又在文明上有稳定和团结互爱的社会基础和社会制度。

① 马克思．哥达纲领批判［M］．北京：人民出版社，1965：14.

参考文献

[1] 王跃文. 国画 [M]. 北京：人民文学出版社，1999 .

[2] 王跃文. 梅次故事 [M]. 北京：人民文学出版社，2001.

[3] 张战，王跃文小说原创性初探 [J]，2011 (01)：55-58.

[4] 赵汀阳. 反政治的政治 [J]. 哲学研究，2007 (12)：30-42.

[5] 王津津，任保平. 重释李约瑟之谜：经济转型路径演化视角下的兴盛与衰落 [J]. 经济学家，2016 (6)：5-14.

[6] 梁鹤年. 西方文明的文化基因 [M]. 北京：三联书店，2014.

[7] 皮凯蒂. 21世纪资本论 [M]. 北京：中信出版社，2014：359.

[8] 皮凯蒂. 不平等经济学 [M]. 北京：中国人民大学出版社，2016：17.

[9] 马克思. 哥达纲领批判 [M]. 北京：人民出版社，1965：14.

七 居为何来

——从《繁花》看上海近现代住宅的空间内涵

王璇（2013级本科生）

《繁花》书写了三代人物，各个人物的身份、家庭背景、主要活动空间、性格脾气都各有不同，作者在碎片化的描摹中展现了一幅完整的上海人生活图景，深刻详实地映射着其背后的时代变迁。作为无产阶级工人队伍最强大、资产阶级数量最多的城市，曾经风华绝代的上海赋予了不同的居住空间以不同的生活内涵，《繁花》则通过对不同阶层市民居住环境的白描，勾画了上海成长史的一个缩影。

（一）人物社会变迁与空间定位

1. 人物社会变迁

小说讲述阿宝、沪生、小毛三个童年好友的上海往事，展开了从1950年代末到1990年代初将近半个世纪的上海叙述，所涉及的人物，从资本家到商人、从地下党到工人、从知青到律师，涵盖了当代上海各社会阶层的变迁。书中三个主人公身份各自不同，大致情况见表7-1。

主人公不同年代身份演变一览表　　表7-1

人物＼年代	1960年代初	“文革”时期至1980年代初	1990年代初
沪生	出身空军干部家庭，家住茂名路洋房，后来搬到石门路拉德公寓	五金公司采购员，全国出差，因父母问题搬入武定路旧公房	律师，留守男士
小毛	出身上钢八厂工人家庭，家住大自鸣钟西康路	钳工工人	工厂门卫，原钟表厂下岗工人
阿宝	出身资产阶级家庭，家住皋兰路	曹杨加工组冲床工人，全家搬至曹杨新村	外贸个体

2. 居住空间定位

（1）阿宝家

1960年代初，阿宝十岁，邻居蓓蒂六岁。两个人从假三层爬上屋顶，瓦片温热，眼里是①半个卢湾区，前面香山路，东面复兴公园，东面偏北，看见祖父独幢洋房一角，②西面后方，皋兰路尼古拉斯东正教堂，三十年代俄侨建立……（第一章·壹）。香山路是旧上海最为繁华、最具欧洲异域风情的城市中心区的一部分，香山路地段的历史建筑基本保持至今，花园洋房独具特色，包含着丰富而又深刻的历史文化内涵，具有社会、经济与文化价值。根据原文中的①方位描述，可将阿宝家居住范围锁定在香山路地段皋兰路和香山路中间的地块（图7-1），再由②可将阿宝家住所定位在思南路42弄附近区域（图7-2）。

“文革”时期至1980年代初。原文描述：车一路朝北开，经过无数低矮苍黑民房，经过了苏州河，烟囱高矗入云，路人黑瘦，到中山北路，香料厂气味冲鼻，氧化铁颜料厂红尘滚滚，大片农田，农舍，

图7-1 阿宝家居住范围
图片来源：根据《上海近代独立式住宅花园研究》作者绘制.

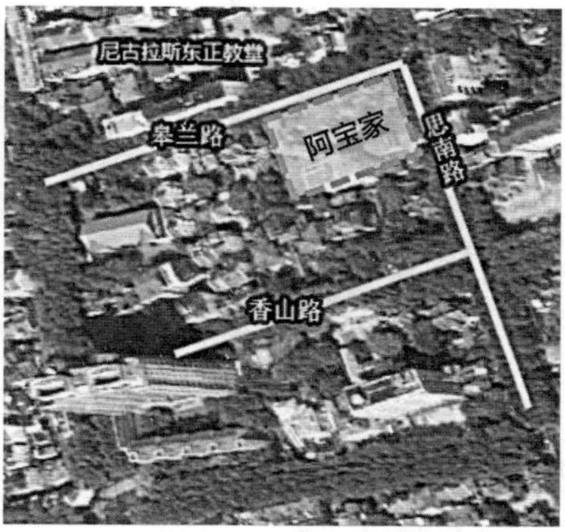

图7-2 阿宝家居住定位图
图片来源：根据百度地图作者绘制.

杨柳，黄瓜棚，番茄田，种芦粟的毛豆田，凌乱掘开的坟墓，这全部算上海。最后，看见一片整齐的房子，曹杨新村到了。（第拾壹章·壹）

曹杨新村位于上海市普陀区，始建于1951年，是上海市兴建的第一个工人新村，也是全国的第一个工人新村。小说中提到在1960年代阿宝家因为资产阶级背景而被抄家，全家迁至沪西曹杨工人新村（图7-3～图7-5），其居住范围大抵如此。

（2）沪生家

原文描述：沪生家的地点，是茂名路洋房，父母是空军干部，积极响应社会新生事物——民办小学，为沪生报了名，因此沪生小学六年上课地点，分布于复兴中路的统间，瑞金路石库门客堂，茂名南路洋房客厅，长乐路厢房，长乐邮居委会仓库，南昌路某弄洋房汽车间，中国乒乓摇篮，巨鹿路第一小学对面老式弄堂的后间。这个范围，接近阿宝的活动地盘，但两人并不认得……两人吃了面包，买到票，走到长乐路十字路口，也就分手。路对面，是几

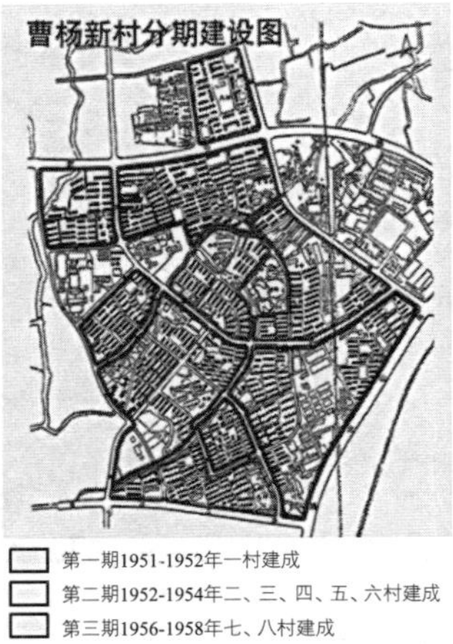

图7-3　20世纪50年代曹杨新村规划总平面图

图7-4　曹杨新村1970年代规划图

图片来源：解放日报，2014-6-12，解放报官方网站：http://www.jfdaily.com/history/bw/201406/t20140612_439134.html.

十年以后的高档铺面，迪生商厦。（第一章·贰）

小说中介绍沪生家住茂名路洋房，具体位置没有做详细描述，只在文中提到过与好友阿毛回家的一次同行最后在长乐路分手，在此不对沪生家的居住范围做出判断。

（3）小毛家

原文描述：小毛家住沪西大自鸣钟，沪生已随父母，搬到石门路拉德公寓，双方互留地址，告别……小毛满足，也因为第一次吃到面包，等电车到达长寿路，小毛下来，眼看电车继续朝北，像面包一样离开，带走奶油香草气味。

图7-5　曹杨新村现状区位图

图片来源：根据百度地图作者绘制.

图7-6 阿毛家居住范围
图片来源：根据百度地图作者绘制.

附近就是草鞋浜，此地一直往北，西面药水弄，终点站靠苏州河，这是小毛熟悉的地盘。（第一章·叁）

1926年，公共租界西区劳勃生路（今长寿路）、小沙渡路（今西康路）口道路中央，建起了一座钟塔，名叫“川村纪念碑”，它是日本在华商界，塔高14米，每隔一刻钟，即“叮咚”报时，声震十余里，因此称之“大自鸣钟”。久而久之，成了这一带的地名。对于小毛家的居住位置，只能根据小说中提到的“沪西大自鸣钟”、“长寿路”等地名大致确定（图7-6）。

（二）上海近代住宅建设

上海近代住宅的发展经历了一个大蜕变的过程，其住宅形式的变化某种程度上反映了上海百年的城市发展过程。在社会经济的发展过程中，随着时代的进步和不同阶层对物质享受的追求，出现了结构形态各异的住宅形式，根据住宅布局形式可以概括为上海近代里弄住宅、独立式花园洋房以及公寓住宅三大类型。

1. 小毛家——广式里弄住宅

原文描述："小毛家底楼，是弄堂理发店，店堂狭长，左面为过道，右面一排五只老式理发椅，时常坐满客人。（第一章·叁）""……小毛家住三层阁，五斗橱上方，贴有一张冒金光的领袖像。"（第一章·叁）

19世纪末出现的一种比较简陋的单开间两层楼房屋，由于其外形类似广东的旧式住宅，因此被称为广式里弄住宅。这种房屋开间小、进深浅、层高低，前后密集、形似鸽笼，通风采光都很差，居住者多为工人、小贩、低级职员。广式里弄基本上还保留着老式石库门的特征，总体呈连排行列式，单开间平面，二层至三层砖木结构，后面有单披厨房，蝴蝶瓦屋面，正面为板墙。底层中间开两扇木板门，两侧开木板窗，二层中间开木板窗。地坪用泥土夯实，屋内无自来水管道。广式石库门住宅与老式石库门住宅最明显的区别在于它不设天井和石库门门头。根据文中小毛出身于贫苦的工人家庭、家住三层阁、底楼是弄堂理发店、屋内没有下水管道、房屋开间小等细节描述，推断小毛家住所应为广式里弄住宅①。

此类住宅如兰安坊，位于西康路1001弄南侧，于20世纪30年代建造。该地段是沪西工厂区，房地产商利用空地建造新广式里弄住宅，主要面向一般市民居住。单元平面均是单开间横向连排，不设

① 典型上海老弄堂，无天井，无拍水马桶，基本是周璇与赵丹说笑，挂鸟笼的布景。1990年，出品了粉碎式马桶，底部装粉碎机，一切可以打碎，冲入下水管道，重点的销售对象，就是这类民居的人们。

石库门和前天井。

2. 沪生家——近代公寓住宅

原文描述：两人转弯，经过凤阳路，到石门路拉德公寓门口。沪生说，到我房间里坐一坐。小毛说，要吃夜饭了，我回去了。沪生说，上去看看。两人乘电梯到四楼，英商高级职员宿舍，比南昌公寓宽，一梯三户，钢窗蜡地，独立煤卫。沪生开门让小毛进去，朝东是马赛克贴面的大厨房，居中的台子上，摆了一只掼奶油圆蛋糕，小毛一呆。（第伍章·贰）

公寓住宅，产生于20世纪20年代上海地价暴涨的背景之下。该类建筑能以较少的占地面积而获取较多的建筑面积。建筑楼前、楼后或屋顶一般设有集中绿地，居住对象多以外商和有权势的中国人为主。高层公寓的总体组成一般分为公寓主体建筑、汽车间及工友用房、汽车回车道或绿化园地三个部分，楼层高度一般为3.5米，净高3.2米。公寓门厅设计较为华丽，一般在门厅前设回车道或回车平台，大门入口的壁面上常做些壁龛凹槽，内置雕像或花盆；门厅内的地坪、壁面、平顶等都很讲究装饰，标新争奇，显示豪华，以吸引住户。沪生父母是空军干部，居住公寓配有电梯，室内有独立煤卫和厨房，因此可推断沪生家住所为近代公寓住宅。

此类住宅如淮海公寓，上海法租界内的金融机构万国储蓄会于20世纪30年代投资建造该公寓（图7-7、图7-8）。公寓建成后曾是上海有名的高档公寓，建成之初多为外侨租住。历史学家周谷城曾在此居住，瑞士、印度尼西亚驻沪领事馆也曾在此办公。

3. 阿宝祖父家——独立式花园洋房

原文描述：“宋老师拉拉沪生，两人相看一眼，走进思南路一幢

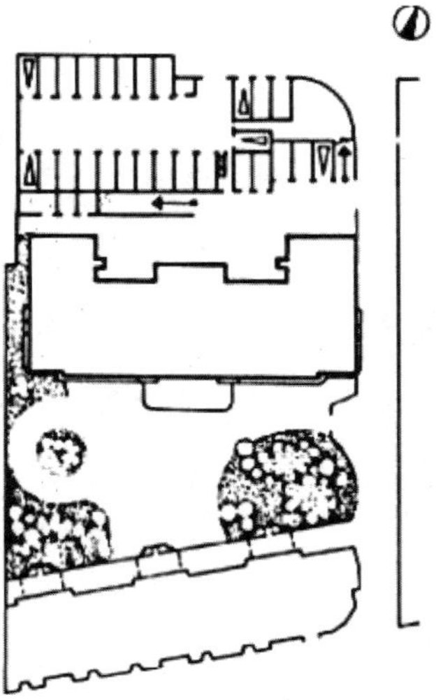

图7-7　淮海公寓总平面图
图片来源：上海近代建筑史稿[1]：188.

图7-8　海宁大楼外景
图片来源：上海近代建筑史稿：188.

三开间大宅，汽车间停一部黑奥斯丁轿车。这幢房子三代同堂，住了阿宝的祖父及叔伯两家，新搬来的孃孃，就是宋老师，随丈夫黄和理调回上海，暂居二楼房间。”（第一章·贰）

思南路是卢湾区内一条南北向道路，是法租界于1914年第三次扩张时修筑的马路。第一次世界大战结束后的十年间，法租界在霞飞路、辣斐德路、金神父路、吕班路（重庆南路）围合成的以马斯南路为中心的区域设计了上海第一片精心规划的住宅区，规定只允许建造西式房屋。

花园洋房从整体布局上看，遵守了西方城市规划秩序原则，房

① 陈从周，章明. 上海近代建筑史稿［M］. 上海：上海三联书店，1998.

屋之间保持相对私密空间，一般正屋朝南，地基力求正方，围以高墙，形成一个私家小天地，往往以一个住宅为主体，南面为开放式花园。从建筑构造上看，主要采用西方传统的砖石墙承重结构形式，其中砖石柱廊、砖石拱廊等西式建筑结构得到很大的发展。从建筑艺术风格看，花园洋房的风格样式丰富多彩，有仿古典式、欧洲乡村别墅式、西班牙式、美国殖民地式、混合式、现代式和中西合璧式。

此类住宅如盛宣怀故居，是保存完好的中式独幢别墅，原在延陵西路南侧鲜鱼巷，有平屋、楼屋8进102间，1992年因建设需要拆迁，市政府公布大马元巷18号盛宣怀旧居为市级文物保护单位。旧居系宣怀父盛康与侄宇怀合置的硬山造木结构建筑，大门原在青果巷今法院所在地，存大厅五间，花厅四间，楼屋两间有内园、黄石假山等。

（三）上海工人新村建设

大约10年前，在上海曾经有过一场著名的讨论——“谁更代表上海？工人新村 VS 石库门”。作为一种居住形式，石库门更能代表上海的地域特色，它代表的是庞杂而有活力的市民阶层。而伴随着新中国各项社会制度的逐步建立、调整和完善，工人新村深深扎根于整个城市的空间和社会结构，影响至今。三十年（1949—1978）的上海工人新村建造史大致可以分为三个阶段（表7-2、图7-9）：开端期（1949—1953）、扩张期（1954—1958）、停滞期（1959—1978）。

上海新村建设统计一览表（1951—1978） 表7-2

年份	新村个数	新村建设面积（万m^2）	年份	新村个数	新村建设面积（万m^2）	年份	新村个数	新村建设面积（万m^2）
1951	7	24.52	1961	3	9.25	1971	0	0.00
1952	34	255.16	1962	0	0.00	1972	3	15.39
1953	29	157.13	1963	2	13.07	1973	3	6.66
1954	17	82.35	1964	2	8.33	1974	6	17.47
1955	3	20.50	1965	1	0.28	1975	3	50.77
1956	33	116.23	1966	3	9.16	1976	4	10.93
1957	33	329.38	1967	3	2.62	1977	5	62.02
1958	40	760.25	1968	5	7.55	1978	5	43.56
1959	2	4.73	1969	0	0.00			
1960	9	22.01	1970	1	2.06	总计	256	2031.39

资料来源：冯德显，贾晶，乔旭宁. 区域性中心城市辐射力及其评价——以郑州市为例［J］. 地理科学，2006，26（3）：266-272.

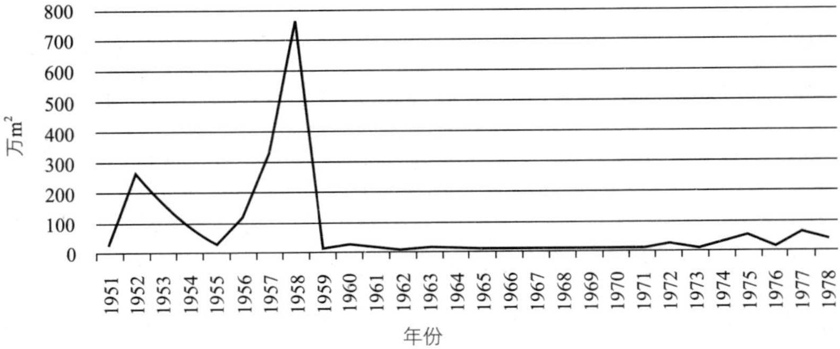

图7-9 上海工人新村历年建设面积（1951—1978）

资料来源：杨辰. 社会主义城市的空间实践——上海工人新村（1949—1978）[J]. 人文地理，2011（3）：35-40+64.

1. 上海工人新村建设的社会背景

（1）“新村主义”与工人新村

中国的工人新村诞生于1949年以后，但新村并不是新事物。“新村主义”由日本作家小路实笃提出，早在“五四”时期就从日本引入了中国知识界，其本质是一种乌托邦社会主义：即认为不需要实行暴力革命，也不需要生产力的极大提高，只要在乡村组织和推广共同劳动、共同消费，实行各尽所能、各取所需的新村并普及教育，就能逐步建成“社会主义天国”。新村主义为工人新村的诞生提供了理论基础。

（2）新政权的政治诉求与工人新村建设

工人新村为什么最先出现在上海？为什么作为一种新的居住方式在全国推广？这里面有其深刻的政治含义。新中国成立初期的上海集中了中国百分之六十的产业工人，然而产业工人的居住条件十分恶劣。新的政权成立后，在苏联模式的引领下，工人阶级的政治地位和社会地位得到前所未有的提升。在新中国初期的主流媒体报道中，“工农兵学商”的排列次序得以确定，史无前例地把工人阶级置于社会阶层的首位。因此，工人新村作为一种新的空间形式出现，除了缓解住房压力外，还有着更深层次的含义：①意识形态上，通过建设工人新村的实际行动来履行“工人阶级当家作主、依靠工人阶级建设社会主义城市”的承诺；②在城市形态上，体现城市从消费型向生产型过渡，实现对旧上海的社会主义改造。尽管工人新村的建设在新中国成立初期还无法大规模地改善工人的生活条件，但不妨碍其成为社会主义初期上海为数不多的具有实质意义的空间拓展。

2. 工人新村的日常生活空间

空间的建设从来就不只是造房子这一简单的行为，工人新村的建设体现了新的政权在空间建设方面的政治抱负。列斐伏尔在强调空间是资本主义再生产过程中核心要素的同时，还把日常生活中的微观空间，如住宅、学校、工厂和街道的研究，提升到了与人文地理和地理政治学的空间研究同等重要的地位。因此，对工人新村的日常生活空间的考察，除了关注新村空间建设“大”的问题，如设计原则与理念、选址以及住宅的外部环境等，还有一点更重要，那就是对微观空间——即住宅本身的“生活空间”的设计，通俗地讲，就是“房型”怎样？在“房型”的设计背后，包含了设计者对特定时期个体生活内涵的理解。

（1）基本原则：“先生产、后生活”宗旨下的空间构成

在苏联模式的影响下，新中国将工业化作为经济发展的主要目标，相应地，在新中国成立以后近30年间，“先生产、后生活”的宗旨始终贯穿于近郊工业区的建立和中心城区用地规模的扩大过程中。住宅对于工厂来说一直是附属关系，直到现在，工业区附近的住宅区仍然被习惯性称为“配套居住区”。在新中国成立初期，“生产”和“生活”在工人新村上已经一体化了，“生活”成为“生产”的一个组成部分，导致生活空间在很大程度上被压缩。

（2）工人新村的选址：模糊了生产与生活的界限

早在1951年的经济恢复期，上海人民政府就在苏联专家的指导下提出：保留并扩建原有的沪东、西、南三大工业区，新建的工人住宅的布局方向应当集中地安排在靠近这三大工业区的五角场（沪东）、市西北（沪西）、市西南（沪南）地区内（图7-10），“服务于

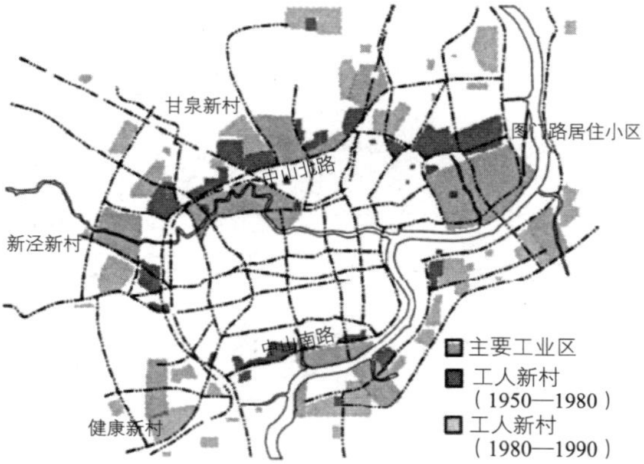

图7-10 上海工业区与工人新村分布图(1950—1990)
图片来源：王丹. 制度变迁背景下上海居住空间结构演化研究[D]. 华东师范大学，2011.

工业区”成为影响新村选址的决定性原则。

(3)空间结构的确定：政权组织系统在空间上的表现

如何组织新村的空间结构？关于这个问题的讨论不可避免地被赋予了政治含义。在上海工人新村规划设计初期，规划师们采用了当时国际建筑界普遍流行的“邻里单位”的住区规划理论，新中国第一个工人新村——曹杨新村就是“邻里单位”思想的产物。虽然曹杨新村的建设在各方面都取得了成功，但很快因为邻里单位“资本主义”的背景受到批判，迅速被苏联的居住区理论所代替。其实两种理论的空间组织模式是有相似之处的，不同的是其背后的政治出处和建设逻辑。居住区理论的内涵是按照“区”来组织人民的社会政治生活，居民的日常生活空间应该与国家的计划经济体制和政治生活相适应。因此，工人新村的空间结构也反映了基层行政组织的结构，居住区、居住小区、居住组团等分别有对应的基层政权组织。每个等级都有相应的公共服务设施的配套标准(表7-3)，并由

“千人指标”来衡量，即每千人应该享有的公共服务水平，不同规模的工人新村可以根据居民人数来确定相应的公共服务等级。

从邻里单位到居住区，空间、制度（权利）的边界和等级逐渐清晰，日常生活空间的行政化逐渐加强。在这一过程中，工人新村空间结构的等级化和基层行政机构的组织结构形成在时间上是同步的，内容上互为参照与协调，本质上都是国家对个人生活空间的规定以及对社会秩序的强调。

居住空间结构和公共服务设施的等级化　　表7–3

居住规模	居住区		居住小区		居住组团	
用地（公顷）	30～60		15～20		3～5	
户数（户）	10000～15000		2000～4000		300～700	
人口（人）	30000～50000		7000～15000		1000～3000	
公共服务设施控制指标（m^2/千人）	建筑面积	用地面积	建筑面积	用地面积	建筑面积	用地面积
教育	600～1200	1000～2400	600～1200	1000～2400	160～400	300～500
医疗卫生	60～80	100～190	20～80	40～190	6～20	12～40
文体	100～200	200～600	20～30	40～60	18～24	40～60
商业服务	700～910	600～940	450～570	100～600	150～370	100～400
金融邮电	20～30	25～50	16～22	22～34	—	—
市政公用	40～130	70～300	30～120	50～80	9～10	20～30
行政管理	85～150	70～200	40～80	30～100	20～30	30～40

资料来源：邓述平. 居住区规划设计资料集. 中国建筑工业出版社，1996：56.

（4）住宅户型的设计：标准化的模式与低标准的建设

新中国建立初期，住宅建设主要是解决有无的问题，因此具体到户型设计，工人新村运用了大量标准化单元的做法，将住宅的户型简化为几种类型，并根据当时的经济条件和工业化水平，按照标准构件和模数原则确定标准户型单元，再通过标准单元的多样性组合形成住宅建筑。标准化单元的做法贯穿于工人新村建设的全过程，有助于住宅快速地、大规模地建设，但对于人的实际需求考虑较少。

同时，工人住宅的建设标准在新中国成立后的30年间是有波动的，直至改革开放后才稳定下来（表7-4）。如1952年开始建造的曹杨新村1002户为74元/m^2，1953年建设的“两万户”下降为57.9元/m^2。而从1954年开始的“一五”计划，由于明确了住宅建设的重点完全转到为生产建设服务上来，1956年新村建设标准再次降到了48.5元/m^2。住宅设计中关于自然气候、美观、功能、居住习惯等多方面的探索迅速地被标准、造价等更为实用的概念所取代。1958 年“大跃进”之后，住宅等非建设性投资更是急剧下降，节约成为住宅设计中压倒一切的原则，工人住宅的设计标准下降到新中国成立以来的最低水平，整个1960年代，工人住房建设出现了数量和质量的双重下降。

另外，狭小的居住空间无法适应不同家庭结构的需求，即使是规模较小的家庭也很难满足其未来发展的可能。在小说中，也对这种多人共有厨卫设施的拮据生活有过详细描述：号称“两万户”工人民居，楼上楼下，以十户合用一个厕所单元计算，两万除以十，总数就是两千个厕所单元。每个单元有四间厕位，中间隔有三块板壁，两千乘以板壁之三,二三得六。上海的“两万户”，计有六千块厕所板壁，每一块板壁，为竖条杉木板拼接，靠近马桶圈的位置，上下左右，挖有六到十六个黄豆大小的洞眼，按最低数字，每板六个洞眼算，六千再乘六。结论是，上海工人新村“两万户”马桶间，

计有最低数目字，三万六千个私人窥视孔。（第拾伍章·壹）

主要建造期内上海工人住宅的设计标准（1952—1958） 表7-4

	合用情况	户均面积（m^2）	造价（元/m^2）
1952（1002户）	三户合用 1厨2卫	32.2	74
1953（2万户）	五户合用 1厨1卫	27.8	57.9
1956—1958		16	48.5

资料来源：A档档案. 上海市规划管理局关于曹杨、日晖新村住宅现状综合调查，1957.5. 档案号 A54—2—158—82.

（5）公共设施的布局：集体化生活的空间安排

新中国初期的社会主义改造，实质上是国家层面的想法通过各种途径向下传达的过程。1950年代的上海工人新村，一方面通过降低住房标准和公共化私人空间，缓解了不断增长的住房需求与供给短缺之间的矛盾；另一方面，通过对公共服务设施的系统性安排，把新村工人日常生活安排到一个集体化生活的网络之中。除了睡觉之外，几乎所有的日常生活需求都必须借助于公共空间，包括私密性很强的日常活动，如洗澡、上厕所等。

“一切历史都是当代史。”工人新村的建造过程，有助于我们透过历史来理解社会主义城市的空间生产逻辑：新村不仅是一种居住模式，在广义上更是一种制度，一种根植于中国近现代社会发展史，与意识形态、经济政策、政治运动和技术发展等诸多因素相互作用的一种制度。

（四）石库门里弄和工人新村的空间比较

列斐伏尔相信“空间从来就不是空洞的，它往往蕴含着某种意义”，以及美国人文地理学家拉普普特（A. Rapopot）认为“我们造就房屋，房屋反过来造就我们自己”都强调了空间富有的内涵。张雪伟（2007）对石库门里弄和工人新村做了总结：如果说石库门里弄住宅的变迁史即是上海市民生活形态的变迁史，也浓缩了上海作为殖民城市的经济和社会发展史；那么新中国成立后工人新村的产生和发展，则体现了国家用社会主义意识形态改造社会的努力，以及对平均主义思想的追求[①]。因此，本文通过上海近现代城市日常生活空间组成部分的两个典型对比，探讨上海城市日常生活空间的建构过程。

1. 日常生活空间

石库门里弄。上海石库门建筑是由多组联排房屋纵横连列组成的建筑群，每个建筑群冠以“××里”或“××坊”的里弄名称。每个里弄建筑群又有总弄和支弄之分。总弄是里弄建筑群的交通干道，是石库门里弄建筑群最大的公共空间，总弄的弄堂口设置大门，类似于今天住宅小区的主入口；支弄是总弄的分支，一个里弄建筑群中联排房屋之间的狭窄小巷就是支弄。梅青等拟设了从里弄外进入建筑内部的环节：进入主弄—支弄—大门—天井—客堂间—卧室，表现为公共空间—半公共空间—半私密空间—私密空间。这样的序列不仅体现里弄的空间层次感，并且使人的心理感知上也会有一个

---

① 张雪伟. 日常生活空间研究——上海城市日常生活空间的形成［D］. 同济大学，2007：1-60，111-144.

有序的渐变过程。石库门里弄中的日常生活影像通常记忆为：“狭窄的里弄，住宅建筑鳞次栉比，住户房间面积小，室内功能少；弄堂里几乎无遮无拦的公共便池，家家备有马桶；清晨洗漱，淘米拣菜，修理物件等家庭生活，都在弄堂中进行。邻里之间往往亲密无间，一起劳作，一起纳凉，晒太阳；闲来无事时，飞短流长，偶生口角。”[①]里弄生活是城市生活的缩影，城市生活的五味杂陈都在里弄空间里有着体现。

工人新村。从新村的空间布局来看，初期的规划理念是把为全村服务的商业文化、行政机构集中设置，其中设立各项公共建筑，包括合作社（商店）、邮局、银行和文化馆等，组成新村中心。在新村边缘分设菜场及合作社分销店；小学和幼儿园均匀分布于新村的独立地段，上学步行时间不超过10分钟。住宅与公共建筑分开布置，各自形成独立的街坊。而住宅的设计，居住面积约为每人5m^2左右，厨房几户合用，以能容纳煤球炉及必要的空间，卫生设施只每家配置了一个简单的抽水马桶。工人新村的初期布局模式很大程度上受苏联规划的影响，以“成街成坊”的理念进行规划设计。

2. 社会空间结构

石库门里弄。作为拥护石库门里弄为上海城市文化地标的一派，学者朱大可（2003）概括了石库门里弄居住模式的三个阶段的演变：①早期的殷富移民的独院式居住；②中期的租赁居住；③晚期的高密度杂居。与其相对应的，他认为这三个阶段分别富有独特的寓意：第一阶段隐含早期乡村移民的地主式理想（旧式牌楼、黑漆大门、

① 何丹，朱小平. 石库门里弄和工人新村的日常生活空间比较研究［J］. 世界地理研究，2012（2）：151-158.

黄铜门环、传统砖雕青瓦门楣以及前后楼和正厢房的尊卑秩序是乡村美学的残留记号）；第二阶段隐含中期的洋场文人租客的小布尔乔亚趣味（阁楼情结或亭子间梦想）；第三阶段则隐含晚期贫民窟化的市民主义习性（它的逼仄空间塑造了小市民彼此窥视、搬弄是非、精于算计、毫厘必争的卑琐性格[①]）。

工人新村。“新村主义”倡导的互助互爱、共同劳动，强调的不是个人修行，是集体生活，是人与人之间的关系。工人新村的建设使“新村主义”从理论变成了现实。罗岗（2007）认为建设工人新村有两个出发点：①从意识形态方面的考虑，即显示社会主义的优越性，工人阶级当家作主，改变殖民化城市面貌；②从城市形态的变化考虑，即由消费型城市转向生产型城市。工人新村的建立从上述两个方面满足了社会主义对上海城市改造的诉求。

3. 时代影像记忆

随着时代的迁移，从昔日以渔业和棉纺织手工业为营的小镇到“十里洋场”，再到如今中国重要的科技、贸易、金融和信息中心，上海的城市发展历经沧桑。城市空间的拓展以及功能发生变换，上海的城市生活也发生了很大的变化。20世纪80年代，曾有一场关于上海城市文化地标的讨论。朱大可著文《工人新村VS石库门》中，认为石库门包含复杂的阶层特征，最早提出“石库门文化”概念；而张闳的“工人新村文化”则认为蕴含布尔什维克主义的工人新村才是上海近现代以来反映社会历史变迁的最佳见证。简言之，如果石库门里弄是自发性质的变迁，那工人新村的人为创造因素则占据

① 朱大可. 工人新村VS石库门［J］. 南风窗，2003（12）：80.

主导，两者都是特定时代的产物，都是历史的遗留影像。

抛开“石库门里弄VS工人新村”关于城市文化地标的争论，如今上海容纳百川的个性已经将两者交集，更多的是对过去历史精神的跨越。反之城市中到处林立的高楼大厦，在数量上已颇具超越二者之势。原有的石库门和工人新村的居住空间已不能满足现代人的需求——居住面积狭小、使用功能简陋。城市的现代性意味着无处不在的广告牌、新消费理念以及日益高耸的钢筋混凝土结构建筑。在城市大刀阔斧的更新和改造中，石库门里弄和工人新村的地位都岌岌可危，大部分因岁月留痕以及年久失修，从建筑外观上被认为是“旧的、丑陋的”，影响着城市的现代美。富有殖民主义特征的石库门里弄或布尔什维克主义的工人新村正在城市改造中被肢解，如何让这两种独特城市影像的物质形态在现代城市版图上继续被认同和保留，成为一个不小的难题。

参考文献

[1] 柴彦威. 城市空间[M]. 北京：科学出版社，2000：1-153.
[2] 冯建，周一星. 中国城市内部空间结构研究进展与展望[J]. 地理科学进展，2003，22(03)：204-215.
[3] 张杰，吕杰. 从大尺度城市设计到“日常生活空间”[J]. 城市设计，2003，27(09)：40-43.
[4] 沈克宁. 时间·记忆·空间[J]. 时代建筑. 2008(06)：24-25.
[5] 王兴中. 对城市社会一生活空间的本体解构[J]. 人文地理，2003，18(03)：1-6.
[6] 朱大可. 工人新村VS石库门[J]. 南风窗，2003(12)：80.

[7] 王兴中等. 中国城市生活空间结构研究 [M]. 北京：科学出版社，2004：3-37，269-284.

[8] 顾朝林. 城市社会学 [M]. 南京：东南大学出版社，2002：1-25，119-142，145-171.

[9] 向德平. 城市社会学 [M]. 北京：高等教育出版社，2005：1-21，45-67.

[10] 张雪伟. 日常生活空间研究——上海城市日常生活空间的形成 [D]. 同济大学，2007：1-60，111-144.

[11] 丁桂节. 工人新村："永远的幸福生活"——解读上海20世纪50、60年代的工人新村 [D]. 同济大学，2008：1-140.

[12] 卢汉超. 霓虹灯外——20世纪初日常生活中的上海 [M]. 上海：上海古籍出版社，2004：247.

[13] 郑祖安. 近代上海"花园洋房区"的形成及其历史特色 [J]. 社会科学，2004 (10)：94-95

[14] 冯德显，贾晶，乔旭宁. 区域性中心城市辐射力及其评价——以郑州市为例 [J]. 地理科学，2006 (3)：266-272.

[15] 杨辰. 社会主义城市的空间实践——上海工人新村 (1949—1978) [J]. 人文地理，2011 (3)：35-40+64.

[16] 上海住宅建设志编纂委员会. 上海住宅建设志 [M]. 上海：上海社会科学院出版社，1998.

[17] 左钰. 河北省中心城市综合竞争力研究 [D]. 华北电力大学，2006：65-68.

八 繁华尽落
——从《繁花》析上海里弄衰落

赵敏（2013级本科生）

作者金宇澄围绕阿宝、沪生、小毛三个童年好友的上海往事，借助这两个法国青年的视角，描述了此时的上海——弥漫着二十世纪九十年代的都市气息，充斥着食和性，而六七十年代的市民文化已荡然无存。小说全篇对话由上海话完成，同时采用双线索推进故事发展，奇偶章代表不同的时代。奇数章讲述主人公六七十年代的故事，蕴含大量地理图标，透露着浓重的生活气息。偶数章讲述九十年代的上海，作者笔下的这些人走出里弄，走向摩登现代的都市中去。故事的最后两章，两条叙事线索合二为一。作者就是在这样有意无意的城市空间的安插与交错之中，浸透着自己的精神气质和对于城市文化的认同。

（一）小说空间定位

《繁花》是一部描写上海市井生活的小说，文中出现了大量的地理坐标。如“沪生经过静安寺菜场，听见有人招呼，沪生一看，是陶陶，前女朋友梅瑞的邻居。”（P1）“梅瑞读夜校，三个月就放弃了，经常来校门口，等沪生下课，两人去吃点心，荡马路，有时荡到新闻路苏州河旁边，沪生再送梅瑞进弄堂，独自回武定路。”（P4）“阿宝十岁，邻居蓓蒂六岁。两个人从假三层爬上屋顶，瓦片温热，眼里是半个卢湾区，前面是香山路，东面复兴公园，东面偏北，看见祖父独幢洋房一角，西面后方，皋兰路尼古拉斯东正教堂，三十年代俄桥建立，据说是纪念苏维埃处决的沙皇，尼古拉二世，打雷闪电阶段，阴森可惧，太阳底下，比较耀眼。”（P13）“沪生家的地点，是茂名路洋房，父母是空军干部，积极响应社会新生事物——民办小学，为沪生报了名，因此沪生小学六年上课地点，分布于复兴中路的统间，瑞金路石库门客堂，茂名南路样客房厅，长乐路厢房，长乐居委会仓库，南昌路某弄洋房汽车间，中国乒乓摇篮，巨鹿路第一小学对面老式弄堂的后间。这个范围，接近阿宝的活动地盘，但两人并不认识。（P16）”“附近就是草鞋浜，此地一直往北，西面药水弄，终点站靠苏州河，这是小毛熟悉的底盘。”（P19）根据这一系列的路名和地名，大致可圈定小说主人公所活动的范围，由北向南依次是巨鹿路、长乐路、淮海路和复兴路，由东向西依次是陕西路、茂名路、瑞金路、思南路、成都路，这些路段围成了小说主要的活动区域（图8-1），即当时卢湾区所在。随着上海区划的调整和区域规模的不断扩大，卢湾区与黄浦区合并统称为黄浦区，而书中所描述的淮海路为如今的淮海中路，复兴路为复兴中路，陕西路为陕西中路，茂名路为茂名中路（图8-2），其余主要路名没有变化，同时书中所述的苏州河即为如今的吴淞江。

（二）上海里弄解读

1. 时空分布

弄堂，或称“里”、“坊”，上海民居特有的居住形式，构成千万普通上海人最常见的生活空间，是上海近代地方文化最重要的组成

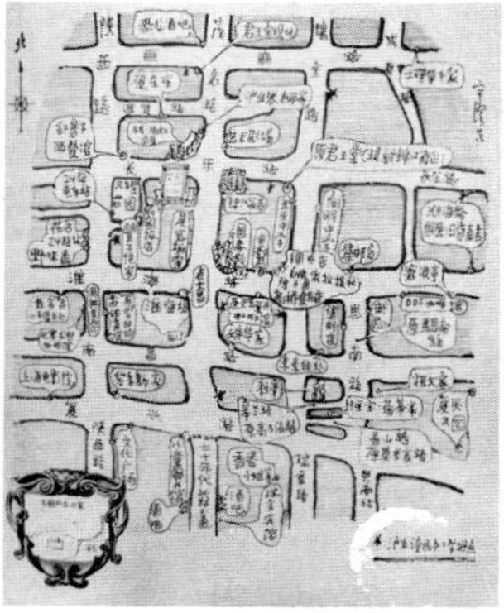

图8-1　活动区域绘制图
图片来源：《繁花》

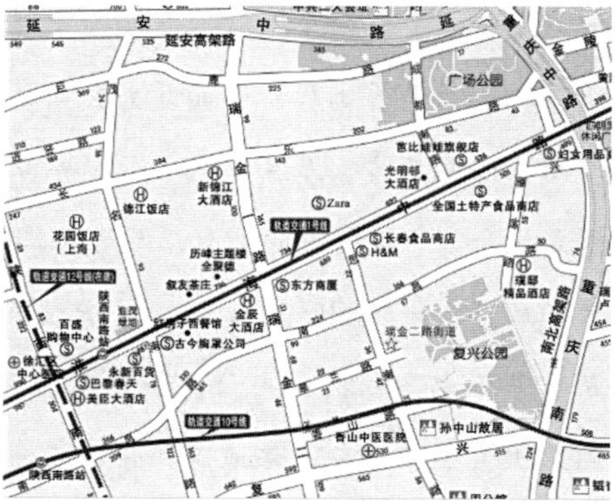

图8-2　淮海中路商业街
图片来源：《上海百科》

部分。随着时代变迁，上海弄堂既带有中国传统建筑的痕迹，又或多或少地被外来建筑特征所影响。

依据上文对小说空间地理的定位，该小说所描写的活动区域集中在上海中心城区，即上海旧时的租界区（图8-3），而这些区域也是20世纪60、70年代上海里弄分布最为密集的区域。随着上海城区的不断扩大，上海里弄有向外蔓延到郊区的趋势，但最原始的弄堂

图8-3　上海租界区图
图片来源：http://www.sohu.com/a/112625790_467523

分布在上海中心城区。

2. 空间序列

弄堂在空间上被分成街面—总弄—支弄—入户这四个层次，因此居民的居住空间也被有序地分隔成公共空间（街道）、半公共空间（总弄）、半私密空间（支弄）和私密空间（住宅内部），弄堂将这些不同层次的空间有机地组织在一起，形成一个更大的完整的私密空间。弄堂对外相对封闭，对内产生强烈的地域感、认同感和安全感，形成一个完整的社区，带来浓烈的邻里感和归属。

（1）沿街空间及弄堂口

临街的弄堂住宅好似一堵厚墙，将整个弄堂团团围住，使它们身后的弄堂成为一个封闭的区域。城市嘈杂的街道与弄内安静的居住环境被它截然分开，弄堂成为一种绝好的闹中取静的理想居住区。然而这堵厚墙不是一堵真的墙，它在空间上将内部封闭起来，但在视觉上却又是开敞通透的。它的底层多为小商铺，这些店铺将弄堂与外部的城市公共生活联系起来，使弄堂具有了一个“外向型”的空间特征（图8-4）。同时，弄堂的沿街空间还给整个弄堂带来强烈的视觉上的统一性与可识别性（图8-5），沿马路一侧形成的小商铺整齐排列，商铺门口则是行人通道，规整的排列提升了街区空间的整齐度。

整个弄堂的对外联系，则仅为少数几个弄堂口（图8-6、图8-7），弄堂口是弄堂内部居民与外界联系的唯一通道，也是内部居住安全得以保障的重要关口。一般弄堂口都设有铁门或是由专人看守，确保内部居民居住环境的稳定性。

（2）支弄及入户

总弄分成好几条支弄。进入支弄以后，空间性质进一步变化。

图8-4　底层商铺

图8-5　沿街空间

图8-6　人民坊弄堂口

图8-7　弄堂口

图8-4～8-7　图片来源：作者拍摄.

公共性更弱，私密性更强。支弄由前后两排住宅围合而成，常为尽端式（图8-8）。一排连续的石库门以及石库门之间的实墙面，表现出这里的户外公共空间性质（图8-9）。由于支弄宽度小于总弄，空

图8-8 支弄

图8-9 支弄旁的住宅

图8-10 住宅装饰

图8-11 社区服务

图8-8～8-11 图片来源：作者拍摄.

间的高宽比加大，因而封闭性更强，更易产生出强烈的内部感，形成独立的社区。为了营造社区感，居民会在自家区域内进行装饰（图8-10），如种植花草树木，共同营造温馨舒适的社区环境。同时社区内部也会从事小型商业活动，服务对象主要为社区居民，服务范围很有限，提供的也是诸如生活必需品等商品（图8-11）。

（3）内部空间

小说关于弄堂住宅内部空间有这样的描写："两个人下楼。二楼后间，爷叔大门紧闭。银凤拿出一对热水瓶，两只竹筹，小毛接过，下楼，出后门，到前弄堂泡开水，回到银凤房间，床前大脚盆里，已经放了冷水。银凤关房门，小毛想走，银凤一把拉紧，轻声说，吓啥，难得有清静，到里厢去坐嘛，窗口风凉，吃杯冷开水……银凤抖声说，放心好了，隔壁爷叔出去了，难得到阿姐屋里来，陪阿姐讲讲。"（P217）"小毛一直看外面，紧贴窗口不远，是隔壁513弄房山墙，不留一扇窗，下面是弄堂，听到王师傅倒水，咳嗽。梅雨如注，小毛热出一身汗。眼前的青砖山墙慢慢模糊，发白。雨完全是烫的。房间小，房门关紧，肥皂水与女人的热气，包围小毛，蒸腾于热雨之中，高温高湿，笼罩了一切。"（P218）根据这段文字的描写以及金宇澄手绘的一张当时的住宅内部构造图（图8-12），可以发现整个住宅分为三层，一楼经营商业，在该图里是开设了一家理发店，二、三楼均为居民家。二楼还被分为两个居所，供两户人家入住，一户是银凤家，一户是爷叔家，三楼则为小毛家。小说描写的弄堂住宅内部构造和如今保留下来的住宅区别不大（图8-13）。整栋楼房被分为三层加一个阁楼，一楼也被用来经营商业活动，如修鞋、修拉链、配钥匙等，从二层起被用来居住，不同的是服务设施提升，如空调、下水道的使用以及住宅外部材质的翻修更新，使得住宅整体居住质量得以提升。

（三）上海里弄保护

1. 时代冲击

小说中对1990年代与1970年代初期上海的变化有这样的描述：

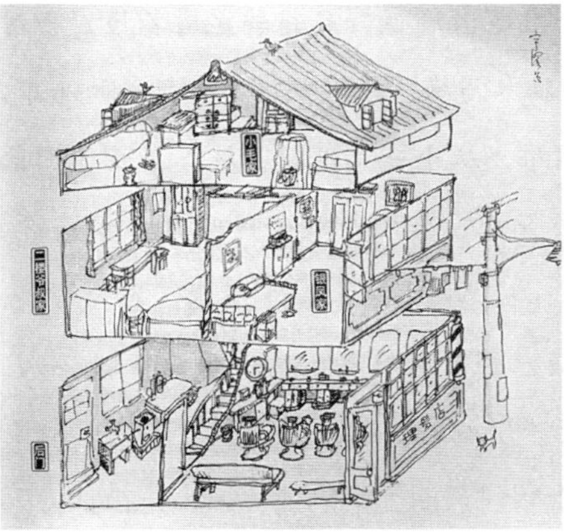

图8-12 住宅内部构造剖析图
图片来源：《繁华》插图.

图8-13 住宅外观
图片来源：作者拍摄.

“七十年代初期，上海女子的装束细节，逐渐隐隐变化，静观上海，某些号召与影响，一到此地，向来是浮表，南京路曾经日日夜夜广播北方歌曲，扭大秧歌，舞红绸，打腰鼓，头扎白毛巾，或时髦苏式列宁装，‘徐曼丽’式工装裤，‘布拉吉’，短期内，可以一时行俏，终究无法生根，因为这是江南，是上海，这块地方，向来有自身的盘算与选择，符合本埠水土与脾性，前几年以军体服装为荣的政治跟风，开埠后衣着趣味最为粗鄙，荒芜的煎熬，逐渐移型，走样，静然翻开另一页。大妹妹的爸爸，因为早期北方定都，奉调京师，上海一批轻功企业北迁，包括商务印书馆，出名饭店，中西服装店，理发店，整体搬场。小毛说，我不想去，可以吧。大妹妹说，可以吧，不可以，样样要迁，雪糕厂，全部迁过去，甫师太的妹妹，大小姐，沪江大学毕业生，一部火车，全部发到北面，我爸爸讲，当时淮海路一幢高级公寓，内部全套进口热水汀，也是拆到北面安装了，厉害吧，场面大吧。小毛说，我真就不懂了。大妹妹说，国家重要事体，小毛就算搞懂，准备做啥呢，我爸爸也看不懂，当时上海西区的好洋房，敲碎多少抽水马桶，为啥呢，因为新来的房东，新来的领导坐不惯，大便有困难，从小一直做惯蹲坑，茅坑，因此就敲光了，改砌一排蹲坑，要死吧，臭吧，我爸爸听到，心痛呀，上海老弄堂的居民，日思夜想，就是想装一只抽水马桶，高级马桶，外国进口雪白瓷，奶白瓷马桶，榔头就敲碎，彻底结束，讲起来，只要是资产阶级生活习惯，无产阶级就有保障，先敲了再讲。小毛不响。”（P227）可以看到七十年代初期上海的文化风俗正被西方文化所影响，搬迁频繁，旧时的老弄堂住宅也开始时兴西方的抽水马桶。而如今的上海中心城区，保留下来的弄堂少之又少，取而代之的则是摩登大楼，即使保留下来的弄堂也被当作文化遗产经过翻修重建而成为热门景点供游客观赏，少有居民居住。

2. 保护现状

（1）商业开发迅速

由于上海弄堂集中分布在高土地价值区域，而这一区域往往是商业开发的主要区域，开发商对回报率的追求使得低容积率的城市保护受到影响，老城区的空间尺度受到损坏，旧有的历史要素也因此割裂甚至消失。以商业为导向的开发模式对于历史文化的保护影响重大。上海的弄堂、北京的胡同都是由于快速的经济发展和商业模式的运作以及历史文化保护措施的跟进缓慢，导致众多具有保护价值的历史街区毁于一旦。

（2）新地产模式下的改造

在寻求新的地产开发模式下，里弄街区经过改造展现出巨大的吸引力和新的可能。如新天地和田子坊的成功改造，使建筑价值得到进一步提升。但这种改造往往背离了保护历史文化的原则，使得里弄建筑沦为一种表皮式的商业包装。新天地自上而下的改造，在都市文化层面是一次成功的形象策划，使之成为上海的城市名片，但在建筑功能上却隔离了城市历史的延续与传承，违背了保护原则，商业性质依旧占主导。田子坊是一种自下而上的触发式连锁改造，特色商业的发展带动艺术经济的迅速发展，同时也带动土地价格的飞速上涨，但是其并没有很好解决公共的商业行为和私密居住空间之间的矛盾。弄堂作为一种私密的社区空间，在商业开发的过程中，对于如何降低商业开发对公众利益的影响需作进一步思考。

（3）保护缺失

商业主导的土地开发加速了城市建设的进程，但过程中开发商和政府往往会迷失于经济利益，忽视文化保护，对历史文化的控制政策和管理进程远远落后于发展速度，使得开发区域的城市历史文化迅速消亡。政府片面追求政绩和城市的飞速发展，忽视城市应有的文化内涵，对历史文化的保护措施使用不当或是缺失，使得整个城市文化沉淀不足，商业性质浓重。

3. 保护建议

（1）加大规划控制力度

规划控制不能作为城市的辅助调整手段，相反它应作为调整城市空间的主要依据。弄堂层数控制在4层以下，多为2～3层，密度远低于公寓，这是保障其居住质量的关键。在商业性改造中，如果户密度过低不切实际，密度过高则弄堂居住质量和私密性无法保证。因此通过置换、租赁关系的不断调整，控制与缓解人口密度，加大控制力度，加大对空间类型的挖掘，对不同里弄空间的规划区别管理，从而产生多样的公共空间使用形态。

（2）建立“居住自治型”空间

识别感和认同感是选择居住环境时的重要考量因素。当住宅老化时，政府应投入外部环境整治，延长房屋使用寿命与生存质量，甚至通过节能手段优化居住舒适度，而不应直接推翻重建，不仅工程浩大同时损害原有的城市肌理。同时在提升居住环境质量后，政府可以进行一系列补贴等鼓励居民自发从事一些商业活动，如商业街、美食街等，在不破坏原有历史文化前提下，沿街开展商业活动，加大城市活力，同时确保内部居民生活的私密性，将外部公共空间与内部私密空间相隔离。

总之，无论是在上海还是其他城市追求经济飞速发展的今天，如何做到城市社会经济发展与历史文化保护齐头并进，还需作进一步深化和思考。

参考文献

[1] 金宇澄. 繁花 [M]. 上海：上海文艺出版社，2013.

[2] 孙悦岑. 上海里弄文化及保护现状浅析 [J]. 城市建设理论研究（电子版），2014(31)：2167-2168.DOI：10.3969/j.issn.2095-2104.2014.31.1460.

九 致敬上海
——从《繁花》看上海市民生活及上海工业发展

王喆（2013级本科生）

《繁花》讲述了20世纪60～90年代与上海的工业发展息息相关的普通市民生活，加之《繁花》一书倾注大量笔墨叙写了上海工厂及工人的故事，于平凡中向这座不平凡的城市致敬。

（一）市民众生态与居住空间

1. 市民众生态

《繁花》写的是沪生及其好朋友阿宝、小毛从童年到中老年的生活故事，并以三人为中心，围绕其亲人、同学、恋人、朋友、同事等的人际交往，表现了新中国成立后的上海社会各阶层在不同历史时期的遭遇[①]。小说的人物主要可以分为三个部分：

第一部分是以小毛、沪生和阿宝为代表的。他们出生在上海（从“沪生”这个名字中可见一斑），成长历程重叠着新中国成立以来的上海成长史。小毛代表着五六十年代工人阶级家庭中成长起来的一代人。有个性的姝华则代表了思想自由的年轻人，但她的命运

① 曾军. 作为“当代上海寓言”的《繁花》[N]. 中国社会科学报，2014-11-21B01.

也随着知青下乡开始了悲剧的书写。出生资产阶级家庭的阿宝，成了商人，而沪生则成了一名律师，符合他的军人家庭成长起来形成的中规中矩的性格。

第二部分是小毛、沪生、阿宝的上一辈人，他们有着思想上崇拜领袖、响应国家号召、怀有伟大的工业梦等共同特点。这里以小毛的父母为例。如文中有一段这样写道："全家就餐之前，小毛娘手一举说，慢，……小毛娘移步到五斗橱前面，双手相握，轻声祷告道，我拜求领袖，听我声音……领袖看得见，必会报答，请领袖搭救我，让我眼目光明，大家不响。然后小毛娘坐定，全家吃粥。"小毛娘原先是基督徒，而在当时，对领袖的个人崇拜之风盛行，向上帝倾诉祈愿都原封不动地寄予到领袖身上。"（P20，21）还有一段是这样表述的："工厂和工人，最好写了，以前车间里，播一首歌，只有一句，一千零七十万吨钢，呀呼嘿……厉害厉害，当时中国，要超英国了，马上要超美国了……等毛主席开口呀，领袖响一句，啥人是对手呢，中国马上是世界第一名……"（P46）这一段体现了浓浓的时代特色，当时"大跃进"运动的口号很大一部分原因为"超英赶美"。

第三部分人群也可以称为"迷失的一代"。之所以这样说，是因为对这一部分人的描写是在20世纪90年代的时代背景之下，欢场酒桌，食色男女。有梅瑞、汪小姐、陶陶、康总等，这些人与小毛、沪生、阿宝都有千丝万缕的联系。这些人的行为举止表现了现代化的都市在给人们带来丰盛的物质享受的同时，更带来了人们纷乱扭曲的都市心态和复杂烦躁的都市情绪。

2. 市民居住空间

从20世纪50年代到90年代，事件发生的地点范围越来越大，从一开始的黄浦区到近郊再到远郊的广大区域。这是因为随着沪生、小毛、阿宝等主人公逐渐长大，从一开始因为住所接近而成为好友，到由于命运轨迹发生了变化，随之生活区域由集中到分散。有的人去了农村，有的人选择经商，而有的人成了产业工人等，因此居住空间随着发生了分异。

（1）弄堂

故事开始于20世纪50、60年代，发生地主要是上海的特色建筑——弄堂。弄堂最初来自第一次鸦片战争结束时，殖民国在中国设租界，其内建造木板房，渐渐形成弄堂。20世纪30年代至40年代，出现新式里弄。抗战爆发后，公寓式弄堂渐渐流行起来。

老式石库门里弄住宅（图9-1）始建于清同治九年（1870年）左右，多为砖木立帖结构。其总体布置采用欧洲联排式，单体平面结构脱胎于中国传统的三合院或四合院的形式。该种建筑由于住宅单元入口采用石库门的大门而得名，成为19世纪末期以后在上海租界内一种较为普遍的居住建筑类型。

广式里弄（图9-2）于19世纪末出现。其平面为单开间，高两层。此类住宅房型比较低矮，外观好像广东城市里的旧宅，当初建

图9-1　老石库门
图片来源：新浪博客.

图9-2　广式里弄
图片来源：新浪博客.

图9-3　新式里弄
图片来源：搜狐公众平台.

图9-4　花园式里弄
图片来源：搜狐焦点.

成之时多住广东籍居民与日侨职员，所以被称为广式里弄。

新式石库门里弄由原来的三间二厢住宅改变为单开间、双开间（一间一厢）或两间一厢，结构多以砖承重墙代替传统的立帖式，造型上不再采用马头墙等装饰。砖砌拱券门或在弄口上面建造过街楼，里弄的规模也较前扩大（图9-3）。根据文中的描写，小毛可能居住在新式里弄里，小毛家住在大自鸣钟弄堂里，三层阁楼，底楼是弄堂理发店，这种居民区与店铺连接的方式也使当时的弄堂布局紧凑，邻里关系更加接近。

花园式里弄（图9-4）由长条式变成了半独立式，封闭的天井变成了开敞或半开敞的绿化庭院，注重建筑间的环境绿化，室内布局和外观接近独立式私人住宅，各种建筑设备也较为齐全，风格多为西班牙式或现代式，形式上更多地模仿了西方建筑式样，而较少采用中国传统建筑式样。根据阿宝登场的一幕："阿宝十岁，邻居蓓蒂六岁。两个人从假三层爬上屋顶，瓦片温热，眼里是半个卢湾区，前面香山路，东面复兴公园，东面偏北，看见祖父独幢洋房一角，西面后方，皋兰路尼古拉斯东正教堂，三十年代俄侨建立，据说是纪念苏维埃处决的沙皇，尼古拉二世。”（P13）香山路、思南路、皋兰路同属于旧法租界，花园洋房遍布，至今还留存着孙中山、周恩来、梅兰芳等一批名人故居。其中，思南公馆广为人知，是上海的著名景点。

公寓式里弄（图9-5）和公寓一样，每一层都有一套或几套不同标准的单元，这种花园弄堂又称为“公寓式里弄”。文中的沪生出生于空军干部家庭，家住在石门路拉德公寓。文中关于沪生住处的描写是这样的：“人走到新华电影院……转弯，经过凤阳路，到石门路拉德公寓门口。沪生说，到我房间里坐一坐。小毛说，要吃夜饭了，我回去了。沪生说，上去看看。两人乘电梯到四楼，英商高级职员宿舍，比南昌公寓宽，一梯三户，钢窗蜡地，独立煤卫。沪生开门让小毛进去，朝东是马赛克贴面的大厨房，居中的台子上，摆了一只掼奶油圆蛋糕……”（P73）根据推测，在当时的时代背景下，沪生属于中产阶级家庭，居住环境较好，且文中提到的“拉德公寓”，虽然在查找中未发现上海曾有这一个名字的公寓，但是通过相对位置的查找，基本可以确定，沪生居住在1932年所建的卡德公寓。

（2）工人新村

除了弄堂之外，还有阿宝的新家——曹杨新村。在新中国成立之前，工人普遍居住在窝棚里，居住条件十分恶劣。新中国成立之后，随着党中央有关提高工人生活条件的方针的提出，曹杨一村开始兴建（图9-6）。曹杨一村参考欧美和苏联的建筑理念，由留美归来的中国建筑师设计，红瓦白墙的二层楼房（1960年代又加建一层），曾被称为“苏式洋房”，能够入住的几乎都是劳动模范和先进工作者。周边环境也经过精心规划，有林荫道，有河

图9-5 公寓式里弄
图片来源：新浪博客.

图9-6 曹杨新村
图片来源：新浪乐居.

浜，有小桥[①]。曹杨一村建了一千户，但不能满足工人的居住需求，于是曹杨二村三村便应运而生，也就是本书中提到的“两万户”。

到了1950年代末，闵行等卫星工业城镇迅速成长起来，为解决广大企业职工的居住问题，政府大规模修建公房。相较于曹杨新村，这一时期的工人住房呈现出以下几个方面的变化：①住宅条件改善。住宅面积增加，且有独立卫生间；②建筑形式变化。屋顶由曹杨新村的庙宇式屋顶变为平底，一楼为商铺，自二楼往上是住宅。随着20世纪70年代宝山钢铁厂和金山石化厂成立，宝钢新村和金山石化村成为这一时期最具代表性的工人住宅。这两处工人住宅呈现出住宅面积大、住宅质量高、周边服务设施齐全的特点。

在改革开放之后，诸如康健新村这样的住宅小区在市场经济的氛围之下可以买卖，自此，“买房”一词进入工人阶级的生活之中[②]。这些住宅小区通常为5～6层行列式砖混平顶式，房型高宽，独门独

① 洪柯. 跟着茅奖小说《繁花》游上海［EB/OL］.［2015-08-26］http://www.jfdaily.com/life/bw/201508/t20150826_1779329.html.

② Catongren.上海工人新村的记忆［EB/OL］. http://blog.sina.com.cn/s/blog_4ddd849b0102x5wk.html.

户，厨卫独用，南北通风，带有阳台，舒适度高。直到今天，这一代的工人住宅区仍在使用当中[①]。

（二）市民社会及市民生活

1. 市民社会关系网络

这群沪生们处在城市化起步和快速发展的前期，他们的“市民性”是非常值得探讨的。关于市民化这个概念。“市民化”包括身份的市民化和意识的市民化。身份的市民化是指在城市化的进程中，大批外来移民获得城市居住权、职业以及各项城市权利；意识的市民化是指获得市民身份之后，与城市形成认同感，产生市民文化[②]。这群沪生们有着很强的独立个性，个人命运与大时代紧紧地联系在一起，这一点可以从人物结局看出来。人物的结局大体可以分为三类：①家族衰败，例如阿宝，他家本身是资本家，居住在花园洋房中，而后成为工人；②亲人离散，例如贝蒂下落不明；③朋友反目，例如小毛一度与沪生、阿宝决裂。这些结局都与“大跃进”、“文革”、改革开放等社会事件有很大的关系。因此，沪生们具有很强的市民性，形成了“市民”群体。

那么，文中所描写的上海的市民社会又是怎样的呢？这篇小说所描写的社会既不是很多都市文学中冷漠无情的陌生人社会，也不是乡土社会中完完全全的熟人社会，这篇小说向我们展现了一种以

---

① Youwen. 上海住房结构和样式的演化——情系老公房之二［EB/OL］. http：//blog.sina.com.cn/s/blog_781e85c20102uyie.html.

② 曾军. 地方性的生产：《繁花》的上海叙述［J］. 华中师范大学学报（人文社会科学版），2014，(06)：110-119.

熟人社会为核心，外围是陌生人社会的社会关系[①]。比如，梅瑞在与康总的交往中，频繁接触生意场上的各色人等，到第二十八章梅瑞筹备大型恳谈会时，与梅瑞有关的康总、李李、沪生、阿宝等均被邀请，总人数近四十桌。小说详细开列了各桌的排位，完全就是根据关系亲疏、彼此间的远近进行了组合。这份座次表正是以梅瑞为中心的上海熟人关系网。

2. 市民休闲娱乐生活

文中首先提到的是看电影，有上海电影院、国泰电影院等。其中“七月流火，复兴中路‘上海’电影院，放映《攻克柏林》，学生票五分。每个椅背后，插一柄竹骨纸扇，看一场电影，阿宝扇了一场。电影即将结束，柏林一片废墟……。”（P116）逛公园、荡马路。“荡马路”这一说法是指当时年轻人谈恋爱总爱在街上散步，恋人们经常“荡”的去处还有公园，如中山公园。

此外还有南京西路的大都会歌舞厅，以及几乎风靡全国的集邮热潮，均在《繁花》一书中得到体现。因此，《繁花》对于市民生活的叙述十分详尽，在今天，我们仍旧可以通过书中的内容，找到上海与之对应的地点。

（三）城市性质与市民精神生活

1. 城市性质

近代上海工业分布于黄浦江和苏州河交汇处，并划分了沪西、沪东、沪南三个工业基地。旧上海的产品生产和消费主要依赖于国

① 张文婧. 从《繁花》看上海弄堂［J］. 艺术科技，2016（1）：206+263.

外。按照《繁花》描述有几个重要的事实：①大自鸣钟。大自鸣钟建在西康路长寿路交叉口，如今已经被拆除。当时是为了表彰在华建厂的一位日本人在上海的功绩而修建。那时，苏州河上修建了大大小小的工厂，这个大自鸣钟便起到提醒工人不要迟到的作用，是一代上海工人的集体记忆；②位于光复西路的造币厂："小毛说，此地东面，是洋钿厂，洋钿厂桥，再过去，潭子湾，工人阶级发源地。沪生说，我晓得，这叫江宁桥，前面沪杭线，铁路与苏州河贴近，洋钿厂，就是造币厂，苏州河到此弯向南面，铁路一直朝东，当中是洋钿厂，一幢西洋大房子，像柏林国会大厦。小毛说，大妹妹的娘，以前每日坐定这间房子里，做铅角子，壹分，贰分，五分，哐啷，哐啷，机器一响，角子堆成山……"（P49）西康路和光复西路均在普陀区，是上海经济发展较早的地区，属于工业在市中心发展的时期。

新中国成立后，中央的工作方针是将上海由消费型城市转变为生产型城市。20世纪50年代，上海的一份发展方向图提到，上海的定位是全国的轻工业中心，并因此规划了新的工业区。在"一五"时期，确定了以重工业发展为主的方针，随后，近郊工业区进入规划开发阶段。上海市人民政府统一和改造了城市基础设施，将分散的工业集中起来，规划建设了11个工业化小区和12个工业卫星城镇，上海从消费型城市转变为生产型城市. 成为全国最大的加工工业基地①。《繁花》里，有对赶超英美成为世界第一大工业国满怀壮志的小毛爸爸、争做劳动模范的纺织女工小毛娘以及苏州河边的拳头师傅、建国等工人们；有文中他们用来锻炼的石锁、石担等，这些都是需

① 杨劲松. 城市工业布局演变探讨——以上海为例［J］. 上海企业，2008（4）：24-26.

要车间工打造的器具；有更具代表性的曹杨新村、加工组——工人阶级的集合处；还有离开市中心后便出现的既不美观又有异味儿的手帕厂、洋钿厂们[①]。这些产业工人、工厂、工业产品等元素均体现了这段时期的上海带有工业城市的特点。除此之外，原本位于市中心的工厂向外搬迁，并出现了环境污染等问题。综上，1958—1978年间形成了市中心—近郊—卫星城三个工业圈层[②]。

而在改革开放之后，无论是"迷失的一代"灯红酒绿的生活还是上海的城市定位——上海是我国重要的经济中心和航运中心，国家历史文化名城，并将逐步建成社会主义现代化国际大都市，国际经济、金融、贸易、航运中心之一，上海消费型城市的特点愈加突出。20世纪90年代，上海的城市性质可以从以下几个方面进行分析：①从地理位置上看，上海是我国沿海地区最大的开放港口城市，又是长江流域经济辐射力最强的中心城市；②从城市功能上看，上海是我国工业、商业、外贸、金融、信息、科技、文化等综合功能最强的中心；③从历史上看，上海是我国近代经济、文化、社会发展水准最高的区域，也是远东最大的金融、贸易中心[③]。

2. 市民精神生活

1960年代初，国家刚步入社会主义初级阶段，虽然经过社会主义改造，但"小资梦"的底子还在。《繁花》中，姝华是十分典型的文艺女青年，她十分痴迷于西方诗歌，即使在她疯了以后，诗歌

① 黎文娟.《繁花》论［D］. 华东师范大学，2015.
② 贾彦. 1949—1978：上海工业布局调整与城市形态演变［J］. 上海党史与党建，2015（1）：27-30.
③ 申研，张道根，曹之虎. 重新认识上海城市的性质、地位和作用［J］. 上海经济研究，1992（4）：12-16.

仍然是她的精神寄托。除了姝华，喜爱看电影的沪生、弹琴的蓓蒂，即使是“下只角”的小毛也喜爱读通俗小说……经过20世纪60、70年代的整顿，人们的精神生活陷入单调和苍白，甚至还表现出无尽的惶惶不安。以蓓蒂家的阿婆为例，阿婆是绍兴人，来蓓蒂家做保姆，在“文革”期间，蓓蒂的父母接受批判教育，蓓蒂便由阿婆带着，而在等待蓓蒂父母归家期间，阿婆多次梦到自家的祖坟被挖，传说中阿婆奶奶陪葬的大量黄金被盗，阿婆甚至回家一趟证实这个梦。在确认祖坟被挖以后，阿婆魂不守舍，回家之后便病倒了。阿婆家祖坟被挖，蓓蒂被抄家正是“文革”时期社会失序的体现，作者对这一段十分疯狂的历史的叙述也是真实而无奈的。

到了1990年代，人们沉醉在一场场的饭局之中，看似热闹，实则苍白无力。《繁花》中，各种局里美女如云，有觥筹交错，有权钱交易，这也体现了上海的时代特点。改革开放之后，经商的人越来越多，不仅仅是男子，像李李这样的女子也能够成为商业精英。而在这样繁华热闹的景象背后，人们的精神生活反而变得越发贫瘠，男女调笑，言辞放浪，不复20世纪50年代的文艺气息。整本书交错的时空里，被划分开来的不仅是年代上的差距，也不仅仅是空间上的隔阂，更多地凸显了人作为精神主体在不同年代里文化生活和心理状态方面无法逾越的鸿沟。

《繁花》的人物和故事虽然是虚构的，但是却具有典型性，他们的生活充分地反映了上海普通市民的生存状态，向我们展现了一幅20世纪60年代到90年代的上海风情画卷。

参考文献

[1] 贾彦. 1949—1978：上海工业布局调整与城市形态演变 [J]. 上海党史与党建，2015（1）：27-30.

[2] 杨劲松. 城市工业布局演变探讨——以上海为例 [J]. 上海企业，2008（4）：24-26.

[3] 黎文娟.《繁花》论 [D]. 华东师范大学，2015.

[4] 申研，张道根，曹之虎. 重新认识上海城市的性质、地位和作用 [J]. 上海经济研究，1992（4）：12-16.

[5] 张文婧. 从《繁花》看上海弄堂 [J]. 艺术科技，2016（1）：206+263.

[6] 曾军. 作为“当代上海寓言”的《繁花》[N]. 中国社会科学报，2014-11-21B01.

[7] 金宇澄. 繁花 [M]. 上海：上海文艺出版社. 2013.

[8] 洪柯. 跟着茅奖小说《繁花》游上海 [EB/OL]. [2015-08-26]. http://www.jfdaily.com/life/bw/201508/t20150826_1779329.html.

十 爱本无形

——从《长恨歌》看上海城市居住空间的演变

许雅瑜（2013级本科生）

《长恨歌》是当代中国著名作家王安忆的长篇代表作之一。王安忆看似平淡却幽默冷峻的笔调，在对细小琐碎的生活细节的津津乐道中，展现时代变迁中的人和城市，被誉为“现代上海史诗”。小说时间跨度从1945年到1986年记录了王琦瑶从16岁到57岁的一生，这是一个充满变革的人生。开篇“站在一个制高点看上海，上海的弄堂是壮观的景象。它是这城市背景一样的东西。街道和楼房凸现在它之上，是一些点和线，而它则是中国画中称为皴法的那类笔触，是将空白填满的。当天黑下来，灯亮起来的十分，这些点和线都是有光的，在那光后面，大片大片的暗，便是上海的弄堂了。”（P3）作者从上帝视角来描绘20世纪40年代上海的城市肌理，这时的上海是弄堂街巷纵横交错的一张网。上海的弄堂是形形种种，声色各异的。到了计划经济时期，中心城外围工业区建起了一片片工人新村，解决了大量工人的居住问题。改革开放后，放开城市土地使用权买卖，城市拆掉旧楼后一片又一片的高楼大厦拔地而起，于是“在新楼林立之间，这些老弄堂真好像一艘沉船，海水退去，露出残骸”。（P351）经历了新中国成立、计划经济以及改革开放这一系列中国的大变革的上海，城市居住空间形态发生了显著变化，这些变化体现了城市时代变迁的脚步与方向，也需要人们重新思考如何设计出在经济发达的现代城市里也具有开放活力的居住街区，从人的角度出发去探索住区的尺度，回归身体与街道的亲密关系。

（一）新中国成立前的里弄住宅

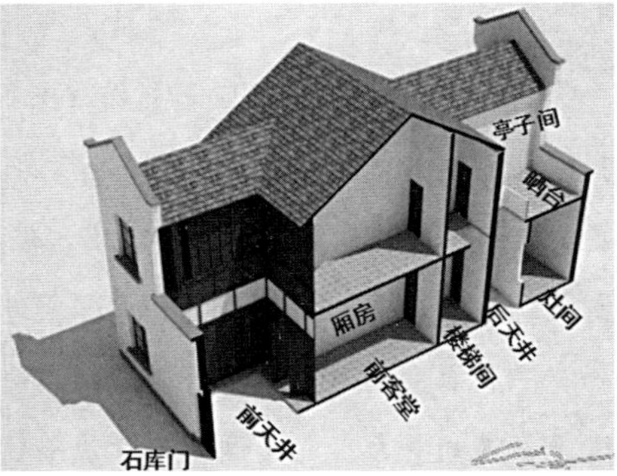

图10-1　上海里弄住宅内部空间布局
图片来源：搜狗图片.

1945年的“王琦瑶是典型的上海弄堂的女儿。每天早上，后弄的门一响，提着花书包出来的，就是王琦瑶……每间偏厢房或者亭子间里，几乎都坐着一个王琦瑶。王琦瑶家的前客堂里，大都有着一套半套的红木家具……王琦瑶家的老妈子，有时是睡在楼梯下三角间里，只够放一张床……”（P18）这是小说里对王琦瑶家的描述，是典型的上海弄堂住宅（图10-1）。

1. 时代背景

里弄建筑是上海所独有的产品。这些里弄建筑的出现与上海的殖民地历史背景有着深切的关联。从1845年起，英、美、法、日相继在上海划定自己的势力范围，先后建立了英租界、公共租界和法租界、日租界，而老城厢一带则为华租界。早期的石库门多为砖木结构的二层楼房，有着江南传统二层楼的三合院或四合院形式，一般进门就是一个小天井，天井后为客厅，之后又是一天井，后天井是灶台和后门，天井和客厅的两侧是左右厢房，一楼灶台间上面为“亭子间”，再往上就是晒台。坡形屋顶常带有老虎窗，二楼有出挑的阳台。石库门建筑从外观上保持了中国传统民居的封闭式深宅大院的样式，但面积和尺度大大缩小，空间变得紧凑甚至有些局促，由于早期的住宅每户都有一个简单的石料门框，内配黑漆厚木门，所以将此类住宅群一律称作石库门里弄。

随后受到 1853年上海小刀会起义和1863年太平天国运动的影响人们纷纷迁居租界，致使租界的人口急剧增加，住房问题日益突出。房地产商见有利可图，开始大规模建造低价位的住宅。为了牟取暴利，设计师将欧洲的联立式住宅和中国传统的三合院与四合院相结合，创造出这种中西合璧的新建筑样式的里弄住宅，老式石库门逐渐被新式石库门取代。考虑到小汽车的通行和回车，有了总弄和支弄的明显区别，天井没有了，用矮墙或绿化作为隔断，外观基本西化，更为突出的是水、电、煤、卫生设备已较为齐全（如1925年的凡尔登花园即长乐村和1927年的霞飞坊即淮海坊）。

洋场风情的现代化生活，使庭院式大家庭的传统生活被打破，取而代之的是适合单身移民和小家庭居住的石库门弄堂文化。抗日战争时期，中等收入的家庭也开始拮据，把房子割出一些空间进行租赁成了最简单、最有效的赚钱方式，于是讲究格局和文化美感的石库门被随意和急切地改造了。

2. 空间分布

在小说中有这样一段描述不同里弄住宅形式的空间分布，“住在淮海路繁华的中段的人家，大凡都是小康。倘若再往西去，商店稀疏，街面冷清，嚣声偃止，便会有高级公寓和花园洋房出现，是另一个世界。这其实才是淮海路的主人，它是淮海路中段的女孩的梦想。上海东区的新式里弄是放下架子的……西区高尚的公寓弄堂里，这空气也是高朗的……”（P248）

旧式里弄主要的建造时间是1850年后，在全市均有分布；新式里弄始建于1920年后，由市区东部向西，直到公共租界的中山公园附近和法租界襄路一带，以及今静安、卢湾、徐汇、长宁较为集中；花园式里弄始建于1937年后，集中于上海西区，现华山路、淮海西路一带；公寓式里弄始建于1937年后，集中于租界范围内，以“越界筑路”的方式沿着东西干道向西推进（图10-2）。

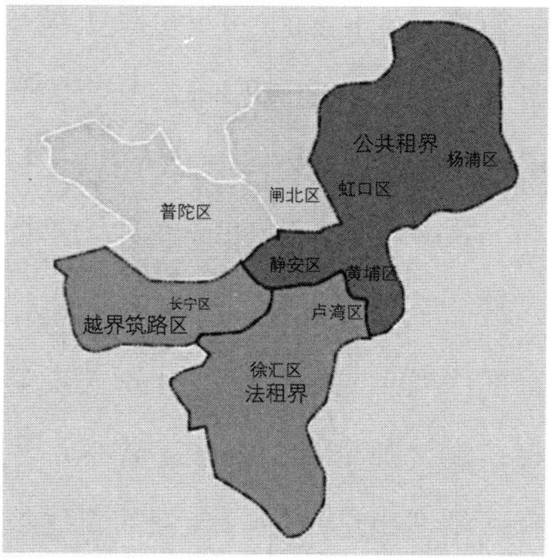

图10-2　上海租界图
图片来源：作者自绘.

3. **布局特征**

小说里对弄堂的感知如是：“一说起平安里，眼前就会出现那种曲折深长、藏污纳垢的弄堂。它们有时是可走穿，来到另一条马路上；还有时它们会和邻弄相通，连成一片。真是有些像网的，外地人一旦走进这种弄堂，必定迷失方向，不知会把你带到哪里。这样的平安里，别人看，是一片迷乱，而它们自己却是清醒的……”（P136）从空间布局的角度来看，不同类型的里弄实则差异较大（图10-3），它们具有如下特征：①早期老式石库门里弄住宅的弄道

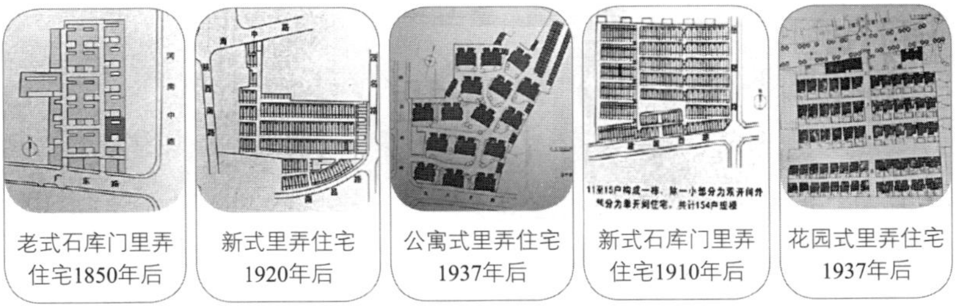

图10-3　五种里弄住宅的平面图

图片来源：罗珊珊．上海里弄住宅的演变和继承［D］．上海交通大学，2007．

狭窄且数量较少，房屋排列紧密而无规则。住宅的进深大，开间小。后期老式石库门里弄住宅的总平面布置中支弄有所增加，弄道排列较整齐；②新式石库门里弄住宅开始注意通风和采光等问题，尽量做到朝南，故总平面布置大都成横向连列式。同时总弄与支弄之分较前更为显著，总弄平均宽5米，支弄多为3米左右，弄堂宽度基本符合消防的要求；③新式里弄住宅大都继续沿用行列式布置，弄道宽度增加，从5米到 10米不等；④花园式里弄住宅多结合总平面布置采用自由式排列，主要有双联式、短排和长排联列式几种；⑤公寓式里弄住宅的总平面一般采用行列式布置，有独立式、双联式、联列式几种。

图10-4　上海里弄住宅小区平面图

图片来源：高德地图．

总体而言，上海里弄住宅是殖民地时期本土居住文化和外来建筑风格结合的传统上海居住街区（图10-4），有以下三个演变趋势：①住宅平面布局的紧凑化、功能的细致化；②住宅外观的开敞化、现代化；③里弄住宅的连续性、层次性、可识别性和经济性。上海里弄外部公共空间通过一系列的过道空间渗透到街区内部，在小尺度的空间中形成了具有特定私密感的邻里共享空间。虽然这种街区没有实体的围墙，但是这种从公共空间到半公共空间，再从半公共空间到私密空间的尺度变化也同样起到对内部空间的保护和闭合作用。

（二）计划经济时期的工人新村

1960年的蒋丽莉以干部的身份住进了工人新村，如“她本来还有两年就可以拿到毕业文凭，却退学去做了一名纱厂工人，因为有文化又要求进步，就提到工会做了干部。再后来，就和纱厂的军代表结婚了……如今已有了三个孩子，住在大杨浦的新村里。”（P205）

1. 时代背景

新中国成立后的上海在苏联模式的影响下，将工业化作为经济发展的主要目标，提出“通过增加产业工人数量，把畸形的消费型城市转变为生产型城市”（杨辰，2009），再加上“低工资高就业”的经济政策，上海工人数量连年迅猛增长。然而，工人地位提高的同时，城市居民，尤其是城市工人家庭面临着严重的住房短缺难题：100万的产业工人（连同家属约300万人）住在条件简陋的棚户、厂房和旧式里弄，人均居住面积不到4平方米，恶劣的居住环境严重影响了工人的生活与社会主义生产。

2. 空间分布

新中国成立后在变“消费性中心”为“生产性中心”的城市建设方针指导下，上海市有计划地在原城市中心地区的外围建设各具特色的近郊工业区（图10-5）。同时，为方便职工上下班，改进居民

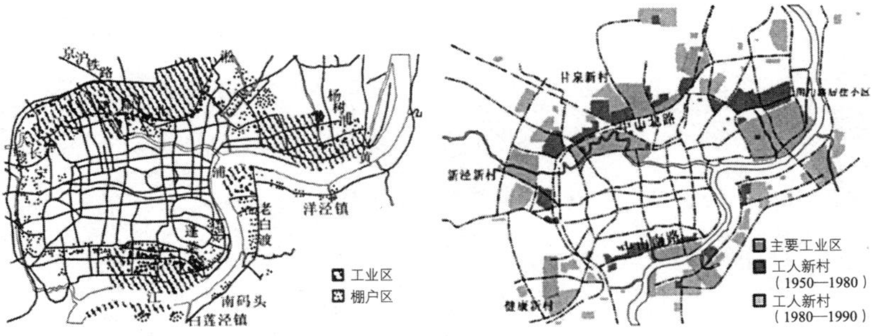

1949年以前上海工业区与棚户区的分布　　上海工业区与工人新村分布图（1950—1990）

图10-5　上海两个时期城市居住空间形态演变

图片来源：王丹．制度变迁背景下上海居住空间结构演化研究［D］．华东师范大学，2011．

居住条件，配合工业区的建设以及疏散中心城区人口的需要，在原城市建成区边缘和近郊工业区附近大规模建设了工人新村和居住小区，如位于普陀区沪西工业区附近的曹杨、长风等新村，杨浦沪东工业区附近的鞍山、凤城、控江、长白等新村。这种完全计划形式的居住区建设带来了以职业、职位、单位为基础的居住空间扩张现象。同时由于这一时期的居住聚集区在地域分布上主要集中于中心城区边缘的城乡结合部，本轮居住空间结构调整使得居住区边缘化趋势十分显著。

3. **布局特征**

1952年5月30日，由市政府规划建造的首批工人住宅曹杨新村建成，优先分配给劳动模范和先进生产者居住。刚开始的曹杨新村是建立在西方工人住宅理念上的，是理想化的大面积低密度的住宅、公共空间，但是这种高成本低密度建设方式不符合当时上海工人数量众多的住房需求，于是后来建造的工人住宅在密度上有所增加并且质量也降低了。所谓“二万户”是一种二层尖顶、红瓦白墙的砖

图10-6　曹杨新村局部鸟瞰图

图10-7　曹杨新村空间形态图

资料来源：高德地图

木结构公寓楼（时称“公房”），通常由2～3个单元组合而成，每个单元可容十户家庭，一楼、二楼各五户。当时，据说该建筑群落的受益者在“万户”之上，故将其称为“二万户”，该建筑群也使很多工人家庭摆脱了棚居之苦，过上了共产党领导下的幸福生活。其实，从现在来看，“二万户”的理念在当时还是比较先进的，它是以社区为聚居点，并冠以“新村”之名，颇有空想社会主义家所倡导的生活想象，如“控江新村”、“曹杨新村”、“凤城新村”、“长白新村”等（图10-6、图10-7）。

这时期的上海市居住空间形态特征主要体现为以下几个方面：①紧凑的空间形态；②工业扩张成为居住空间扩展的根本动力；③“职、居”平衡，使“单元”成为居住空间的细胞元；④以标准化“公房”作为主要的住宅形式；⑤均质化的居住空间，居住条件普遍较差。

（三）改革开放后的居住小区

对改革开放初期的居住小区，作者的感知是：1985年的冬夜，“他（老克腊）坐在朋友的摩托车后座，一路西去，来到靠近机场的一片新型住宅区。那朋友住一幢侨汇房的十三楼，是国外亲戚买下后托他照管的。……在这新区，推开窗户，便可看见如林的高楼……宽阔笔直的马路上跑着如豆的汽车……不远处永远有一个工地……到新区来，总有点出城的感觉，那种马路和楼房的格式全是另一路的，横平竖直是讲道理讲出来的，不像市区，全是掏心窝掏出来的。”（P302）体现着极强的人工干预色彩。

1. 时代背景

1980年4月，邓小平提出住房制度改革的构思：①强调城镇居民可以购买房屋，新老房子都可以出售；②逐步提高房租，对低工资的职工给予补贴；③建房可以公私合营或民建公助，也可以自己想办法。同年6月，中共中央、国务院正式确定推行住房商品化政策。土地使用制度改革，就是要把计划经济时期实行的城市国有土地由行政划拨，无偿、无限期使用的办法，改为采用市场经济手段分配，实行有偿、有限期使用，实现土地资源的优化配置，为城市建设开辟财源，促进房地产业向市场经济转轨，振兴、发展成为国民经济的支柱产业。

上海市开始进行房地产管理制度改革，明确市区分工，政企分开，按需要建立专业化公司，组建土地局，实施房、地分管。侨汇房政策始于1982年，中华企业公司、爱建公司等相继在虹桥路、伊犁路、安顺路建别墅或居住楼26幢，建筑面积达4万余平方米。还有古北新区等建设的商品房中有标准较高的侨汇房，售给归侨、侨眷或定居的华裔。随后上海开始了大规模住宅小区建设。住宅商品化以后，出现了“楼盘”的概念，自此城市肌理被扩大了，小区成为基本的城市单元。

2. 城市空间演化

改革开放前城市处于缓慢扩张阶段，工业扩张带动居住空间的扩展，居住呈现边缘化趋势。改革开放后城市空间急剧向外扩张，整体上呈同心圆状（图10-8）。大尺度的集合住宅代替传统街区中的人性化居住空间，“街区”这个闭合单位的尺度正在逐渐变大，城市道路网密度降低，公共道路尺度增加。社区空间从外部公共空间向内部私密空间转化，将居住街区与城市隔断（图10-9）。

3. 布局特征

随着改革开放和三十年光辉岁月的开始，工人新村的建设逐渐被房地产大开发所取代，沿袭20世纪50年代兴起的单位大院的封闭性特征，兴建了大量封闭式、符合顾客私密性需求的住宅小区。建筑风格和街区形态变得多样化，但也更加自成一体。居住小区具有空间大尺度、范围全封闭的特征，客观上也存在阻碍了城市交通、使街道丧失活力、公共服务设施供给不足、忽视了人的尺度等问题。为采取封闭式物业管理，居住小区与城市街道之间常以围墙或其他分隔物进行分隔（图10-10），楼盘里的住宅不与城市街道直接发生联系。居住区的聚居功能独立于周边城市，居住形态也迥异于周边城市肌理（图10-11）。

上海旧城的里弄住宅是“老当益壮”的，如果登至高处去看那城市的风貌，纵横交错的弄堂虽已透出苍凉，但却也惊异于它的屹

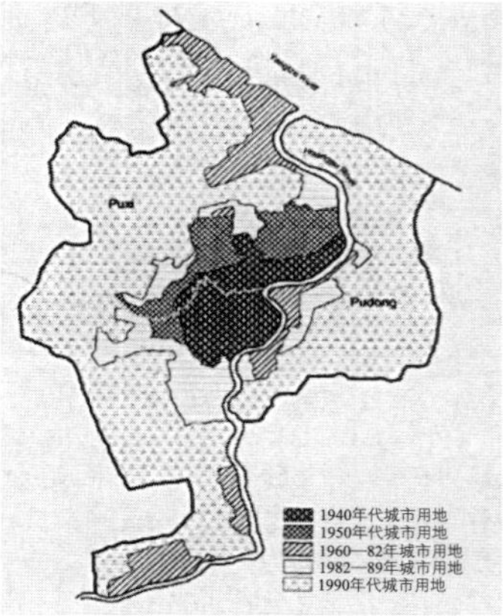

图10-8 上海城市空间形态演进的尺度形态

图片来源：王丹．制度变迁背景下上海居住空间结构演化研究［D］．华东师范大学，2011．

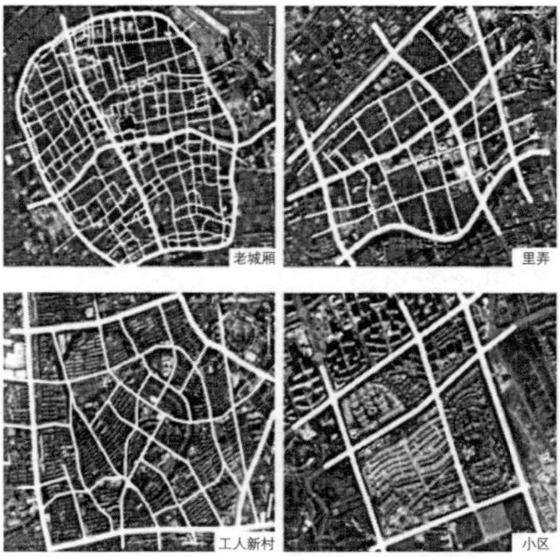

图10-9 上海四种居住形态的尺度演变

图片来源：王昱居住街区的内向性与外向性：上海 巴黎的比较研究［D］．同济大学，2008．

图10-10 上海市现代商品房小区

图片来源：高德地图．

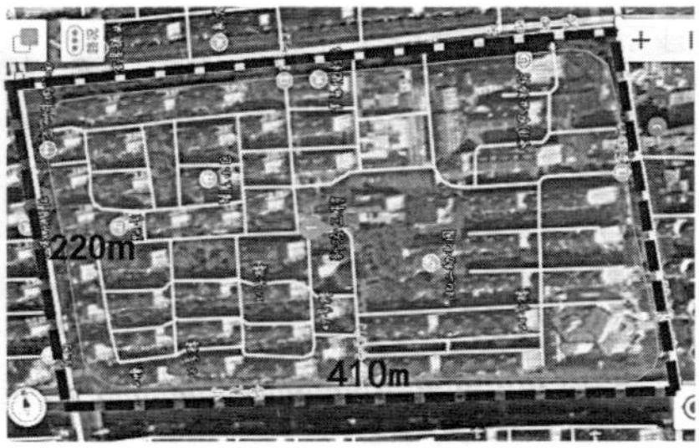

图10-11 上海市某商品房小区尺度平面图

图片来源：高德地图．

立不倒，似乎时光就停止在那个经典的永恒瞬间；上海郊区工人新村是“时代典范”，一片片、一团团静静伫立，彰显那一时期的辉煌和特立独行，时代的记忆如此清晰而明丽；新的商品居住区以破竹之势侵蚀上海的老记忆，虽然光鲜亮丽，与沉重的历史片段相比，仍显得稚嫩……

参考文献

[1] 王竞梅. 上海城市空间结构演化的研究［D］. 吉林大学，2015.

[2] 王昱. 居住街区的内向性与外向性：上海—巴黎比较研究［D］. 同济大学，2008.

[3] 罗珊珊. 上海里弄住宅的演变和继承［D］. 上海交通大学，2007.

[4] 杨辰. 日常生活空间的制度化——20世纪50年代上海工人新村的空间分析框架［J］. 同济大学学报（社会科学版），2009（6）38-45.

[5] 赵柏洪. 柏林与上海城市肌理演变比较［J］. 山西建筑，2007（9）67-68.

[6] 周灵雁. 上海中心城区居住空间变迁与重构研究［D］. 上海师范大学，2007.

[7] 黄岩松. 上海石库门住宅的特征和变迁过程［J］. 安徽建筑，2006（6）41-43.

[8] 杨辰. 社会主义城市的空间实践—上海工人新村（1949—1978）[J]. 人文地理，2011（3）：35-64.

[9] 王安忆. 长恨歌［M］. 北京：北京联合出版公司，2014.

[10] 王丹. 制度变迁背下上海居住空间结构演化研究［D］. 华东师范大学，2011.

十一 绝地后生

——从《我们在此相遇》看里斯本灾后重建

周星宇（2013级本科生）

《我们在此相遇》是当代最有影响力的作家、艺评家、公共知识分子约翰·伯格暮年的自传性小说，讲述了在里斯本去世多年的母亲和他在这里相见。城市就是这样一个地方，最初互不相识的人们以他们也无法操纵的方式获得彼此的能量。里斯本给人以充满过往之美，选择里斯本是因为约翰觉得他妈妈会喜欢这里作为一个逝者的居所。小说只是一个引子，但它会引起我们关于一个曾经被摧毁的城市面对灾难的态度的思考。

（一）里斯本大地震

里斯本，大航海时代的欧洲窗口，却躲不过1755年的那场摧毁了整个下城区的大地震。1755年的里斯本，是一个褪去了航海时代世界中心光环的没落之城，一座开始衰退的葡萄牙帝国的首都，一个只属于伊比利亚半岛曾经的黄金之海。这场地震，带来了里斯本数日不熄的熊熊大火，也带来了足够摧毁一切的海啸。

1. 震前的里斯本

16世纪时葡萄牙因为其得天独厚的濒临大西洋的港口位置，以及其在非洲、美洲强大的殖民实力，一举走到了欧洲诸国的权力巅峰。但在16世纪末的那场与其邻国西班牙的海上贸易竞争中，葡萄牙开始败下阵来，甚至于输给了英国和荷兰的贸易船只。而17世纪时，来自巴西的黄金和钻石又一次来到里斯本的港口，但这次财富也只是在里斯本稍作停留，随后被销往欧洲的几个贸易中心，尤其是伦敦和阿姆斯特丹，所以这场里斯本的黄金时代并没有带给里斯本太多值得回味的东西。而当时在里斯本经营贸易工作的航海商人大部分都是非葡萄牙人，其中最多的是英国商人，其次是德国商人。17、18世纪的葡萄牙和德意志以及普鲁士存在着良好的贸易关系，普鲁士为里斯本运来的货物充当贸易市场，而里斯本同样需要从普鲁士进口来的粮食。18世纪中叶，里斯本已经和整个葡萄牙一样，走下了欧洲权利与繁荣的巅峰，被认为是欧洲最肮脏的城市之一，甚至于在夜晚都没有路灯①。

2. 震中的里斯本

1755年11月1日，正是天主教的万圣节。里斯本的人们不是赶着在礼堂里做弥撒，就是在家旦忙碌着。上午9点30分，葡萄牙大西洋沿岸南段圣文森特角西南200公里的海底深处，发生了持续十分钟的强烈地震。这场地震被后世认定为里氏9级地震，是欧洲近代以来最严重的一场自然灾害，以至于引发了很多远在法国的启蒙思想家的关注，甚至于被认为是欧洲普遍的乐观主义终结的标志。这场地震的震感区域面积高达259万平方公里，波及范围甚至达到了欧洲北部的比利时（图11-1）。一些国家通过湖水的震荡起伏也观测到了这次

① 克里斯提安娜·埃费尔特．1755年里斯本大地震：论一场自然灾害的历史影响力［J］．史学理论研究，2005（02）：107-117.

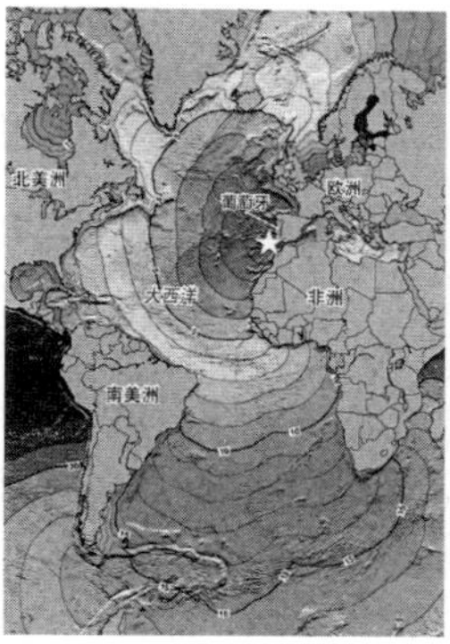

图11-1 里斯本地震海啸影响范围

图11-2 灾难中的里斯本

图片来源：邹文卫．1755年葡萄牙里斯本大地震［J］．城市与减灾，2015（02）：43-46.

地震的发生，例如德国。

地震使里斯本的地面开裂了5米宽，一条条巨大的裂缝横亘在里斯本的街头，教堂塌毁，建筑倒塌，40所教堂和200多所修道院内拥挤的人群惊恐地逃往街上，寻求庇护。无人看管的灶炉和修道院里的蜡烛成了摧毁这个城市的第二个恶魔，熊熊燃烧的大火整整持续了5天，将里斯本变成了如地狱般的一片火海（图11-2）。而被大火赶向特茹河岸边的人群，又被地震引发的强烈海啸卷入深邃无边的大西洋中。这场海啸先是吞没了港口和闹市区，又摧毁了城市大部分的建筑。在这场强震、海啸和大火的三重摧残下，里斯本从一个繁华的都市变成了一片浩大的残垣断壁，3/4的城市建筑在这场浩劫中被摧毁，包括之后的9个月内陆续发生的大大小小500多次余震的破坏。就连里斯本的皇宫、歌剧院、兵工厂、海关等皇家建筑也不能幸免于难，万幸的是里斯本的国王约瑟一世和日后有大作为的首相庞巴尔侯爵当时并未在皇宫，从而逃过一劫，不然也就没有日后成功的里斯本重建了。

这次地震摧毁了里斯本三分之一的土地，造成的死亡人数也一直存在争议，饥荒、疾病与混乱接踵而至。灾民只有破烂衣物可以蔽体的时候，人们已开始在灰烬与瓦砾堆中买卖打劫而来的钻石。尽管天空湛蓝，麦秆之海闪烁金光，但每张嘴里谈论的都是惩罚与报应。毫无疑问的是，里斯本经历了一场自然带来的史无前例的屠杀。当时里斯本的总人口数在20万人左右，而死亡人数预估是5～10万人，对于里斯本所损毁的建筑而言，人口的骤然减少更是这个城市在灾后恢复上所受到的致命一击。这场自然灾害中，只有阿尔法马区因为地势较高，受灾程度较小，仍保持了原有社区的样貌，不过也已经从富人区转变为贫民聚集区。法朵，一种葡萄牙的本土音乐；SAUDADE，一种葡萄牙人口中的怀旧情绪，也许都在这场巨大的地震中得到酝酿和发酵，正应了约翰的母亲告诉约翰的：里斯本是座忍耐之城。

（二）里斯本重建

庞巴尔侯爵是葡萄牙的首相，他的全名是萨巴斯蒂昂·若泽·德·卡瓦略·梅罗，1770年被封为庞巴尔侯爵①。由于国王若泽一世好玩而不理朝政，再加上其对庞巴尔侯爵的宠信，所以庞巴尔公爵就以国王的名义行使权力，一直至国王1777年去世27年间成为葡萄牙大权的实际统治者。面对灾难，庞巴尔侯爵表现出了一位智者的胆识。

① 百度百科。

1. 社会稳定措施

为了促使城市快速恢复秩序，庞巴尔侯爵采取了一系列措施：①控制瘟疫。将死者尸体装船从特茹河运往入海口，连船带尸一起沉没，以防止瘟疫的大规模传播。虽然当时教会对尸体的处理有传统的宗教习俗，但是庞巴尔侯爵及时排除了教会的障碍，迅速地处理掉了尸体，同时城市大火也在尸体处理上起到了一定的作用，这是大规模瘟疫没能爆发的主要原因；②维护社会治安。为了维持城内的秩序和防止有人趁火打劫，庞巴尔侯爵下严令惩处盗贼，凡是在废墟中试图非法谋取他人钱财的就地处决，在城内设置绞刑架以示严惩，至少有34人因此而被吊死。这对于灾后的社会治安起了很大的威慑作用，防止了大规模的社会混乱的产生。同时也将宗教法庭排除在外，对葡萄牙世俗权力的恢复起了客观上的作用，加强了城市重建的效率；③安抚民心。庞巴尔侯爵调动军队赶往里斯本，阻挡离开城市的难民潮，挑选强健的人协助清理瓦砾，同时对城市进出进行控制，安抚民心，使市民重新参与城市赈灾与建设。这些举措使城市里的人口没有大规模的流失，为城市保留了重焕生机的希望，同时进驻的军队也成了城市建设的生力军，不仅控制住了局面，也使城市恢复的速度得到了大幅度的提升；④粮食保障。庞巴尔侯爵严厉打击奸商趁机牟利的行为，从外地调运食品供应里斯本，并对食品销售进行限价。这使灾区迅速获得食品及物资供应，并且避免了商人趁机提价的现象。这些受灾后的紧急措施迅速使这个被摧毁的废墟城市安稳下来，居民们不再像地震刚刚侵袭过后那样恐慌，重建的最基础元素——人，已经在这个城市中稳定下来，为日后的重建打下了坚实的基础。

2. 灾后重建措施

1756年，庞巴尔侯爵便像巴黎改造中的奥斯曼一样，“**开始梦想一座理性与对称的新城市**”（P20），野心、幻想以及秩序都在新城市中铺展开来，只不过他面对的是一无所有的里斯本。庞巴尔侯爵就好像约翰所写到的那样，他想让这座没落帝国的城市重新依靠金融和贸易回到欧洲的顶峰，抓住了用科学和理性的设计方案来重建一个现代化里斯本最好的机会。他选中了八十岁高龄但是效率极高的迈亚将军作为总设计师，不出一年，迈亚将军就拿出了里斯本重建方案。几乎在每一个细节上，包括挑选设计方案、决定房产主的权利和义务、规定建筑期限、控制工程进度和资金流转，庞巴尔都要亲自过目。到了1758年，用了两年半的时间，里斯本这座城市新的城市规划终于面世，从这份规划中的一些内容来看，无疑展现了侯爵对这个国家未来发展的方向和野心：①布局强调秩序，街区都是由几何般的直线所划分，这也是一个中央集权式政府的权力的体现方式之一，但同时每条街每座大楼的每个立面图都相同，在城市建设中消除了等级观念，不允许贵族通过改变房屋外观来显示地位；②抑制教堂建筑的修建，突出教俗地位一致，教堂建筑也要符合城市总体规划要求，同时不准教会人员参与设计。这个富足的都市，基督教艺术和文明之地的破坏，触动了世纪的信念和乐观的心态，许多有影响的作家都提出了这种灾难在自然界的位置问题；③震前的里斯本的中心是皇宫，庞巴尔则将其改为商业、政府和民居为主，原来的皇宫广场命名为商业广场，楼上为办公用，底层为商店，突出了庞巴尔侯爵的立国理念——商贸立国。1775年，在庆祝里斯本重建完成的盛大庆典上，国王约瑟一世和他的首相庞巴尔举杯庆祝他们共同的成就。庞巴尔骄傲地说："稍有观察力的外国人都会看到一个无可比拟的广场，一个超过欧洲任何国家的广场"；④所有的建筑都必须符合规定的标准和风格。庞巴尔侯爵为了提高重建速度，大力提倡预制，所有的铁活、木活、瓦片、陶砖以及建筑门面（包括教堂和修道院）都是标准尺寸，主要的大街都是60步宽（50步是路，10步是人行道），而且所有的街道都按照当时最先进的城市设计装有路灯、下水道和厕所。所有房子都必须装有名为庞巴尔笼子的防震木质结构框架。由于木架对称而且伸缩性较大，能够分散地震力量。为了测试模型的性能，庞巴尔调动军队在模型附近操练，以模拟地震。这是世界上在城市规划中使用抗震建筑的最早实例之一。

3. 灾后重建效果

里斯本重建取得了惊人的经济社会环境效果：①恢复城市景观。在这场撼动了全欧洲哲学家的乐观主义和正义观念的大灾难之后，重建使得里斯本城迅速地恢复了城市的活力和外观，完整而全新的里斯本重现在了欧洲大陆上，"完美实现了银行家的梦想街道：规则、透明、平行、可靠，繁荣的金融贸易带给银行家们无数可能"（P20），而这座城市的其他街道也都能反映出庞巴尔侯爵的城市幻想。庞巴尔侯爵的城市重建计划虽然只是在城市的物质上对城市进行了重建，但是隐藏在这背后的是侯爵对这个城市和这个国家未来发展的设想与企图。正如约翰所讲，18世纪下叶是属于不列颠的工厂，是属于一座座高耸烟囱组成的英国城市，里斯本，只能走向没落，虽然庞巴尔侯爵做了这么多美好的幻想；②实现国家转型。当时里斯本虽是全欧第四大城市，很繁荣，葡萄牙在欧洲却被普遍认为是个落后的国家，恰恰是这个落后的国家在大地震前后正在经历一个重要的现代国家的形成过程，这次地震成了这个过程的一个重要里程碑，使其从一个比较传统的宗教贵族国家变成一个集权的现代国家。庞巴尔侯爵利用了这次地震来打击任何在他看来不利于国家集权的对手，其中特别以耶稣会为对象，因为耶稣会不仅拥有全球范围内的影响力，而且和葡萄牙的贵族甚至王家都有密切关系，虽然耶稣会在道德和知识等方面都是比较突出的，尤其在后来被认为是科学的先驱，但耶稣会的影响力和实际力量在庞巴尔侯爵看来是对国家独裁的重要威胁。

（三）地震恢复的启示

这次地震虽然带给了里斯本人莫大的灾难，甚至于200年后也不能完全忘却，但是这场灾害同样让我们看到了一位当权者在面临自然灾害过后留下的废墟时所进行的一系列堪称完美的应对措施。庞巴尔侯爵建立了一套完整的震后应急措施，包括震后的社会安定措施、规划前的预备措施，以及制定了三年的城市总体规划。我国也是处于地震带上的国家，近年来发生过多次大规模地震，例如2008年的汶川地震、2010年的玉树地震以及2013年的雅安地震。虽然距当年的里斯本地震已经过去了两百余年，社会形势和物质条件等方面都已有了很大程度的不同，但是当年庞巴尔侯爵的做法仍能带给我们很多启示。

1. 防止人员流失

灾后应做的第一件事应该是维护社会安定，安稳民心。人是救灾和重建的第一要素，防止人员流失是救灾的重要任务之一。同时应防止有人趁灾投机投资获得收益，做到救灾资源的高效率使用。

2. 健全融资机制

灾后重建的融资机制，要做到政府和社会筹资并行，提高社会资本的利用效率，利用社会资金和政府投资来共同重建。里斯本当年接受了英国国会和汉堡商人大量的资金援助，减轻了葡萄牙本国政府的财政压力。在现今社会也要做到政府投资和社会资本的综合利用，包括银行信贷、国内社会捐款、国际社会捐款、中央政府和地方政府的投资。

3. 加强城市管制

对整个城市进行总体规划，完成前禁止私自建设，以确保整体规划可以有效地进行推展和实施。当然，在当代中国，因为城市用地性质的缘故，建设项目一定要经过政府的审批，城市总体规划的实施已经基本上能避免因私人建设而导致的混乱。但是在广大的乡村地区，保证建设符合规划标准也是一项非常重要的工作，需要确保集体建设救灾住房项目的高质量和抗灾性。

约翰之所以选择了里斯本，或者说约翰的母亲之所以选择了里斯本，可能就是因为这场地震，给里斯本带来了他们据说的“SUADADE”的那种怀念。地震摧毁了旧的里斯本，又带来了一座新的里斯本和里斯本人因地震而起的种种情感。在约翰的眼中，“无论什么时间，商业广场看起来都是半空的”（P20）。他在里斯本，总有一种无可奈何的悲观。庞巴尔侯爵的种种措施，挽救了里斯本，却也带给里斯本人一丝丝怀念过去的悲观情怀。

参考文献

[1] 约翰·伯格. 我们在此相遇 [M]. 广西：广西师范大学出版社，2009.

[2] 克里斯提安娜·埃费尔特1755年里斯本大地震——论一场自然灾害的历史影响力 [J]，史学理论研究，2005 (2)：107-117.

[3] 孟庆龙. 自然启示录：1755年里斯本地震海啸对葡萄牙社会的冲击和影响 [J]. 史学理论研究，2005 (2)：96-106+161.

[4] 邹文卫.1755年葡萄牙里斯本大地震 [J]. 城市与减灾，2015 (2)：43-46.

十二 苟且生存
——从《妊娠土门》看城市化进程中的“城中村”问题

李沁媛（2013级本科生）

城市化进程就像一只巨大的蜘蛛网，改造旧城，扩大新城，触角不断向外延伸。贾平凹的小说《妊娠土门》讲述的就是一个“城中村”被织入网中，正在做最后挣扎、经历最后阵痛的故事。土门原为唐长安城开远门，位于西安西郊，有城内城外之别，因此此处的仁厚村，作为“城中村”不得不面临城市化改造，既承载着落后的农业文明，也连接着喧嚣的城市文明，何去何从，自有评说。

（一）仁厚村空间环境

仁厚村是作者以西安城周边众多“城中村”为原型而虚构的，它具有现实生活中“城中村”的一切特性，而又比它们更具典型性，小说的名字“土门”也是“城中村”改造范围内的一片街市（图12-1）。《土门》中对仁厚村的空间格局和人物生活环境的描写，主要分散在故事的叙述之中，通过对小说中有关线索的归纳整理，我们可以对仁厚村的空间架构及环境特征有较为清晰的印象。

1. 外部空间

范景全曾经坐着飞机从空中俯视整个西京城，他说“西京是以

图12-1　现实中西安“城中村”改造中的土门地区
图片来源：根据百度地图作者绘制.

蜘蛛的形状建的”（第152页）。这句话统摄了西京城，也为仁厚村画了一个坐标（图12-2）。而梅梅则由此而产生许多疑惑和联想：“那仁厚村边上的‘城市广场’是蜘蛛的哪一块呢？五年前修建的这个广场，占去了仁厚村的全部庄稼地，说是从农村走向城市化的象征。广场外一幢幢钢筋水泥楼房建起，数年间，仁厚村的周边，建筑就如熔过来的铅水，这一点汇着了那一点，那一点又连接了这一片，……做了一场梦似的，醒来我们竟是西京里的人了。”（P153）由书中的描写我们可以大致得出仁厚村的周边环境，地处西京城南郊，北边有一个新建的城市广场，左右两边高楼林立。小说开篇时的仁厚村，实际上已经是一个“非城非乡”的地带，仁厚村人虽然还是农民的身份，但是，“仁厚村被征用了最后一亩田地的那个冬天，我们屠杀了惟有的十头老牛”（P155），失去了耕种的土地，村人已不再靠种地为生，还是真正意义上的农民吗？

图12-2 蜘蛛结网一样的城市

图片来源：百度地图.

仁厚村原先是一个拐把形，后来人口增加，村庄不断扩张成了不规整的长方形。村内西边是本村的古老大户贾氏宗族的聚居处，由北向南分别为前院、腰院和后院三部分，这里的“屋舍破旧，但都是砖木的滚道檐的结构，门前蹲石狮，狮子不是威严状，而相互对视有扭捏像，门后立照壁，雕螭虎，宋锦，流云红蝠，蝴蝶梅。”（P184）老村长就住在这的腰院里，由此可见氏族宗室对中国农村的长久影响力。前院的小巷和腰院里并排着的房子各住着两户李姓人家。后院的西门外是一个带点慢坡的小土场，坡上是六合家。村北面东西一长溜是外来的杂姓人家，“当时统一盖房，每户房屋东西相连，每家四间上房与东西连廊厦屋组成一院，厕所都在院墙的西南面。”（P185）村东面原是打麦场，有七个青石碌碡和一排拴马桩，现在麦田没有了，废弃的打麦场上盖起了房子，住着魏姓人家，新村长成义就住在这里。打麦场的北面是贾氏祠堂和村子的墓地。祠堂原有三道大门，东西两厢走马廊由柱子顶起，大厅后有茶

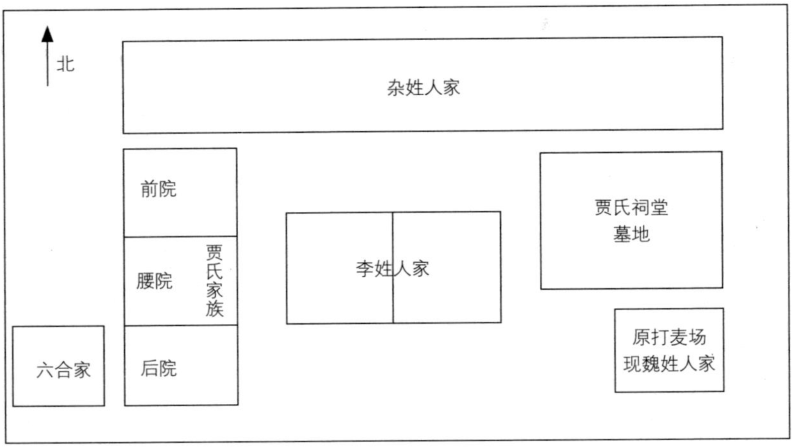

图12-3　仁厚村内部结构平面图

亭，现在庭院已废，只剩下孤零零的三间厦屋，由云林爷居住。三间厦屋后面是墓地，最高处是仁厚村老祖先的大坟丘，大坟丘的四周是一排一排高高低低的小坟丘，再外围是放骨灰盒的水泥堆，最外是土围墙。这些建筑物之间的巷道多是土巷子，长短直弯各异，总体较窄，高低不平，常有积水；每户门口的式样各不相同，但又大同小异。从文中的描述可以大致绘出仁厚村的各家分布平面图（图12-3）。

2. 内部环境

（1）梅梅的住处

梅梅的住处是七十年前的农村老房子，房顶有大的孔隙，虽下雨不漏，但夜里就露出圆白光点，旧年的绽板上的陈泥巴不时往下掉落，床上的蚊帐一年四季撑着，变成挡泥的工具。梅梅是个重情趣、轻物质享受的单身知性女人，她家是仁厚村的老住户，曾祖父是她眼中的关西大儒，男朋友是本村的冉子和，在城南的农科所工作，她自己在上函授大学，受冉子和的影响喜欢上了收藏明清老家具，对仁厚村充满感情，极力支持成义保住村子不被拆迁，但没有成义激进。

（2）云林爷的住处

云林爷家，“**一推开土围墙的栅栏木门，我的感觉里，历史就推开了**”（P160），是废弃的旧祠堂后的三间土屋，门前残留着一根雕着石榴头的石柱，窗户是老式格子窗。三间土屋，中间是厅堂，也是看病的门诊部，东西两间分别为卧室和厨房，家中除一个板柜、一个八斗瓮和一个箱子，没有一件可以闪光的现代家电，厅堂一张木桌，一竹筐病历，还有成包成捆的中草药，厨房土锅土灶，坛坛罐罐，烟熏火燎，山墙上的壁画依稀可见，画的是一个武人。卧室放着一张木床，五个陶瓦罐，里面装着米面等各种粮食，山墙上画着一文官。这是典型的农村老一代人的住宅格局，加之云林爷是个瘫子，靠给人看病过活，生活简单，家具一律是传统的手工土件，很少更新，但墙上的壁画留着贾氏祖先昔日的辉煌，那简陋的木桌木柜，坛坛罐罐被老人无数次的擦拭摸拿，留有老人一辈子的生活印记，老人的生活已经与这三间土屋融为一体。

（3）眉子的住处

眉子的家房子不大，地上铺着地毯，土坯墙贴了壁纸，顶上装有天花板，窗帘是拖地窗帘，屋内有各式现代家具电器。《土门》中眉子是个新潮时尚的人，她是仁厚村唯一一个完全认同城市化的人物，她的房间是她的生活观念和人生追求的外化。她一心要做城里人，不仅不反对仁厚村被城市吞并，而且有意促成这一天的早日到来，村里人说她是叛徒，孤立她，咒骂她，甚至开除了她的村籍。

她却认为“什么家园不家园的，麻雀才讲究自己的窝的，你见过老虎的窝在哪儿？”在她眼里仁厚村“要气派没气派，要舒服不舒服，自来水没有，抽水马桶没有，煤气没有，热水、空调没有，改造了旧屋，一切现代化又怎么啦，世世代代不再做农民又怎么啦，我错在哪里啦，我这就是忘了本了，堕落啦？！”（P162）。

（4）成义的住处

成义家的院子不大，三间堂屋，一明两暗，界墙上棚着木板楼，搭着一架老式木梯，一张裂缝的旧桌上堆着饭菜和酒。成义文化水平不高，但长年在外闯荡，见多识广，敢作敢当，对他来说，保卫仁厚村不是城乡观念的冲突，也不是对家园的留念，而是一种责任和能力的展示，我的地盘我做主，不容他人侵犯或挑战自己的权威。

《土门》对仁厚村内部物理空间的描写不多，但云林爷和眉子的住宅则代表了古老与现代两个极端，而其他村民的室内空间大同小异，是典型的北方农村的简陋民居，土墙土屋，土锅土灶，以传统实用为主，没有多少装饰和现代化电器，设施落后，生活简单。

3. 社会氛围

（1）邻里关系

仁厚村是从农业文明发展而来的耕读文化的典型农村，它的历史几乎与西京城一样久远。村人都知道他们的祖先是朱元璋军中的一位鼓师，繁衍了贾氏一族，传下了明王阵鼓谱，村里人至今还能集体演出明王阵鼓，也成为后期村民用于抵抗城市入侵的一种文化武器。贾氏家谱中记载贾氏曾出过一名画家，一名进士，还有梅梅的曾祖父开办过关西书院，是当时有名的大儒。梅梅自己则收藏了许多明清的家具古物。显然，贾氏耕读传家的文化基因一脉相传，未曾断根。因为历史沿革原因，仁厚村的人员结构依旧以贾氏家族为主，其他杂姓为辅，家族之间、邻里之间，虽时有矛盾发生，但他们之间又往往沾亲带故，争争吵吵，时分时合。由于居住的村落化特点，村民之间交往频繁，联系紧密，彼此对家庭人员情况和生活情况熟悉程度较高。

（2）就业状况

由于城市化扩展和渗透，作为农业文明基础的土地已被瓦解，农民只有转变方式，转向为城市提供服务以求得生存，实际上仁厚村已经在改变性质，成为一种“半城半乡”。一部分人外出打工，而留在村里的人主要依靠云林爷的医术谋生。云林爷的中医药治病术专治肝病，远近闻名，由于来的病人较多，需排队挂号，仁厚村每户人家领牌为病人挂号，并被分配到家中住院，以此获取房租收入。后期仁厚村还建起了大药房，服务于云林爷的医术。云林爷住在破败的祠堂老屋，云林爷的医术和他的人格使他成了仁厚村的精神领袖。这是仁厚村的一种经济形态，同时也是一种独特的社会形态。

（3）文化景观

墓地也是仁厚村的一大特色，是仁厚村列祖列宗的安息地。它把仁厚村的古与今连接在一起，是西京城周边村落唯一仅存的墓地，成为仁厚村引以为豪的一处文化景观，后来也开发成为收费景点，并带来了一定的经济收入。

仁厚村城非城、乡非乡的现状本身就成为一种社会现象，在中国的大城市中广泛存在。

（二）“城中村”改造冲突

《土门》中，以成义为代表的仁厚村的村民面对“城中村”“城不城，乡不乡”的尴尬境地，面对西京城的扩张、仁厚村被吞并的现实，抗拒着政府和房地产商的改造，而按自己的思路进行改造。他们的思路是——保留仁厚村现有的总体格局，对其中不合理部分进行改造和完善，打造特色村。而政府和房地产商则从西京的城市功能和土地利用的角度，从城市管理和城市现代化的思路进行改造。他们的思路是——彻底拆除仁厚村，兴建一座现代化的二十一层的五星级宾馆，另建高层住宅安置仁厚村居民。当两种截然不同的改造思路出现的时候，小说中的矛盾也就不可避免地爆发了。

1. 保全思维

从仁厚村的建筑格局和空间形态的梳理中可以看出，“城中村”形成历史久远，它是农业文明发展的结果，它与农业生产和农村人的生活方式紧密相连，其建筑格局是在家族聚居的基础上逐渐发展起来的，没有统一规划而自然形成，呈现布局上的杂乱无章和建筑物的新旧杂呈，又多是低矮的平房，土地利用率较低，内部空间落后简陋。村民失地之后主要靠出租房屋获得收入，租住人员成分复杂，往往成为藏污纳垢之所，这些现状是包括被改造的“城中村”村民在内的人们的共识。

但是，对于世代生活在此的村民来说，失去土地，再失去家园，物质生活的保障，经济收入的来源，今后人生的出路，这些现实层面的担忧，是他们抗拒村子被城市吞并的首要原因。其次，长期形成的对土地的依赖和对家园的情感根深蒂固，村里的建筑留有他们祖先的辉煌和世代相传的历史，以及他们所熟悉的生活的印记，家族之间、邻里之间的长期聚居而形成的熟悉和紧密，固有的生活习性和生活方式都让他们对未来陌生的城市生活产生心理上的抵触。这些文化上的抵抗因素，在年岁越大、知识越多的村民中表现越明显，这也是小说极力重点展现的方面。城市化是大势所趋，“城中村”需要改造也是共识，但是对于改造的路径和模式，政府和村民之间存在着巨大的差异。

成义和仁厚村人的理想是建立一个“都市桃源”，他想象的景象是：“家家住平房，出门有院落，人不离地面，人能接地气，相互串门也容易；屋墙是土墙最好，冬暖夏凉，用不着那些空调暖气，空调暖气容易使人感冒发烧；檐下搭檐簸，晒红薯干、柿饼，墙头上钉木楔，挂辣椒串和旱烟叶；门前堆柴火和煤块，挖倒污水的渗井，给孩子栽杆架小秋千；屋后的一角是小茅房，茅房坑要覆盖，茅房里不能栽树，栽了树容易擦屁股，可以在那里放卫生纸、废报纸、孩子用过的作业本；院墙的一角斜撑了竹竿，晾小儿的尿布，晾红颜色的女人裤衩，女人的裤衩晾在谁家的竹竿上了，这谁家的日子就过得安安分分；午间鸡飞狗咬，家家烟囱冒烟，饭时都端了海碗，到处走动，然后都到大药树下去，你家的孩子可以吃我家的饭，我家没菜了就去你家拿那么一盘；孙子辈和爷爷辈没大没小地打骂嬉闹，谁家的男人一边噙着烟袋，口水淋淋地和谁家的媳妇在那里耍嘴皮子，但不能有是非，不能偷盗，不能奸淫，孩子都上学，上学免费，家家孝敬老人”（P268-269）。

为了这个理想，为了保住仁厚村，成义有计划地进行着仁厚村的改造：①整修村容村貌、整修墓地场院、修建村牌坊楼，又想方设法把市长手书的“仁厚村”三个字刻在牌楼正楼龙门坊上；②打造中药村：重新布置了云林爷的三间土屋，缝制了统一的病号服，定制了统一的挂号牌，新修了药房，以此来发展经济，壮大财源；③订立村规15条、排查租住人员，把制造贩卖假烟假酒的、坐台小姐等逐出出租屋，另寻租房人；④建仿明古村：排演明王阵鼓，扩大明清家具收藏，辟出一间小房做仁厚村展室，把村子获得的旌旗、奖牌等荣誉放进去，还要培养村民的宗教意识，增加凝聚力，把云林爷尊为仁厚村的神等。而他的治村方式和手段，也明显表现出氏族农民的专横和粗蛮。作者对这一乡村变革中的现象充满了矛盾困惑，他希望借这种最古老最强固的乡土文明的传统力量来加以抗拒和守护，但同时也看到这种抗拒是徒劳的，成义终归没能保住仁厚村，随着打死成义的枪响声和拆迁队隆隆的机器声，仁厚村终归在城市化中变为一片废墟，和众多的“城中村”一样从西京城中消失了。

2. 无奈之举

城市化浪潮是历史的大趋势，势不可挡，仁厚村的消失是中国城市化进程中的真实反映，但单一的“城中村”改造模式是否真的可行更值得我们反思。承载着农业文明和世代相传的村社聚居形式，是特定的地理自然环境、生产生活方式、传统风俗习惯造就的文化形态，渗透着历史沉淀下来的集体智慧和文化偏好，反映着情感和心理的共同需要和共识的价值观，具有维系历史传统和社会关系的稳定性和凝聚力。而现代城市在物质和技术上优越的同时所造成的归属感的悬空和人际关系的疏离，正是物质和技术上落后的乡村可以补偿的。因为乡村文明存在的意义价值，可能正是对于城市弊病的疗救，“当今社会就是病人太多，人为什么生病，尤其这么多的肝病，又为什么这么多肝病患者来仁厚村就治好了，我们仁厚村就是为消灭这些人类的肝病而存在着，这就是治病主义”（P232）。采用单一的、连根拔起式的“城中村”改造模式，在拔除了乡村落后局面的同时，也拔除了它可以补偿城市不足的优势，在建立起城市优越性的同时，也带来了乡村所不具有的城市弊病。

面对汹涌而来、席卷一切的城市化浪潮，贾平凹感到一种无奈和悲哀。他在后记中写道：“我喜欢土门这片街市，一是因为我出生在乡下，是十九岁后从乡下来到西安城里的。乡下人要劳作，饭菜不好，经见又少，相貌粗糙，我进城二十多年了还常常被一些城里人讥笑。他们不承认我是城市人，就像他们总认为毛泽东是农民一样，似乎城市是他们的，是他们祖先的。但查一查他们的历史，他们只是父亲辈，最多是爷爷辈才从乡下到城的。所以，我进城后加紧着要生孩子，我想我孩子就可以正儿八经地做城里人了。第二个原因，是他们不承认我是城里人，我也不同他们论这个名分，但我毕竟不在土地上耕作已是二十多年了，在这么大的一座现代化城市里竟有街市叫土门，真够勇敢，也有诗意，我又是有着玩弄文字欲的作家，就油然而生亲切感了”（后记）。作者有19年的乡村生活体验，又有20多年的城市生活体验，而“城中村”这个奇特的空间恰好把城与乡叠加错综成一体，因此，贾平凹在双向批判的同时又在进行双向探索。《土门》像一个多层套叠的象牙球，既书写了城市的文明也书写了城市的文明病，既书写了乡村传统文化的魅力也书写了传统文化的丑陋，城乡的先进与落后咬合在一起。作者将这四个侧面展示出来，思考如何构建一种新的城市文明。他在寻找人类最理想的文明形态，既有城市现代文明的优良成分，又有乡村传统文明的美妙之处；他在探索城市和乡村怎样克服自身的局限，取长补短，向更完美的方向发展，探索城市化进程中城市中村民的生存状态。

所以他呼吁人们“走出浮躁、超越激愤、告别革命”，去寻求中和之道，并虚构了一个世外桃源般的“神禾塬”，那是一个“新型的城乡区”，“它是城市，有完整的城市功能，却没有像西京的这样那样弊害，它是农村，但更没有农村的种种落后，那里的交通方便、通信方便、贸易方便、生活方便、文化娱乐方便，但环境优美，水不污染，空气新鲜”（P266）。将城乡的优点做了一番合璧的描绘，从中隐约可见20世纪90年代江浙地区华西村等现代化乡村给贾平凹的印象。“神禾塬”的虚幻性正是在于它的十全十美和极难普及，它只是贾平凹心目中理想城乡的符号而已，他对达到这一理想的最佳发展模式仍很茫然。

小说的结尾是极耐人寻味的，肉体和精神飘荡无着的梅梅接受了云林爷“你从哪儿来就往哪儿去吧”的启示，突然灵魂出窍，回到了母亲的子宫，这是《土门》小说的第二个寓意，并于隧道尽头即生命孕育之处见到身着“神禾塬”T 恤衫的范景全。由此不难看出贾平凹在城乡问题上的倾向性，他是那么眷恋博大无私的土地，为了保卫土地的纯洁和完整，他不惜以老庄的无为、退婴意识来对抗城市的侵蚀和畸化。这是明知无用却仍然扬起的信仰之旗，有一种悲壮、苍凉的味道。

参考文献

[1] 贾平凹. 贾平凹文集：妊娠土门［M］. 西安：陕西人民出版社，2008.

[2] 张川平. 论贾平凹的城乡观及其演变 [J]. 商洛学院学报，2006 (3)：1-13.
[3] 刘合林. 城市文化空间解读与利用——构建文化城市的新路径 [M]. 南京：东南大学出版社，2010.
[4] 刘瑜. “家”之思——关于贾平凹 90 年代以来长篇小说的整体解读 [J]. 西南民族大学学报·人文社科版，2005 (4)：239-242.
[5] 穆罕默德·阿里. 城乡文化冲突——以贾平凹创作为个案 [D]. 上海：复旦大学，2010.
[6] 刘宁. 论贾平凹小说中“城乡”间的两难抉择 [J]. 文艺争鸣，2007 (8)：158-160.

十三 向水而生
——从《边城》解读城乡意象

李怡（2013本科生）

文学作品是社会背景的反映和作者情感的表达，通过分析沈从文的文学作品《边城》中的乡村生活和人物形象，解读“边城”这一意象对在20世纪30年代完成城市化的空间流动但尚未完成社会流动的沈从文的特殊意义。

（一）《边城》总体印象

1. 阶段特点

李书磊在其所著《都市的迁徙》一书中联系沈从文的经历，将沈从文的创作分为三个阶段：①从沈从文离开湘西进入北京开始，由于无法上学、投稿被拒等原因产生的被都市抛弃感使他这一时期的作品多以回忆童年为主，充满着逃避和感伤的感情，如《玫瑰与九妹》、《腊八粥》；②20世纪20年代末至30年代，沈从文在都市中确定了自己乡下人的身份并借此与都市划分明确界限，这一时期的作品多夸大乡村美好和抨击城市萎靡，即李书磊总结的城市嘲讽和乡村抒情，《边城》就是这一时期的作品；③从20世纪30年代末开始，沈从文在城市中站稳脚跟并成家立业，与都市的矛盾也趋于缓和，这一阶段以城乡为背景的小说更为客观，并且有了对乡村的反思。李书磊将其形容为城市白描与乡村写实，代表作如《长河》和《新摘星录》。《边城》是第二阶段描写乡村的作品，同时期的还有抨击城市人和城市生活的作品，如《绅士的太太》、《八骏图》等，两类作品对城市和乡村的描写大不相同。

2. 边城梗概

《边城》以茶峒小城风俗和日常生活为背景，在讲述主人公悲剧故事的同时刻画了淳朴、忠厚、善良的“乡下人”形象，运用人物、故事和场景构建了世外桃源般的边城意象。《边城》以农村日常生活图景开篇，将视角聚焦在由翠翠、爷爷和黄狗组成的家庭，塑造了忠厚老实的爷爷和灵气秀美的翠翠形象。故事以端午节为契机展开，翠翠在节日里偶然认识了傩送，两人早已认识并且相互爱慕。小说矛盾的开端是天保大哥对翠翠感情的坦白：他将对翠翠的喜爱告诉了爷爷却没有得到翠翠的回应。他还告诉了弟弟傩送，准备展开公平竞争，却因担心比不过弟弟负气出滩，结果溺死水中，矛盾至此激化（图13-1）。爷爷因为担心孤雏翠翠的婚事郁气而终，傩送将哥哥的死归咎于翠翠一家的犹豫，所以离开了山城，故事最终以翠翠漫无期限的等待悲剧结局。

（二）《边城》空间考证

1. 茶峒之议

《边城》故事发生在名叫茶峒的边境山城中。小说对山城位置做出了具体描述：“由四川过湖南去，靠东有一条官路，这官路将近湘西边境到了一个地方名为茶峒的小山城时有一条小溪”（P3）。现今

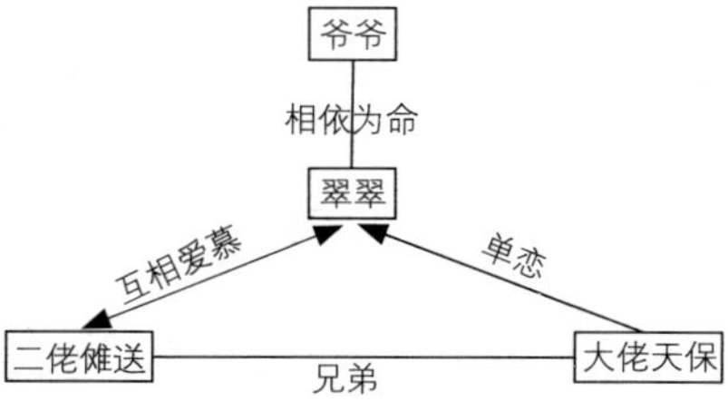

图13-1 《边城》人物关系图
图片来源：作者绘制.

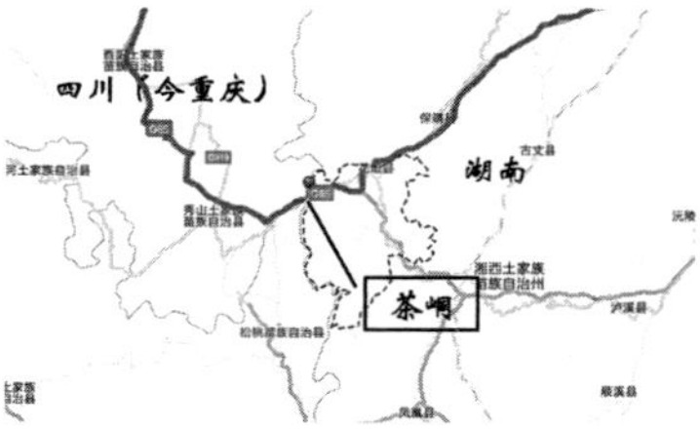

图13-2 茶峒地点考证
图片来源：根据地图标注.

川湘交界处的国道东边确有一个名为茶峒的地方，是隶属于湖南省湘西土家族苗族自治州花垣县的边城镇（图13-2），符合文中对边城位置的表述。但这里是否确为《边城》一书的故事发生地点还有一定争议。

《边城》中的茶峒处在山水之间，河流是组建人物关系、推进剧情发展的关键意象，书中对河流也着墨颇多。故事发生地茶峒依山筑城，河流也是小城交通、商业的重要载体：“近山的一面，城墙如一条长蛇，缘山爬去。临水一面则在城外河边留出余地设码头，湾泊小小篷船。船下行时运桐油清盐，染色的棓子。上行则运棉花棉纱以及布匹杂货同海味。贯穿各码头有一条河街，人家房子多一半着陆一半在水，因为余地有限，那些房子莫不设有吊脚楼”（P3）“这条河水便是历史上知名的酉水，新名字叫做白河。白河下游到辰州与沅水回流后，便略显浑浊，有出山泉水的意思，若溯流而上则三丈五丈的深潭皆清澈见底”（P8）。酉水，又叫更始河，是长江支流沅江的最大支流，发源于湖北宣恩县，流域为土家族、苗族聚居地区，流经湖北宣恩、湖南龙山、湖北来凤、重庆酉阳、重庆秀山，至湖南保靖后经过永顺、古丈，在沅陵注入沅水，全长477公里。故事的主人公翠翠的家不在白河边上，而是在白河的一条支流旁，小说中称为“小溪”。小说对小溪的描写如下：“由四川过湖南去有一条官路。这条官路将近湘西边境到了一个地方名为茶峒的小山城时有一条小溪，溪边有座白色小塔，塔下住了一户单独的人家。这人家只一个老人，一个女孩子，一只黄狗。小溪流下去，绕山岨流，约三里便汇入茶峒的大河。人若过溪越小山走去，则只一里路就到了茶峒城边。溪流如弓背，山路如弓弦，故远近有了小小差异。小溪宽约二十丈，河床为大片石头做成。静静的水即或深到一篙不能落底，却依然清澈透明，河中游鱼来去皆可计数。小溪几位川湘来往孔道，水常有涨落，限于财力不能搭桥就安排了一条方头渡船。”（P8）若小说发生的地点确为湘西州花垣县的边城镇，比照酉水流域图和地图，可以推测小溪应该是发源于重庆，经过茶峒入州境并最终汇入酉水的花垣河（图13-3）。

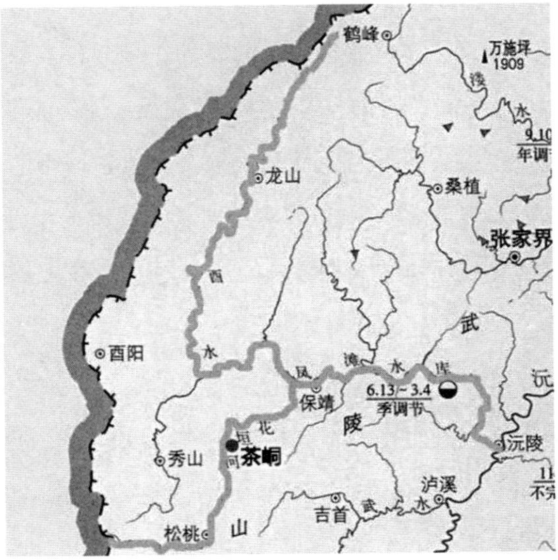

图13-3　酉水流域图
图片来源：根据百度百科流域图标注.

2. 沅陵之疑

从以上的考证可知，《边城》中出现的地点在现实中虽都有印证，但是这些地方是否就是故事发生的地点仍不能确定。结合沈从文在湘西的经历可以发现，虽说《边城》故事发生的地点名叫茶峒，但小说中对边城生活的描写却与沈从文在沅陵的经历颇为相似。

沈从文曾经有过一段驻扎在沅陵的军旅生活，并且留下了许多文字回忆。比照《边城》中的生活与沈从文的行军见闻，二者有许多相似之处。沅陵依山傍水，是往来于各县与长沙、常德之间各类船只必经的码头。沈从文回忆，从军时每天无法忘怀的就是“去南门码头，看沅江水面下驶上行的船只、木排”[①]。驻扎时每天的生活都过得很充实“……又过了两天，我们驻扎在总爷巷的一个旧参将衙门里……大家睡硬木板子垫砖头拼成的通铺，吃陈年糙米饭。早上起床号吹过不久就吹点名号，点名完毕就下操坪跑步。下午无事可做，便躺在通铺上唱《大将南征》的军歌；领到枪后就坐在太阳底下擦枪。”[②]《边城》中的茶峒驻扎有一营戍兵，住户除了一些小资本家之外多是当年戍兵来此有军籍的人家。而且边城中的许多民风民俗也是通过军人与当地人的互动展现的：“局长则住在城中，一营兵士驻扎老参将城门，除了号兵每天上城吹号玩，使人知道这里还驻有军队以外，其余兵士仿佛并不存在”（P3）。

综合以上资料，可以推测，虽说现实中确有一地名叫茶峒，小说中的地名也确在现实中存在，但没有直接的事实说明故事确实发生于此。实际上，边城不存在现实中，而是作者借用湘西边境的地

① 凌宇．沈从文传［M］．上海：东方出版社，2009：69.
② 凌宇．沈从文传［M］．上海：东方出版社，2009：68.

名，结合自己在湘西生活和从军经历而虚构出来的一个乡村。在沈从文虚构的乡村中，居民淳朴热情、生活平静便利，连做娼妓也被形容成一件“浑厚”的事情。这样纯洁无瑕的乡村在现实生活中无疑是不存在的。边城实际上是沈从文借用茶峒之名，填充美好构想组成的虚构之乡。除了世外桃源般存在的边城乡村之外，同时期沈从文对城市的描写确实极尽贬低之能。

(三)《边城》意义考证

1. 城乡生活

“冬天的白日里，到城里去，便只见各处人家门前皆晾晒有衣服同青菜……屋角隅各处有大小鸡叫着玩着……又或可以见到几个中年妇人，穿了浆洗得极硬的蓝布衣裳，胸前挂有白布扣花围裙，弓着腰在日光下面一面说话一面做事。一切永远那么静寂，所有人民每个日子皆在这种单纯寂寞里过去。一份安静增加了对人事的思索力，增加了梦。(P9，P10)”边城里的日常生活被沈从文描写得平静安详，颇有鸡犬相闻的世外桃源之感。“这小城里虽那么安静平和但地方既为川东商业交易接头处，因此城外小小河街，情形却不同了一点。也有商人落脚的客店，坐镇不动的理发店。此外饭店、杂货铺、油行、盐栈、花衣庄，莫不各有一种地位装点了这条河街。”(P10)除了安静祥和的村民生活之外，边城所处的茶峒小城还有繁华的商业，不仅可以自给自足，还可为往来的人流、商业提供便利，俱是一幅生机勃勃的画面。

相反，同时期沈从文笔下的城市生活却显得单调和萎靡。《绅士的太太》里的两位太太，每日的生活非常单调，不是换着地方和其他太太们打麻将，就是与情夫幽会。《八骏图》中的几位教授都不醉心于学术而是日日沉迷女色，无法自拔，他们的生活不仅单调而且低俗，与他们的身份十分不符。

2. 城乡居民

《边城》还塑造了许多栩栩如生的农村人物形象：爷爷一辈子在小溪拉渡船，不善言谈却忠厚老实，“我有了口粮，三斗米，七百钱，够了。谁要这个。”（P4）若是过渡人硬要给钱，他便托人用这些钱买了烟草和茶叶送给过渡人。翠翠是生长在山林里的孩子，长相秀美，充满灵气，心地善良，文中对翠翠的描写是：“如山头黄麂一样，从不想到残忍事情，从不发愁，从不动气。”（P6）傩送更是沈从文笔下乡下人的最佳代表：从小的历练使他身体强健，充满勇气和义气，皮肤黝黑但眼里闪着灵光。“一份教育的结果，弄得两个人结实如老虎，却又和气亲人，不矫情、不浮华、不倚势凌人，故父子三人在茶峒边境上为人所提及时，人人对这个名姓无不加以一种尊敬。”（P14）通过边城中三个人物的描写，可以总结出沈从文笔下乡下人的共性：男子忠厚老实、真诚待人、骁勇强健、聪明直爽；女子自然灵动、单纯善良、独立自主、伶俐活泼。

同一时期作品中的城里人则不然。《绅士的太太》中的两位绅士，虽名为绅士，实则一个是懒惰肥胖、贪婪好色的老爷，另一个则瘫痪在床，连生活都不能自理。《八骏图》中有八位教授，贪婪好色。其中一位教授常年服药，“窗台上放了个红色的保肾丸小瓶子，一个鱼肝油瓶子，一贴头痛膏”[①]。就连故事的第一主人公也被沈从文

① 沈从文．沈从文集［M］．南京：江苏人民出版社，2014：13.

暗讽为隐私窥探者，缺少真诚与尊重。

不仅是文学作品，现实生活中沈从文也常以乡下人自居，与城里人划清界限。《边城》中的人物虽然没有原型可考，但这些人物身上所具有的良好品格都是沈从文“乡下人”身份的标识，用于与同时期作品中的城市人对比，目的是要将自己的乡下人身份与城里人区分开，以此标榜自己与萎靡、虚伪的城市人的不同。作为一个城市居民的沈从文为什么自称是乡下人并与城市划清界限呢？这需要联系当时的城乡关系和沈从文在其中的经历来理解。

3. **城乡关系**

人类历史上由于战争需要产生了城，由于交易需要产生了市。中国古代城市的产生是为了适应政治统治和军事需要而建立的，主要体现了专制统治的需要。在城市产生和发展的过程中，社会分工和商品经济繁荣并没有起决定性的作用。城市的生活所需主要由乡村提供，乡村是城市的经济基础，而城市是乡村产品的消费地。在这样的背景下，城乡之间的关系呈现封闭的状态：一方面城市和乡村无差别的统一使农民对城市并无特别的向往和要求，进而逐渐形成安土重迁心理，就连在城市中完成政治使命的官员也多选择告老还乡，回到农村；另一方面，城市内部各阶层之间也相当封闭，社会流动极为有限。在严格的等级制度下，“官有世职，即有世禄。其下则士亦恒为士，农亦恒为农，工商亦恒为工商”。各阶层、等级之内也有明显的界限，新进阶层缺少上升通道[①]。

鸦片战争之后，我国的社会制度、经济和意识形态发生了巨变：

① 徐丽平. 20世纪开初至30年代中国的城乡关系及其特点［D］. 西北大学，2005.

资本主义社会经济形态开始出现，自给自足的小农经济逐渐瓦解，中国由封建社会沦为半殖民地半封建社会，长期稳定的城乡关系也发生了变化。城市中出现工业机器生产，转变了单纯的农村产品消费地的地位，成为人口、资本、财富的高度聚集地，农村日益成为城市发展密不可分的一部分，在原料、商品市场和劳动力等方面为城市提供支持。在这种转变下，城乡之间长久的隔膜被打破，经济力量使得人口在城乡之间的流动增加，同时城乡差异进一步扩大，城市中的上升通道并没有增加。

正是在这样的背景下，沈从文在20世纪初结束湘西农村的生活，迁往城市发展。他因为求学来到北京，实现了从农村到城市的空间上的转移。当时湘西农村还未受到资本主义入侵的影响，但北京已经被新的生产方式、思想潮流影响，与湘西农村的差距较大。沈从文在湘西农村接受的教育和能力并不足以使他在北京立足。所以沈从文刚到北京的日子过得非常困苦：居住的地方被自己戏称为“窄而霉斋”；虽然在北大旁听但学习落后，考试失败；就连投稿也连连被拒。在这种生活情境下的沈从文，虽然实现了从农村到城市的地点上的变化，却因为求学无门，投稿被拒而滞留在城市边缘地带，无法进入城市中心阶层，即还未完成从农村到城市的社会流动，自然也无法享受到城市带给中心阶层的优渥、便利的生活。相反，他体会到地更多的是城市对刚进入城市的农村人的排斥和冷漠。由此，沈从文用夸大城市丑恶和农村美好的文学作品宣泄长期滞留在城市边缘阶层的压抑和不满，“边城”就是他为夸大农村美好而虚构出的意象。

4. **边城深意**

至此，可以判断，《边城》中由忠厚善良的人物和淳朴热情的民风构成的“边城”意象是借茶峒之名，将作者的美好想象加入其中虚构而成的乡村形象，目的是疏解作者迁入城市但长期被排斥在城市边缘的压抑。“边城”的特殊含义也可以从沈从文的城市化过程的角度进行解读。

城市化的定义包含农村人口向城市转移的过程。这个过程包括用“两个转移”实现“两个转化”，一是农村人口进入城市的空间转移，二是社会转移，即推动城市中的边缘者阶层、中低收入阶层向城市中心阶层、中产阶级流动[①]。大多数研究认为我国以户籍制度和土地制度为核心的城乡二元体制是阻碍农民融入城市生活的制度根源[②]。而城乡二元结构的出现可以追溯到鸦片战争，沈从文写作《边城》的背景即是城乡二元差距不断扩大的时代。作为政治中心的北京，受到资本主义入侵影响深远，生产方式、经济发展水平和社会文化均与传统乡村产生较大差异。而深处西南的湘西农村由于地理位置受到资本主义影响不深，沈从文在湘西的时候，湘西农村仍然保持自给自足的小农生产，经济发展水平、教育水平和社会发展水平与北京相比相差甚远。由于湘西农村和北京的巨大差异，在农村接受教育和教化的沈从文在完成了空间转移之后，因为缺乏上升的能力和受教育水平而长期停留在城市边缘，造成其对城市的负面感受。在这种倾向下，小说中的“边城”意象就具有特殊的含义。

首先，边城是乡下人被城市排斥后慰藉心灵的感情寄托。由于湘西农村和北京城市的巨大差异，沈从文进入城市后迟迟没能完成

① 叶裕民. 城市化难点在于流动人口［J］. 小康（财智），2014（11）：24.

② 王海娟. 人的城市化：内涵界定、路径选择与制度基础——基于农民城市化过程的分析框架［J］. 人口与经济，2015（4）：19-27.

从边缘者阶层到中心阶层的社会流动。在城市社会边缘，沈从文没有享受到城市带给中心阶层的福利，而是被中心阶层鄙夷和排斥。于是他转而将城乡之间的差异转化到人性角度，将自己站在城市生活的旁观者角度感受到的城乡差异反映在作品中，通过美化乡村以慰藉在城市中受到的排斥。有人曾说农民工是最没有顾忌的群体，因为到最后他们还有农村的家园可以退守。边城对于沈从文来说也是一样，边城所代表的湘西农村是他可以退守的家园，是在其受挫时获取安慰的港湾。

其次，边城是乡下人在城市边缘对自我地位的确认。在完成由农村到城市的空间转移之后，沈从文迟迟没能完成社会地位的转变，成为城市的中间者阶层。相反，他长久地滞留在城市边缘，既不能一走了之，又无法融入城市。初期的城市生活带给他的拒绝与打击，让他产生了不满。于是他极力塑造城里人与乡下人的不同，并以乡下人自居，企图在身处城市但无法融入城市的尴尬境地中寻找定位，以此获得自己的生存尊严和心理认同。边城中的人物爷爷、翠翠、傩送就是与城里人截然不同的乡下人的代表，他们强健、灵动、忠厚、真诚，似乎没有任何人性弱点。沈从文的边城也即是他给自己建造的一座围城，他在边城中以上帝视角审视城里人的各种弱点，为自己寻找满足感和尊严的同时，也是对自己尴尬处境中地位的确认，找到存在感而不至于迷失自我。

综上所述，《边城》中所描绘的茶峒是沈从文结合他的童年生活和军旅经历创造出的一个远离城市的乡村意象。虽然书中的人物原型不可考，但这些人物总体上是沈从文笔下和他自称的“乡下人”的代表，与边城中的淳朴生活一起构成了“边城”这个意象。在20

世纪20、30年代中国城乡关系发生变化、城乡差异拉大的社会背景下，沈从文进入北京，完成了城市化的空间流动。但由于城市和农村之间的巨大差异，沈从文缺乏相应的教育水平和能力完成社会地位的转变，所以他一直处于进入城市但被城市排斥的边缘地位。在这一时期创作的边城意象不仅是他在城市中受到的冷遇的慰藉，也是他在城市边缘寻找的身份确认和心理认同，以此支撑他完成城市化的社会流动，实现从乡下人到城里人身份的转变。20世纪30年代后，沈从文在城市中逐渐被认可并成家立业，完成了社会流动，实现了心路历程的蜕变，他的作品也从《边城》一样纯粹夸大农村美好，塑造农村桃花源转向了客观的乡村白描。

参考文献

[1] 百度百科词条：沈从文. http://baike.baidu.com/link?url=cRZkhKIRL6vN5sKQjSLJAUKQVnLC6AKJVxrSJirSfeB0tftxJxBUlTwQh7BKaBxybAYdbMBRaA-r0iictwjSJ.

[2] 李书磊. 都市的迁徙［M］. 长春：时代文艺出版社，1993.

[3] 徐丽平. 20世纪开初至30年代中国的城乡关系及其特点［D］. 西北大学，2005.

[4] 叶裕民. 城市化难点在于流动人口［J］. 小康（财智），2014（11）：24.

[5] 王海娟. 人的城市化：内涵界定、路径选择与制度基础——基于农民城市化过程的分析框架［J］. 人口与经济，2015（4）：19-27.

[6] 沈从文. 边城［M］. 北京：中国对外翻译出版公司，2006.

[7] 沈从文. 沈从文集［M］. 南京：江苏人民出版社，2014.

[8] 凌宇. 沈从文传［M.］北京：东方出版社，2009.

十四 血脉难分
——从《生命册》解读城乡关系

郑媛（2013级本科生）

城乡对立与冲突一贯是乡土文学热衷的题材，我国城市化的历史进程始终伴随着城乡之间大规模的人口流动。我国城市人口一度因为非自然原因逆向涌向乡村，农村人口也从未放弃过对城市的憧憬。亚里士多德曾说过，人们聚集到城市是为了生活，人们留在城市是为了生活得更美好。但背负乡土的人在追求这份美好生活的过程中，却面对着政治形势、经济政策、文化排异等种种巨大困难。从中折射出的城乡二元不平等关系正是当下新农村建设与统筹城乡发展亟待解决的问题。

（一）时空考证

《生命册》是著名作家李佩甫“平原三部曲”的第三部，也是收官之作，将主人公形容为“一个土地背负者”，反映了时代与土地变迁中个体精神信念的裂变。小说采用双线情节设置。明线是主人公“我（吴志鹏）”离开乡村在城市打拼的经历。孤儿吴志鹏是乡村走入省城的大学教师，在爱情遇挫时接受大学同学“骆驼（骆国栋）”邀请，辞去工作成为北漂，后来二人又分别赴沪、深开辟新的商业战场。暗线则通过塑造一系列吴志鹏家乡无梁村的人物形象，如叛逆姑娘蔡苇香、上访户梁五方、身为母亲的小偷虫嫂、被下放而渴望返城的乡村教师杜秋月、杜妻刘玉翠、村里农活能手春才等，展现了乡村历史变迁以及辗转城乡之间的人们的生命轨迹。在叙事时，两条故事线交织出现。吴志鹏曾担任村支书的老姑父蔡国寅不时向省城的吴志鹏传来要求为村人办事的指示性纸条，让吴志鹏很为难。这些写有“见字如面”字样的纸条将吴志鹏、骆国栋的奋斗史和对无梁村众人回忆的插叙串在了一起。

1. 时间考证：1958—2012年

书中由“我”之口说出了“老夫今年五十四岁”（P33），根据本书出版时间2012年4月倒推可知，主人公吴志鹏出生于1958年。由“三十年前，当我背着行李来到省城的时候”（P2）知，吴志鹏于1982年研究生毕业来到省城当大学老师。再结合“二十五年前，离开学院，我变成了一个‘枪手’”（P74）得出，吴志鹏是在1987年辞职下海的，经历了半年多在北京地下工事“蜗居”当枪手的生活，于1989—1990年间去往上海，“先做‘黄马甲’，一年半后才正式做了证券交易员”（P149），大约1992年时开始了自己的炒股生涯。到“一九九七年的五月”（P161）时，吴志鹏与骆国栋从股市取出了四百二十八万现金，转而创办投资公司。

同理可以推断出无梁村其他主要角色活动的时间点。由1982年吴志鹏初到省城时“在同村人吴有才的工地上借宿了一晚”（P74）可知，此时吴有才正在工地上做建筑工人。当吴志鹏研究生毕业参加工作后，也即1982—1987年间，老姑父的女儿蔡苇香离家务工，老姑父2002年秋天去世时她已成为平原板材股份有限公司的总经理。

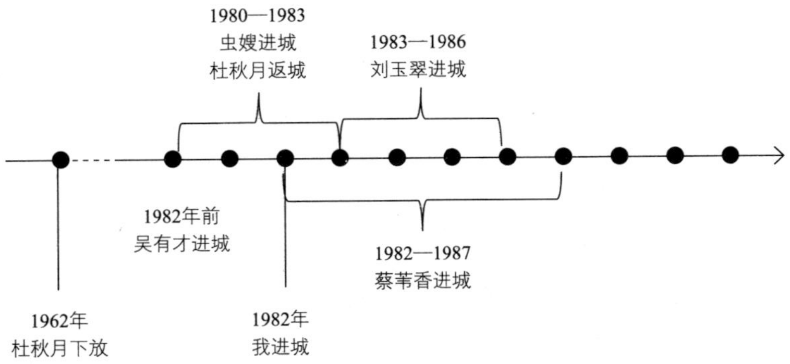

图14-1　小说时间线

在比我小十二岁的三花上中学的时候，她的母亲虫嫂已经到县城捡破烂供养她去了，此时是1980—1983年间。杜秋月1962年被下放到农村，1969年与邻村妇女刘玉翠结婚，1980—1983年间与刘玉翠离婚返城，又于1983—1986年间与之复婚，此后刘玉翠在省城落户。

由上述推导可见，本书的时间线是从1958年“大跃进”时期开始，跨过“文化大革命”及改革开放时期，直至2012年，也即以吴志鹏口吻追忆过往的时间基点（图14-1）。

2. 空间考证：河南省临颍县

书中故事发生的主要舞台是我生长与担任大学老师的“平原省”。书中对省会的描述是“一座毗邻黄河的城市”、“一个国家的十字路口”、“有贯穿东西南北的铁路线和飞机航线”以及“更早的时候，它还有黄、淮两条水路”（P7），这显然是郑州市（河南省省会，京广铁路与陇海铁路十字交汇处，国家重要航空枢纽港，黄河干流流经之地）。原作中对平原省广袤平原地形的描述、贯穿始终的河南方言以及作者李佩甫的河南出身也佐证了这一点。关于生我养我的“平原省颍平县无（吴）梁村”，由于李佩甫的另一著作、同为“平原三部曲”的《羊的门》中对平原省颖平县呼家堡的描述被许多人认为是对河南省漯河市临颍县南街村的纪实（李丹梦，2015），因此至少可以猜测，本书中这个虚构的“无梁村”在现实中的映射也位于临颍县的某处。这个位于黄淮平原、中原腹地的小村庄，正是本书故事展开的空间。

（二）城乡人口流动

小说中出现的人口流动方向各不相同，流动原因以及流动结果也有所差异（表14-1）。这些流动者之所以发生空间流动，或是被政治形势裹挟，或是受赚钱机会鼓励，或是出于进城上学的需要或其他个人因素。在流动过程中，社会流动和空间流动同时存在，有的人历经艰辛彻底改变了自己的命运并实现了社会地位的提升，有的人则过得并不如意。结合对时间线的梳理可知，以上情节设置同历史现实是相吻合的，下面依照空间流动的两个方向来分别进行分析。

小说中主要人物城乡流动事件梳理　表14-1

流动方向	流动者	流动原因	流动结果
城市→乡村	杜秋月	政治环境	→挑尿→教书→挑尿→结婚
乡村→城市	吴志鹏	接受教育	→大学讲师→枪手→黄马甲→股票交易员→公司股东、亿万富豪
	蔡苇香	个人因素	→洗脚屋小姐→平原板材股份有限公司总经理
	大国	接受教育	→学生→乡村教师→县教育局职员→县民政局局长
	杜秋月	政治环境	→离婚返城→师范学院教师→中学教师→小学教师→提前退休复婚

续表

流动方向	流动者	流动原因	流动结果
乡村→城市	吴玉翠	个人因素	→打零工→经营烟酒杂货商店→经营书店→买房定居、改户口、复婚
	吴有才	经济驱动	→国企工人→生活不太顺利
	虫嫂	经济驱动	→进城拾荒→城中儿女赡养→归乡埋葬

1. 从城市到农村

小说中所描写从城市到农村的主要人物就是杜秋月。他因为“作风问题”于1962年被下放到无梁村，初到时被分配到的是最为肮脏的活儿——收尿、挑尿。1964年时他因表现较好被调去村小学教课，成为吴志鹏的小学老师。不幸的是1966年夏天“文革”爆发后杜秋月被批斗，再次回到村里挑尿。1969年他娶了邻村的寡妇刘玉翠，1980年代初得以重返城市后与刘玉翠离婚，几年后却不堪其扰而复婚。杜秋月的形象与农村格格不入，他外形斯文整洁，初次登场时“穿一黑色的四兜干部制服，上衣兜里插着一支黑杆钢笔，脖子里围着一条绛红色的围巾，戴一眼镜，鼻梁上有两片眼镜托压出来的红印，很有学问的样子”（P280）；他爱干净，生活习惯城市化，天冷流涕时用雪白的手绢揩鼻子，是村里唯一戴着口罩挑尿的人，穿着袜子和胶底鞋趟泥水，夏天割麦时“戴一新草帽，穿一白衬衣，领口、袖口的扣子都系得严严实实的”（P285）；他知识文化水平较高，大学毕业，喜爱谈论时政、朗诵诗词；但他在干农活儿上却笨手笨脚，苦了一个月做不好一把椅子，连添柴烧锅都坏事儿；他对无梁村与村民的态度高傲而冷漠，对于自己“沦落”农村时的妻子刘玉翠没有多少感情，满心想念名为“li”的女子，返城后以欺骗手段迫使刘玉翠离婚。

杜秋月下放时正值新中国成立后第一次大规模人口迁徙过后，即“大跃进”和三年自然灾害之后（杨黎源，2007），他的形象是这段时期众多被下放到农村的城市人口的缩影。尽管新中国分别在1951年和1954年建立起了城市和农村的户口登记制度，但由于1954年《宪法》中明确规定了“中华人民共和国公民有居住和迁徙的自由”，因此新中国成立初8年我国居民居住和迁徙相对自由，户籍管理着重于基本信息登记。但是从1958年起，受“左”倾思想影响，我国在农村大力推行人民公社制度，并在全国范围内号召全民大炼钢铁。重工业的发展吸引了大量农村人口进城，导致非农部门劳动力数量及城镇人口剧增，其中非农部门劳动力数量从1957年的4442万人增加到1958年的11110万人（于晓媛，2003），而城镇人口则由1957年的9949万人猛增到1960年的1.3亿多人（杨黎源，2007）。在三年自然灾害中，城镇人口面临着严重的粮食短缺问题。

为了缓解这一危机，国家通过户籍制度严格限制农民向城市迁移。全国人民代表大会常务委员会于1958年1月通过了《中华人民共和国户口登记条例》，第一次以法律形式对人口自由流动实施严格限制。同时压缩城市人口，方式包括精简职工、干部下放农村、知识青年上山下乡等。杜秋月这种犯了“作风问题”的人，也和其他知识青年与干部一道成为被下放者中的一员。但杜秋月从未甘心留在农村，也从不放弃回到城市的努力。在党的十一届三中全会后，政治形势发生了变化，上山下乡的人们陆续返回城市，杜秋月最终也实现了回到城市的愿望。

2. 从农村到城市

小说中更常见的情况则是农村人前赴后继地去往城市，这些人往往因此改变了命运。为供养女儿读书而去城里拾荒的虫嫂在历经艰辛后归乡安葬，三十年前为自己国企建筑工人身份自豪的吴有才后来回村时却“一声不吭，像是羞于见人……一直躲着，连个招呼都不打”（P431），刘玉翠靠着吃定杜秋月终于在城里扎根并成功地当了一家书店老板，虫嫂的长子大国同吴志鹏一样通过读书学习走出乡村成了县民政局局长，老姑父叛逆倔强的女儿蔡苇香从洗脚屋小姐一步步成为平原板材股份有限公司的总经理衣锦还乡，主人公吴志鹏最后作为公司股东更是坐拥亿万身家。

无梁村众人得以进城与历史背景密不可分。随着我国农作物总播种面积的减少和农村劳动人口的增加，农村积累了大量剩余劳动力（黄忠怀、吴晓聪，2012）。改革开放后，我国工业化和城市化快速推进，城市经济发展对农村剩余劳动力产生了大量需求。因此在废除人民公社制度和实施家庭联产承包责任制以后，农村剩余劳动力得以进城务工。这一点从文中刘玉翠进城纠缠骗自己离婚的杜秋月的过程中可以看出：“最初，老杜没有分到房子，他租住在学校附近的民房里。为了躲避刘玉翠，他只有不断地提着他那只破箱子搬家……老杜每周都要给学生上课，他上班的路线是固定的。刘玉翠却很自由（那时地已经分了，她把地包给了人家），想什么时候逮他，就什么时候逮他。”（P314）尽管农民工可以进城打工，但政府对人口流动依然采取限制态度，1982年的宪法中并没有恢复公民的迁徙自由权，公安部、人事部出台的“农转非”政策也是优先考虑将部分专业技术人员、职工、干部和军人的农村家属“农转非”迁入城镇落户并由国家供应粮食。进城工作的农村人大多数只能从事脏、累、差的临时性工作甚至非法的工作，在城市中属于绝对的边缘群体，生活条件非常糟糕，如拾荒的虫嫂“在城郊租了一个小趴趴房，先是每日里沿街收，收了之后还要分检，把各样的废品、垃圾分类……那地方还有个臭水沟，到处都是苍蝇和蚊子，整日嗡嗡的，是繁殖细菌的世界。可以说，她每天都生活在细菌之中。”（P226）社会主义市场经济确立后，对人口流动的限制进一步放松，农村人口以更大的规模向城市流动，促进了城市经济繁荣。相反，市场经济条件下国企竞争力不足的问题逐渐凸显，这才有了早早进城的国营企业工人吴有才最后灰溜溜回村的情节。

（三）城乡关系分析

1. 希望之城

在小说里，城市是财富与地位的象征，是农村人的指望，是他们抓住机会改变命运的擂台。来到城市的农村人通常要经历许多艰难，如承受自卑的心理煎熬、由于人生地不熟被骗、工作辛劳且居住环境恶劣等，但他们通过读书、投资、经商、务工等种种方式想方设法地在城市生存，最终有的衣锦还乡，如吴志鹏、蔡苇香、大国和刘玉翠，有的惨淡收场，如虫嫂和吴有才，但农村人口向城市的迁徙却源源不断、从未停止。

2. 无望之乡

与城市形成对比的是，乡村则是贫穷与落后的写照，是接收城市多余人口的容器，是惩罚坏分子的工具，是为城市提供粮食和劳动力的源地，是许多后来的“城里人”出生、成长的地方。对于杜秋月来说，无梁村如同流放之地，无论是被打成右派刚下放时，“在治保主任的多次提议下，大队干部集体决定让他在群众大会上做个交代，以利于以后的监督改造……在唾沫星子的汪洋大海里，在声嘶力竭的怒斥下，他吓坏了。他再一次弯下腰，哆哆嗦嗦地说：坏分子……我是坏分子”（P282），还是“文化大革命”爆发后，“他可怜巴巴地被人拎着脖领子，一脚踢倒在地，跪在操场的中央，就像是个晕头鸡”（P296），他在这里面对的是似乎永无止境的批评改造。

作为一名大学毕业生，他被迫在这里干农活、给小学三年级学生当老师，“他拍拍手上的粉笔末，清了清喉咙，大声问：‘知道这是谁的诗么——李义山，也就是李商隐’……他迟疑了片刻，突然说：‘哦，你们，三年级是吧？不明白是吧？你们，这个，这个这个这个，还小……以后，以后会明白的。现在，上课。今天，今天讲……’他翻开小学课本。我们齐声喊道：‘小猫钓鱼！’他说：‘那就小猫钓鱼’。”（P280）结果大材小用、青春耗费、知识丢失，返城后连教师资格考试都没有通过，“据说，在考场上，有一次，他居然忘记了白居易是哪一朝代的诗人，忘记了他是什么‘主义’的诗人。……他丢的时间太久了，过去学的那些汉字，都在乡下就着烙饼吃了。这让他十分羞愧。他先是从师范学院调到一所中学，而后又从中学调到小学，就这么调来调去的，居然连小学教师的资格也荒掉了。到后来，他完全成了一个病人，他脑子坏了，课上得不好，名声也不好，学校有意见，学生家长更有意见……没有多久，就让他提前退休了。”（P291）此外，他在农村与他不爱的女人结婚，直到返回城市后仍无法摆脱纠缠，最终可悲地成为刘玉翠进城的跳板。

3. 城乡悖论

书中体现的一条原则是：农村必须收留城市裁减的人口，城市却不能包容农村迁徙的人口。这一原则正反映了现实中由来已久的城乡二元不平等关系。

改革开放前，无论是限制农村人口自由流动还是压缩城市人口，其目的都是保证城市占有多数且充足的资源，挤压农村资源换取城市及工业发展。这使得城乡之间的差距逐步拉大，农村的基础设施与城市有天壤之别，在住房、交通、卫生等方面都较为落后。

改革开放后，大量农村人口向城市流动，在一定程度上冲破了城乡二元壁垒，但城乡二元结构的不平等问题依然严重。一方面，农村以大量廉价的劳动力和土地资源支撑工业化发展，产生了一系列社会问题。另一方面，对于进城农村人口来说，城市并没有为迎接他们做好充足的准备，在公共资源有限的条件下，与住房、消费（如购车）、教育、社会保障等利益直接挂钩的户籍制度仍然限制着其在城市中谋求更好的生活。由此形成了城乡双重二元结构——城市与乡村间的整体不平等和城市内部农村转移人口与城市原住民间的不平等并存。

当下，我们既要解决城市外部城乡二元问题，也要解决城市内部城乡二元问题。既要推动土地制度与财税制度改革以及城乡基本公共服务均等化，实现农村现代化、改善村居环境、提高农村生活质量、缩小城乡收入差距；也要促进户籍管理体制改革，建立健全城市落户办法，改善进城农村人口的住房、就业、医疗与教育条件，促进农民工市民化。唯有如此，才能实现城乡一体化目标，让无论住在城市还是农村的人们都能拥有更加美好的生活。

参考文献

[1] 李佩甫. 生命册［M］. 北京：作家出版社，2012.

[2] 李丹梦. 文学“乡土”的官场书写与地方意志——以“文学豫军”1990年代以来的创作为中心［J］. 山西大学学报（哲学社会科学版），2015（2）：19-26.

[3] 杨黎源. 建国后三次人口大迁徙的流动机制比较及启示［J］. 探索，2007（3）：114-119.

[4] 于晓媛. 建国后我国农村人口回流分析［J］. 理论探索，2003（3）：51-53.

[5] 黄忠怀，吴晓聪. 建国以来土地制度变迁与农村地域人口流动［J］. 农村经济，2012（1）：45-48.

十五 重负前行
——从《生命册》看城市化过程中的乡土情感

张萌（2014级本科生）

现代化是一个国家由传统的农业社会向现代工业的城市社会转化的过程。刘易斯·芒福德认为城市的本质在于有意义、更美好的生活，“不论任何特定文化背景上的城市，其实质在一定程度上都代表着当地的以及更大范围内的良好的生活条件的性质。”[①]城市因人而形成，因人而发展。同样，人们为了活着，聚集于城市；为了活得更好，居留于城市。促进人口的空间流动和社会流动，建立以中产阶层为主的现代社会结构是社会进步的表现，更是促进城市化进程，实现城乡一体化的重要路径。

（一）作品结构

李佩甫的《生命册》是一本生命图册，描绘了十几个人的生命轨迹，展示的是一代人在充满变化与激荡的时代中为生存而奔，为生活而斗的生命图记。正如书中所言，“**这是一个伟大的时代，同时又是一个在行进中、一时又不明方向的时代**”（P348），伟大的时代

① 刘易斯·芒福德著. 城市发展史——起源、演变和前景［M］. 宋俊岭，倪文彦译. 北京：中国建筑工业出版社，2005：118.

充满了伟大的变革，伟大的变革蕴藏着伟大的机遇，而机遇与挑战并存，机遇给人带来无限憧憬与希望，但也考验人的智慧，也更检验人的心性。正是在这样的背景下，在时代与土地的变迁中，在随潮流而动的“大趋向”中，城乡小人物的生命似乎变得微不足道，其中又夹杂着变化之痛。

《生命册》有两条逻辑线相互映衬：①一条明线是“我”和骆驼辞去“铁饭碗”工作，共赴北京谋划未来却忍辱负重成为“枪手”，在获得第一桶金后，追赶时代潮流，南下投资股票生意，获得初步成功后成立公司借壳上市，赚得巨额财富，但在对金钱的追逐中，价值理念的扭曲导致底线与尺度之争，最终二人分道扬镳，而骆驼也因此丧命；②一条暗线是无梁之众生百态：无梁村权力的代表者老姑父、上访户梁五方、卑贱小偷虫嫂、戴“帽子”的改造者杜秋月、青春期的迷失与悲凉春才，还有各种女人，这些看起来是在回忆过去，但对每一个人物的描写都穿插在“我”与骆驼努力融入城市过程中的各个重要阶段，作为对彼时的我们与他们之间的对应与契合，用一直生活在农村的人们为基本生活抗争之影响来映衬我们为融入城市而奋斗的故事，艰辛与酸楚隐于其中。

（二）原型考据

作为“我”成长的重要场所之一,一直让“我”极度想要逃离却始终无法摆脱其影响的无梁村就是现实生活中的河南省许昌市禹州市无梁村。这一猜想主要从地理位置、社会文化、作者经历和文章细节等方面综合比对得出。

1. 地理位置

作品中对自己的家乡中原省的地理位置有这样的描述："省会所在地是一个毗邻黄河的城市、一个国家的十字路口，有贯穿东西南北的铁路线和飞机航线，更早的时候它还有黄、淮两条水路……四通八达。这是一个平原上的城市，地处中原腹地。历史厚重，生活节奏自然比一线大城市要慢一些，慢半拍。"（P7）根据描述，"中原腹地"、"毗邻黄河"、"国家的十字路口"这三个地理位置和交通特征的关键词非常明显地指出了平原省的地理位置位于我国中部，紧靠黄河，地形以平原为主，铁路运输和航空运输网络密布且发达。在现实中，河南省位于中原地区，拥有横贯东西、纵穿南北的铁路、公路、航空、水运综合交通运输体系，包括京广、京九、陇海等9条铁路干线，京广高铁、郑西高铁等高速铁路，京港澳高速等17条国家高速公路及105、106等23条国道。河南的省会郑州，包括商丘、洛阳、南阳、信阳等城市在内都是国家铁路交通十字枢纽。通过这一地理位置的描述尤其是对其交通区位和通达度的描述，可以猜测作品中出现的中原省很有可能就是现实中的河南省。

2. 社会文化

作品中在介绍自己的家乡文化时对其有如下描述："中原文化，十分内敛、低调，代代都出过优秀人物，像岳飞、杜甫、韩愈、袁世凯"（P189），言外之意，自己所在的中原省在历史上曾经出现过岳飞、杜甫、韩愈这样的杰出乡梓人物。通过网上查阅资料可知：杜甫是唐朝河南巩县人，属于今河南郑州巩义市[1]；岳飞是宋相州汤

① http://baike.sogou.com/v40762.htm?fromTitle=%E6%9D%9C%E7%94%AB

阴县永和乡孝悌里人，属于今河南省安阳市汤阴县菜园镇程岗村[①]；韩愈是唐朝河阳人，属于今河南省孟州市[②]。通过对上述杰出乡梓人物的历史籍贯的搜集整理，并将历史地理位置与现今地理位置及所属地域进行一一对比，可以初步确定作品中主人公的家乡，即故事的大背景为今中原省份河南省。作品提到家乡人都喜欢的而且具有代表性的食物是油馍和胡辣汤，胡辣汤原产自河南，是中华名吃，而油馍也是河南名吃，郑州泩馍更是非常有名。通过对饮食的匹配，再次印证故事发生的中原省极有可能是河南省。

作品中提到吴志鹏被好友骆驼请求前往自己家乡临近的一个县收购一家药厂，药厂的地点是在平原省的钧州县，这里曾被人称为"药都"，"药王孙思邈生前曾在这里采药、行医，并且死后葬在这里"。（P167）"在历史中，钧州是在金世宗大定二十四年（1184），因阳翟（今禹州市）有钧台，所以改称钧州。钧台也叫夏台，原在禹州城南，距城十里。《水经注》载，在三峰山东南，大陵之西，陵上有'启筮亭，启享神于大陵之上，即钧台也'。有隅水东南流，经陵下，积为坡，坡方十里，称钧台坡。一说，钧台在'颍川城郭之阴'，明万历三年（公元 1575年），避神宗朱翊钧的'钧'字，改钧州为禹州。"（P167）在现实中，禹州市位于河南省中部，是中原城市群南缘的中心城市。"禹州历史悠久，是中华民族发祥地之一，被誉为华夏第一都，以钧瓷文化、大禹文化、中医药文化著称，有'夏都、钧都、药都'之称。唐朝药王孙思邈曾长期游居禹州，行医采药、著书立说，孙思邈去世后，禹州人民在西关购地建'药王阁'

① http://baike.sogou.com/v20953 htm?fromTitle=%E5%B2%B3%E9%A3%9E.
② http://baike.sogou.com/v40898 htm?fromTitle=%E9%9F%A9%E6%84%88.

永久纪念。上古时期禹州就是华夏文明发祥地，而后来在历史上禹州有颍川之名，颍川郡为秦王嬴政17年（公元前230年）置，以颍水得名。治所在阳翟（今河南省禹州）。”①

根据地理位置、社会文化可以判断中原省为河南省，通过对药都渊源的探寻可以发现现今河南省许昌市禹州市与作品中所提到的地点基本吻合。

3. 作者经历

《生命册》作者李佩甫是河南许昌人，1984年毕业于河南电视大学汉语言文学系，历任许昌市文化局创作员，《莽原》杂志编辑、第二编辑室主任，河南省文联、作家协会专业作家，《莽原》杂志副主编，河南省作家协会第二届理事、河南省文联副主席，河南省作协主席等职。从作者出生地及学习工作情况看，其主要生活经历均发生在河南省许昌市。对于《生命册》，作者曾自评："这是平原三部曲的收官之作，是一部自省书，也是一个人五十年的心灵史。"②综合上述情况，再次印证了故事发生地为河南省许昌市的禹州市。

4. 细节印证

作品在第二章中曾经有过一段描写"我"回忆起村里推荐"我"上大学时，小学校长苗国安曾经说，"机会难得，得争取"（P55），因为全公社有30个村，只有3个名额。现实情况是，"无梁镇位于河南省许昌市禹州市北部，距市区15千米。西与浅井乡毗邻，南与古城镇接壤，东与长葛市搭界，北与新郑市相衔。面积86.48平方千米，人口3.8万人（2006年）。辖无梁、合庄、龙门、高垌、井王、胡楼、

① http://baike.sogou.com/v352164.htm.

② http://news.xinhuanet.com/book/2012-11/22/c_123988698.htm.

皇路河、月湾、井李、大木厂、观上、黄山、郭庄、白马寺、曹楼、小刘庄、无梁路口、姚店、祁王、上张、许庄、芦庄、寇庄、杨寨、上时、三王、李沟、北辛庄、申家、王家30个行政村，227个村民组。”①1983年宪法规定取消人民公社，重新建立乡镇政府，原有的政社合一的人民公社改为现今的政社分开的乡镇政府，禹州市下辖诸镇中有一个无梁镇，此镇现有30个行政村，与文中所描述的全公社有30个村一致。

（三）扯不断的乡情

城市化的一个重要表现是市民化，空间流动和社会流动是市民化的应有之义，人虽然进城了，但与乡土之间仍旧难以割断。

1. 升学进城

进城，离开农村进入城市，是空间流动的一种表现形式。“我”通过升学的方式从农村进入城市，是市民化的第一个表现层面。当“我”进入城市时，“我心里充满暖意，因为我是一个有‘单位’的人了”。单位就是自己的依靠，为自己成为一个有单位的人而兴奋，“走在省城柏油马路上就像是走在红地毯上一样，很幸福”（P2），甚至连“看见公共汽车路牌那路牌叫人觉得亲切。”（P2）“你大爷的，我来了！”（P2）将这种惊喜与成功后的骄傲表现得淋漓尽致。城市的一切，不论是平整的柏油路、五彩的灯光、喧嚣的人群，还是路灯、邮筒、公共汽车、摩登高楼对“我”来说都有着无尽的吸引力和想象力，这些基础设施和公共服务是“我”进入城市后才能够享

① http://baike.sogou.com/v2534986.htm?fromTitle=%E6%97%A0%E6%A2%81%E9%95%87.

有的。这些相较于农村而言更加现代化的设施和服务，以及通过自己的努力憧憬着更加美好的机会和未来，是更多像“我”一样的流动者进入城市的巨大吸引力。

2. 败也乡情

“我”刚进城后雄心壮志地渴望成为一名城里人，制订了自己的计划并且努力奋斗着，但是“我大约成为无梁村的一根‘稻草’，成了他们唯一能抓住的东西……他们一旦有了困难，迫切的希望能得到一个‘官人’的庇护。我不是官员”（P17），作为一名进入城市的城里人，被家乡人视为“无所不能”的依靠和救命稻草，“我”的生活被老家人无数的人情请托和老姑父“见字如面”的字条围绕着，三婶家侄子考大学录取要请人帮忙，保祥家女人的男人出车祸要从派出所捞人，海林家儿子进监狱要捞人，六婶儿家儿媳妇生孩子难产要找最好的医院最好的医生，等等，所有的这些请托对“我”来讲，几乎都是“我”能力范围之外的。作为大学毕业刚刚进入城市一所大学里教书的讲师，金钱积累还不足够，人脉积累还不丰厚，但作为一个吃百家饭长大的孤儿，“我”是有感恩之心的，也曾努力的借钱、托关系去解决问题以偿还这19年的养育之恩。但请托之事的难度越来越大，而“我”所能借到的金钱和利用的人脉关系却在一次次的请托之中变得愈来愈单薄，这两个相反的趋势逐渐加重了“我”身上的无力感和负罪感。

“我怎么就割不断这层关系？怎么就扒不掉农民这层皮呢？我心里说，我都快要给逼死了。我再也不能这样下去了。”（P24）“我要割断与无梁村的一切联系。我必须割断这种扯不断理还乱的‘狗狗秧’关系。不然的话，我一天也不得安生！也许明天或者后天，老姑父就带着无梁村的人来了，他们会把我吃了。他们一个个会点着我的鼻子说，忘恩负义的东西！（P25，P26）”但在现在的事实面前，“我”不得不开始考虑“是不是把这个好不容易挣来的‘铁饭碗’给咂了？我背着一座山，而农家孩子，活人要紧哪。我得走，我得离开这里。钱是一种尊严的象征！”（P26—27）然而不断响起的电话铃声和别人送过来的老姑父“见字如面”字条煎熬着“我”：沉重的乡村包袱让“我”逐渐沉沦，沉沦了爱情，沉沦了事业，沉沦了未来！而最终压垮“我”的那一根稻草就是坤生哥脑瘫龙凤胎孩子的救治，让“我”的无力感飙到了极致，下定决心要抛掉这个沉重的包袱，要逃离这个困窘的境地！

3. 难承情累

作品开篇即交代：“我身上背负着五千七百九十八亩土地（不带宅基），近六千只眼睛（也有三五只瞎了或是半瞎，可他们都看着我呢），还有近三千个把不住门儿的（有时候，能把死人说活，也能把活人说死的）嘴巴，他们的唾沫星子是可以淹人的。”（P1）这里的乡情对“我”来说是一种负担，为了偿还19年的养育之恩，偿还那一次次“给口奶吃”的恩情，为了维护老姑父在村里的权威，为了维护自己作为无梁村第一个进入城市成为城里人的形象，“我”不得不选择去完成那些自己能力之外的要求，甚至不惜投入自己有限的金钱和单薄且并不牢固的人脉关系，但正是这些力所不能及的事情，一点点地将“我”在城市扎根的根基消耗殆尽，经济上的拮据困顿、人际上的捉襟见肘、人情的冷漠淡然都成为“我”融入城市的斥力，将我不断地推离城市的方向。身上的黄土地标记，已经让“我无法融入任何一座城市，”尽管生活在城市里，却不得不承认，只是一个从乡村流向了城市的流浪者。

4. 成也乡情

摆脱了身上沉重的包袱，打破了“铁饭碗”，开始以自由之身一人挣未来。好友骆驼头脑精明，嗅觉灵敏，总能捕捉到时代最前沿的潮流趋势，与骆驼的合作逐渐让“我”从一名贫困的城市流浪者变为有钱有势有话语权的城市“中产阶层”。然而在面临金钱与欲望、人性与操守、原则与底线的时候，“我”与骆驼不同的是，“我”对金钱的欲望还有节制，对法规的威严还有坚守。在骆驼不惜一切代价疯狂敛财的时候，“我”能够头脑清醒及时抽身，最终避免了与骆驼一样的悲惨下场，源于一样东西：当“我”提出辞职时，骆驼极力挽留“我”，发生了一段简单的对话，我说：“我跟你不一样，我身后有人。”骆驼很诧异，说，“啥意思？”我说，“不是一句话两句话的事……我身后有眼。”（P238）无梁是一个有三千口人的大村子。欠村里人的恩情，一时还没想好怎么还。但却始终知道，自己身后长满了眼睛。贯穿全书的背景，这背后之人就是无梁的村民，就是“我”成长的家乡，就是深深烙在“我”骨子里的乡土之情。虽努力逃离，但身上始终背负着一样东西。这份乡土之情，让“我”在时代大潮中不致随波逐流而失去方向，这份压力虽沉重但却鼓舞人不断向前，这份情怀虽负重但却让人在成长的过程中不致头破血流。

所谓家乡，不只是一种方言、一种声音和一种态度，更多的是一种你躲不开、扔不掉的牵挂，同时又可以说是背在身上的沉重负担和枷锁。然而，当一个人越走越远，当岁月开始长毛的时候，才会发现，那一望无际的黄土地，是唯一能托举住我们的东西。乡村带来的这份朴实的乡土情怀是流入城市、融入城市后始终惦念无法割舍的过往，同时，乡村带来的人情嘱托又被视为无法挣脱的樊笼。究其一点，推动城乡一体化发展，缩小城市与乡村的差距，或可有助于解决市民化过程中的这一矛盾。

参考文献

[1] 李佩甫. 生命册 [M]. 北京：作家出版社，2012.

十六 侧看公社

——从《生命册》看中国农村基层建制

徐鑫（2013级本科生）

《生命册》作为“平原三部曲”的巅峰之作，其内容的时间跨度长达五十年，融入了作者几十年来对整个平原的认识，描绘时代变迁中各色人物在欲望与现实之间的挣扎和裂变。在整个故事背后沉默运行地是半个世纪里中国农村基层建制的发展变革，随着人民公社体制从建立到废除，平原上的农民也经历着命运的起伏和转折。

（一）原型考据

1. 空间分析

小说中设定的“无梁村”属于“平原省”、“颍平县”、“颍河镇”，这是一个虚拟的村庄，也是作者对“平原”概念的浓缩展现。作者出生于河南许昌，华夏民族的摇篮“中原”，所谓“天下至中的原野”，其主要部分正是今河南省范围，而许昌市位于河南省中部，是中原腹地，自古地灵人杰。作者创作理念中的“平原”正是以豫中平原为根基，这是他生长之地，也是他的精神家园。因此，“平原省”可能就是河南省。

小说中对平原省的“省城”描写符合河南省会郑州的情况：这

是一座毗邻黄河的城市，关于黄河的历史记忆就含在那有沙的气味里。在时间里，沙已被磨成了面儿，颗粒很小很小，可它还是沙的味道。带一点碜，一点涩，一点水腥，一点甜，一点点儿咸。这里还是“十字路口”，一个国家的十字路口。这里有贯穿东西南北的铁路线和飞机航线。更早的时候，它还有黄、淮两条水路……（P7）

“颍平县”、“颍河镇”二者从名字看来都与颍水有关。颍水发源于中岳嵩山，流经河南登封、禹州、许昌、临颍、周口市，在安徽省汇入淮河。在历史及传说中，大禹始封于阳翟为夏国，阳翟即今河南省禹州市，位于颍水河畔，颍水成为华夏文化滥觞之地。上古传说中的巢父、许由，楚汉争霸时期的留侯张良，三国时期的水镜先生等，都在颍水河畔留下了文化印迹，这使“颍水”成为中原文化的重要元素。作者在构建“平原”的行政结构时，以“颍”作为命名要素。“无梁村”的形象也是豫中平原地区农村风貌的集合。常年刮西北风的天气、生长在平原上的槐榆桐桑椿柳柿桃、田里种植的玉米红薯芝麻豆类、以面食为主的“三大美味”和吃面食离不开的辣椒、农副业生产中的苇席和豆制品等都具有浓郁的豫中平原的地域特色。

2. 时间分析

小说以第一人称进行叙述：“该给你说一说过去的事了。老夫今年五十四岁，命书上说，五十四岁是一道坎。所以，该把我知道的一些事情告诉你了。”（P33）“我”在“今年”是五十四岁，如果代换为作者写作的时间2012年，那么这些故事发生的时间段应该大概在1958年至2012年。书中对“我”出生时间的描写如下：在我出生后的第七天，他站在村中的一棵挂有吊钟的老槐树下，把裹着包单的我高高地举起来，说：“从今往后，这就是全村人的孩子。”这当然是他（老姑父）当了村支书之后的事了。大跃进之后，村支书以私分瞒产的罪名被撤职了，老姑父以功臣的名义就此接替了支书的位置。（P46）“大跃进”发生的时间是1958年至1960年冬，这与以上推测相符合。

（二）农村基层建制演进

新中国成立以来，我国乡政权的变动可以划分为三个阶段：新中国成立初期的乡政权调整、人民公社时期的政社合一制和政社分开、重新建立乡人民政府时期（张厚文、白益华，1992）。人民公社在建立时被认为是建设社会主义、并逐步向共产主义过渡的最好形式，通过行政手段强制提高公有制水平，并以此来强迫农村为工业和城市发展提供支持，最终形成了城乡分离的二元结构。

1. 新中国成立初期的乡政权（1949—1958年）

这一时期的农村基层政权为乡镇，权力机关为乡人民代表会议，行政机关为乡人民政府。1950年12月政务院公布《乡（行政村）人民代表会议组织通则》和《乡（行政村）人民政府组织通则》，对乡人民代表会议和乡人民政府的产生、组成和职责进行了初步规范。1954年9月通过的《中华人民共和国宪法》对全国农村基层政权进行了统一的规范，开始实行乡镇人民代表大会制度，乡镇为农村基层政权，乡与镇的人民政权构成相似。

这段时期对乡政权规模的调整经历了先划小、再扩大的过程。1949年至1952年，华东、中南、西南各省在新中国成立初期还存在着国民党统治时期的大乡，将这些大乡划小有利于深入发动群众、实行土地改革等各项社会体制改革。1955年以后，合作化运动兴起，全国各地采取并乡等措施扩大乡的范围。同时，对乡政权组织、民主制度及工作方法加以整顿和健全，包括乡人民政府设置各种工作委员会，乡人民代表大会在乡以下划分行政村、自然村或居民组为工作单位。

2. 人民公社时期的政社合一制（1958—1982 年）

人民公社是由上一阶段合作化运动中形成的合作社演变而来，从1958年开始尝试人民公社的建设，到1962年才确定了公社的管理体制。1962年2月公布了《中共中央关于改变农村人民公社基本核算单位问题的指示》，同年9月通过了《农村人民公社工作条例修正草案》（人民公社六十条），确认人民公社的基本核算单位是生产队，规定人民公社的管理体制可以是两级，即公社和生产队，也可以是三级，即公社、生产大队和生产队。辛逸（2000）将人民公社时期细分为大公社时期和人民公社时期，指出人民公社所有制的演变经历了公社基本所有、生产大队所有到“三级所有、队为基础”体制的确立过程，又经历了“文化大革命”中试图将基本核算单位再次退回生产大队的反复。

《农村人民公社工作条例修正草案》定义农村人民公社是政社合一的组织，是我国社会主义社会在农村中的基层单位，又是我国社会主义政权在农村中的基层单位。人民公社的各级权力机关是公社社员代表大会、生产大队社员代表大会和生产队社员大会，管理机关是各级管理委员会，监察机关是各级监察委员会，其中规模较小的生产队可以只设一个监察员。同时，人民公社和生产大队根据规模的大小和党员的多少，设立党委员会、总支部委员会或者支部委员会。这些中国共产党在农村中的基层组织是农村工作的领导核心。

在“文化大革命”期间，“革命委员会”出现，成为地方各级人民代表大会的常设机关，也是地方各级人民政府。人民公社的人民代表大会和革命委员会成为基层组织，是集体经济的领导机构。

3. 重建乡政府（1983 年—迄今）

1982年12月4日，第五届全国人民代表大会第五次会议通过了《中华人民共和国宪法》，宪法第十五条规定：“省、直辖市、县、市辖区、乡、民族乡、镇设立人民代表大会和人民政府。”至此，已不能适应农村政治、经济、文化发展需要的人民公社制度被正式取消。1983年10月发布《中共中央、国务院关于政社分开建立乡政府的通知》之后，政社分开、建立乡政府的工作陆续在全国全面展开。到1985年，建乡工作全面完成，全国5.6万多个人民公社改建为9.15万多个乡（包括民族乡）、镇人民政府，同时按照宪法规定取消了原有的生产大队、生产队，建立了村民委员会。

至此，乡镇再次成为国家基层政权，而村民委员会是农村基层群众性自治组织，其工作机构包括村民大会、村民委员会、村民小组和村民委员会下设的专门工作委员会。

（三）人民公社体制特征

小说中，故事背后的农村基层建制经历了从人民公社到乡政府的过程，也是从计划经济到改革开放的过程。在这一过程中，有剑走偏锋的匠人成了上访的“滚刀肉”，有艰难支撑的母亲尊严扫地，有下放改造的知识分子破碎的城市梦想，有残缺的劳动楷模对本真的诚实守候，而在无梁村居于权力顶层的村支书蔡国寅贯穿于各个人物的故事之中，在各种运动和风暴中对村民进行着徒劳却令人敬重的保护。故事的主要部分发生在人民公社体制时期，农村人民公社体制的三大组织特征“三级制”、“集体化”和“一体化”[①]都在小说的描述中得到了体现。

1. 三级制

“三级制”是指人民公社、生产大队和生产队三级管理体制。小说对三级管理体制的描写隐藏在故事中。在梁五方的故事中写道：那好像是一九六三年，镇政府盖一大会堂，同时调集了两班匠人……公社书记见乔书记这么说，也就跟着说：“龙麒麟，就龙麒麟。”于是，公社书记一锤定音，公社大礼堂此后就被人称作“龙麒麟”了（P113—115），表明颍河镇所在的管理层级是人民公社。在第一章“我”上大学的部分，“一个公社分了三个名额……可小学校长又说，虽说一个公社三个名额，可有两个已被公社干部的孩子占去了，就剩下一个了。这一个指标三十个大队去争，能不能争到手，还很难说……快去找老蔡！……三十个村子，就剩一个指标，听说明天就上会定了，是不是得送点礼呀”（P54，P55），表明无梁村所在的管理层级是生产大队，是颍河镇公社管辖的30个生产大队之一。在第十章春才的故事中，“无梁村一共有十个生产队，一家一家查是很慢的，仅查了三个队，就有七双鞋被派出所的人拿去了，说是要‘比对’”（P365），表明无梁村的生产大队管理着10个生产队。在虫嫂的故事中，“在一段时间里，虫嫂夜里常常被

① 项继权. 从“社队”到“社区”：我国农村基层组织与管理体制的三次变革［J］. 理论学刊，2007（11）85-89.

村里人叫去‘谈话’。先是治保主任，尔后是生产队长，小队记工员，大队保管，看磅的，看菜园子的……到了最后，传言满天飞”（P210），也提到更下一层的生产队和生产小队。结合人民公社体制的史实，小说中“三级制”的体现及提到的相应职务和人员整理见表16-1。

人民公社的“三级制”特征在小说中的体现　表16-1

三级制	对应范围	职务和人员
人民公社	颍河镇	武装部长老胡，书记老曹，许秘书，派出所长老黑
生产大队	无梁村	支书老姑父，会计梁五斗，治保主任，春才 （团支书、民兵连长、收席站站长）
生产队	村民小组	生产队长

2. 集体化

“集体化”的含义是农村土地等生产资料归集体所有，不允许农民私营经济的存在和发展。集体经济成为公社的经济基础，集体劳动成为公社基本的生产方式，集体生活也成为农民基本的生活方式（项继权，2007）。在集体化的管理下，“工分”成为村民获得生活和生产资料的重要凭证，“在村里，虫嫂割草、割麦都是一把好手，工分也是不少挣的。可她不会编席……那时候，粮食是队里分的，而油盐钱全靠编席来挣（编一张大席可挣一毛五分钱）。”（P202）同时，所有与“私”有关的行为在集体中都不受欢迎，“有人宣布了梁五方二十四条“罪状”：比如投机倒把，私自买零件组装自行车；比如接私活不给队里交钱；比如占国家的便宜，私用县供销社的水泵、电影队的发电机。”（P123）

3. 一体化

“一体化”，一方面是“政社合一”，即国家基层政权组织与人民公社组织合为一体；另一方面是“党政不分”，实行党的一元化领导。由此形成了“党、政、经”不分的高度集中的组织和管理体制（项继权，2007）。这种高度集体的组织和管理体制在无梁村体现为村支书蔡国寅的“一把手”权力。“不知从什么时候起，老姑父已经很习惯地把村里的公章拴在了裤腰带上。最初当然是为了方便群众。那会儿需要盖章的事情特别多，哪怕出一趟远门，也是要盖章的”（P54），这一枚公章给老姑父带来了所有村民的看重和讨好，连带他的女儿也没人敢说闲话。“在无梁村，老姑父对春才的偏爱是尽人皆知的。春才十八岁时，老姑父就让他当了大队团支书。因为他人孤僻，不爱讲话，老姑父就把他叫去，做了许多思想工作。后来看他实在是个闷葫芦，问三句才‘嗯’一声，就又让他改任民兵连长。可民兵训练时，他不喊操，喊不出来……可老姑父还是喜欢他，就再次让他当收席站的站长”（P354），最后老姑父将村里唯一的豆腐坊交给了春才。对于自己偏爱的人才，老姑父有安排职务、分配资源的权力。这样的权力也体现在老姑父对村民的保护中——要求全村人抚养“我”成人，多次对虫嫂偷窥行为的袒护，以及阻止红卫兵对下放改造的杜秋月的直接攻击。

（四）人民公社体制影响

从1958年到1982年，人民公社体制建立和运行的背后是在政治强力干预下变形发展的经济、政治和文化所形成的相互影响的社会体系，给中国的城市化和现代化留下了至今未解的难题。除了直接给中国农村的经济和政治生活带来影响之外，在小说中，在人民公社体制的关联下，给无梁村民的命运带来重要影响的主要是“左”倾运动和城乡二元化。

1. “左”倾运动对人物命运的破坏

在人民公社体制时期，最严重的“左”倾运动是“文化大革命”，而“文化大革命”的产生与人民公社体制具有联系。人民公社化运动和“大跃进”开始不久就对中国的农业生产造成了极大破坏，我国在三年经济困难时期提出了调整经济发展的“八字方针”，但人民公社体制本身具有封闭性和平均主义的弊端，长期滞缓了生产力的发展，国内的经济问题得不到解决。在生产力发展不足、社会主义建设难以推进的情况下，从1959年庐山会议开始，经济困境引发了党内分歧和政治斗争。最终，人民公社体制下变异的生产关系成为“文化大革命”赖以发动的社会经济根源，并提供了便于行事的管理体制（高永昌，1996）。

在小说中，当“批斗”或者“运动”二字出现的时候，故事人物的命运通常都会遭遇急转直下的变化。梁五方是有头脑、有技术的匠人，凭借自己的手艺已经有了令人羡慕的新房，但因为一场“运动”的破坏，失去了财产和家庭，将后来的大半光阴用在了“上访”：工作队进村后，先是开会，查账，尔后动员人们揭发……一个半月之后，在一个下雪的日子里，梁五方被揪出来了……七天后，公社的批复下来了，梁五方家的成分由中农改划为“新富农”（这当然也包括五斗、五升两兄弟）。按照批复，梁五方新盖的三间瓦房和他的自行车、缝纫机被没收充公……并且勒令他三日内从新房里搬出去。（P122—P126）

虫嫂在“批斗大会”和“运动”中表现得不以为意，却因此给三个子女带来难以磨灭的耻辱感，造成她后半生为三个孩子费尽心血却得不到回报的悲剧：搞“运动”的时候，虫嫂还多次游过街。大队治保主任押着她，脖子里挂着玉米，还有偷来的蒜和辣椒，甚至白菜萝卜，红红白白，一串一串的，像是戴了项链似的……人们说，虫嫂的脸皮比城墙拐弯还厚呢。还有人说，这是虫嫂，要是换了人，非上吊不可！游街时，走到家门前，她的三个小屁孩子，一个个趴在墙头的豁口处，偷偷地看她。（P205）

而杜秋月在经历几年的“改造”，满怀希冀地得到了小学教师的代课工作，拾起自己作为知识分子的理想时，却被兜头一桶糨糊淋得毫无尊严：记得，一九六六年的夏天，杜老师正在课堂上给我们朗诵“白日依山尽，黄河入海流……”他的声音就像是唱歌一样，好听极了！他张开双臂，两眼先是圆睁，尔后微微地一闭，做一波澜壮阔的姿态，仿佛已化身为黄河，奔腾而下……突然之间，没容他走出“黄河”，睁开眼来，镇上中学的一群学生嗷嗷叫着冲进来，兜头扣了他一桶糨糊！……杜老师戴上真正的“帽子”了。那纸糊的帽子把他的眼镜都扣住了。（P294-295）

2. 城乡分离背景下人物的挣扎

人民公社体制建立在计划经济和城乡分离的制度和政策条件下，反过来也是维系二者的制度安排。1953—1992年我国实行对主要农副产品的统购统销，为工业化积累资金、为日益增加的城镇人口提供口粮，成为所谓“工占农利”政策的核心和支柱（辛逸，2001）。从农业合作社开始，其主要的任务和职责就是完成国家的征购任务。《国务院关于粮食统购统销的补充规定》要求农业社分配粮食必须严格遵守下列先后顺序：①首先完成国家核定的粮食征收、收购任务（包括增产社的增购任务）；②留下农业社生产必需的种子和饲料，分给全体社员基本口粮和必要的饲料；③在解决上述两项问题以后，才可以适当照顾劳动强出工多的社员，或者用来发展副业和多养牲畜。上述分配顺序同样适用于后来的人民公社。这一制度以城乡分割为前提，限制了农村和小城镇的发展。同时，中国的户籍管理制度一开始便与粮食供应紧密挂钩，城乡二元的户籍管理体制在农村的制度依托同样是人民公社制度（肖冬连，2005）。在这整个城乡分离、“工占农利”的发展时期形成了城乡二元的户籍制度，并由此而确定了二元粮食供应制度、就业制度、福利保障制度、教育制度、医疗制度以及公共事业投入制度等，最终形成了城乡二元经济和社会结构（项继权，2007）。

在故事中，“城里人”是无梁村民的向往。虫嫂将三个子女供成了大学生、在城里落了户，在无梁村人看来就是“母凭子贵”，对她往日的作风问题再也不计较：全村人都看着这个小个女人，人人都摇着头，觉得不可思议。是呀，一个偷了一辈子的女人，如今竟也衣锦还乡了（P229）。刘玉翠一心想跟随杜秋月一起转为城市户口：那天早上，她还特意梳梳头，换了身衣服，收拾得青菜儿一样，利利索索地上路了。走上村街的时候，她见人就说：要转户口了。往后就是城里人了。到时候你们可去呀，都去……张扬得一个村的人都知道了（P310），在被欺骗之后死缠烂打。蔡苇秀在县城里接受了为期三个月的培训、回村里当了个“赤脚医生”之后就有了与其他乡村姑娘不同的神态：正是那个小药箱使她平添了更多的傲气，那个药箱成了一种身份的写照，所以她必须‘矜持’。那时候，在

村人的心里，‘矜持’是属于城里人的。她在城里培训了三个月呢。（P356）

在村民的心中，“城里人”代表了一切好的条件和权利，都是“国家的人”，都是“干部”，是无所不能的，而“我”初入省城时“只有一个床位”的窘迫，他们不能理解。句儿奶奶声音颤巍巍地在电话里说：“丢，真欺负人哪！不叫人活了呀！你七叔都当了十六年的民师了，这会儿叫人裁了……都是因为咱没人哪！丢，你是省里大干部，你打个电话，给县里说说吧”（P17），这样的一个个要求最终使“我”选择了逃避，改写了吴志鹏的命运轨迹。

参考文献

[1] 李佩甫. 生命册［M］. 北京：作家出版社，2012.

[2] 张厚文，白益华. 中国农村基层建制的历史演变［M］. 成都：四川人民出版社，1992.

[3] 辛逸. 关于农村人民公社的分期［J］. 山东师大学报（社会科学版），2000（1）：23-27.

[4] 项继权. 从“社队”到“社区”：我国农村基层组织与管理体制的三次变革［J］. 理论学刊，2007（11）：85-89.

[5] 高永昌. 从人民公社化运动到“文化大革命”的发生——“文化大革命”发生的经济根源初探［J］. 党史研究与教学，1996（5）：28-32.

[6] 辛逸. 农村人民公社所有制述论［J］. 山东师大学报（人文社会科学版），2001（1）：84-90.

[7] 肖冬连. 中国二元社会结构形成的历史考察［J］. 中共党史研究，2005（1）：23-33.

十七 英雄气短

——从《骚动之秋》思辨乡镇企业

李翔（2013本科生）

茅盾文学作品《骚动之秋》是一部诉说20世纪80年代后期，在商品经济大潮的冲击下，以山东胶东农村乡镇企业起步为背景，描绘变化的农村面貌、刻画变化的人际关系以及人们多样的内心骚动的长篇小说。它生动地展示了中国农村从集体经济向商品经济过渡时期的历史进程，塑造了岳鹏程、赢官、岳锐、肖云嫂、秋玲等人物形象。这部作品由祖籍山东省荣成市的作家刘玉民于1986年完成，对20世纪80年代的农村改革进行了生动地刻画，并对乡镇企业起步的历史进行了形象细致地展示。

（一）原型之考

1. 荣成成长经历与小说发生环境

作者刘玉民生于山东省荣成市夏庄镇三胪村，青少年时期是在原籍读书度过的，因此对胶东半岛的地理环境和风土人情了解地十分透彻。而且作者所在的夏庄镇亦有“石硼丁家村”地，小说中与岳鹏程对立并受迫害的石氏家族石衡保的儿子叫“石硼丁儿”，其中可能也存在某些暗示。

2. 从李龙爷的传说解读小说地点

作者在第四章用不少的篇幅描写了李龙爷的传说，一方面交代了小说构建的大致的地理位置，一方面他将当地的传说与小说的人物关系巧妙而隐晦地联系到了一起。原文提到："蓬城县地处东海之滨。从地图上看，很像是被海浪拥上滩头的一片蛤蜊皮，东、南方向滨海，地势平阔，按当地人的说法可以算是一马平川；西、北两面，则恰好相反，是峰峦重叠、一眼望不到边的李龙山区。李龙山自西向东，绵延几十公里。在碰到一片海礁之后，忽而转向，向南又伸展了一段距离。从空中或者远处看，确有龙蛇盘踞的态势存在。山峰很多很稠，真正高峻的却极少。这里地面与海平面几乎处在同一条等高线上，海拔五百几十米的李龙顶，便算是摩星擎月的'珠穆朗玛峰'了。"（P38）

经过查阅地图与文字资料进行比对，笔者猜测作者所说的李龙山就是荣成市的伟德山。伟德山山脉东西走向，横亘于荣成市市境北部，北纬37°08′-37°23′，东经122°14′-122°35′，西起环翠区桥头镇福禄山，蜿蜒东下，跨港西、埠柳、荫子、崖西、夏庄、城西、崖头、寻山、俚岛、马道、成山卫11个镇，东西长39公里，南北宽19公里，总面积241平方公里。主峰老阎坟，海拔553.5米，是境内最高的山峰。而小说里的大小桑园的原型便位于这几个镇子的一个，应该就是图17-1中的俚岛镇、寻山乡或者作者刘玉民的家乡夏庄镇中的一个。

3. 部队经历与主人公改革雷厉风行

作者刘玉民在年轻时曾在济南军区当过战士、理论教员、文化干事，因此在将主人公岳鹏程塑造成一个"在部队当了几年'学习

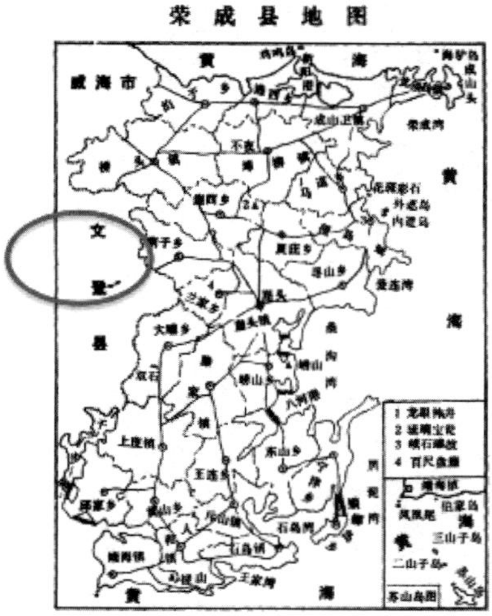

图17-1　故事大致发生地点
图片来源：道光本《荣成县志》.

毛主席著作标兵’，眼看就要提升当连长的岳鹏程，由于来自大桑园的一封揭发他与‘右倾机会主义分子’的父亲‘关系极不正常’的信，突然退伍回到村里。”（P17）的形象，并让他之后在大桑园担任村党总支书记时时刻彰显着军人骨子里的雷厉风行，塑造了他坚毅又固执的性格，这为他成为一个叱咤风云的农民改革家、农民企业家奠定了人物的性格基础。因此，岳鹏程在远东实业公司规定与实行的奖惩制度是：立功分为大功、二等功、三等功，处分分为开除工籍、记大过和严重警告。所不同的是，开除一项除外，功过的每个梯次的背后，都随着一个或奖或罚的特定的现金数额。（P44）基本上是搬用部队的一套办法再自然不过了。

（二）“骚动”之解

小说名称“骚动之秋”当中的“骚动”二字体现在全篇内容中（图17-2）：一是主人公内心的骚动，岳鹏程作为大桑园村党总支书记，农民改革家、农民企业家，远东实业公司总经理给农村带来了巨大财富的同时，搞活经济上进行倒买倒卖，管理与决定上又专横独断；二是由岳鹏程父子改革意见不同而引起的父子决裂，岳鹏程有着要和好的心却又碍于情面继续对立；三是岳鹏程在工作中与公

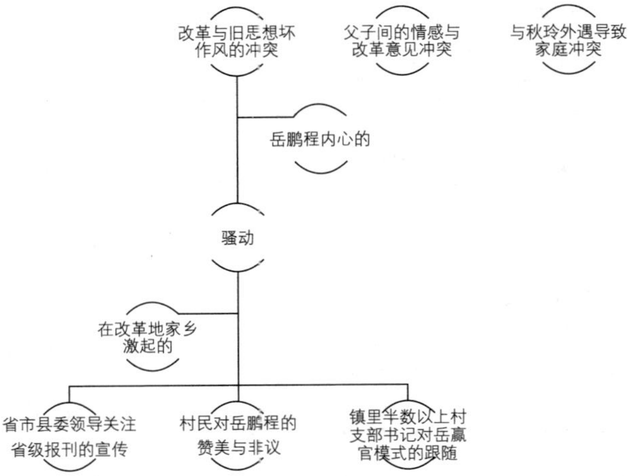

图17-2 “骚动”线索解读

司接待处主任秋玲发生外遇，对妻子淑贞和家庭内心的惭愧与不安的骚动；四是改革在农村地区带来的变化与引起的骚动，如省市县委领导的关注、省级报刊的宣传、媒体与舆论的煽动、村民对岳鹏程的赞美与非议、镇里半数以上村支部书记对岳赢官改革与发展经济模式的盲目跟随。这么多骚动里，最主要的就是岳鹏程父子的矛盾与冲突。贯穿全文的父子对立，一方面是父子之间情感矛盾的外化，另一方面也是在农村改革之路上，岳赢官作为开放时代具有进步思想的新改革者与岳鹏程作为专横霸道具有旧思想观念的改革者之间的对立。

1. 父子对立

小说第四章描述李龙爷是这里的一户李姓人家生的一条龙，当父亲看到这条小龙身子盘满三间屋梁，尾巴垂在正屋地上伏在妻子胸前吃奶时，一怒之下将小龙的龙尾砍掉了，小龙在剧烈的疼痛下将父亲扔到了海里。等他止住伤痛，懊悔不已，再伸出龙爪打捞父亲时却再也找不到父亲了。笔者发现，本篇小说的主人公岳鹏程与儿子岳赢官的关系与李龙爷父子竟有微妙的相似之处。主人公岳鹏程，虽然是一位名扬八方受民爱戴与钦佩的农民企业家，但却也是一个称霸一方的“土皇帝”；虽然是一位新时代的弄潮儿，但却也是一个旧观念的继承者。他欣赏儿子的聪明才干，却与儿子不共戴天。当他的儿子因为与他在改革上意见不统一，在小桑园发挥了自己胜过父亲的远见卓识与过人本领之后，二人便一直互视为敌，未能和好。而作为父亲的岳鹏程还在儿子蒸蒸日上的事业与改革发展路途程上处处使绊，在县镇召开的会议上岳赢官发言讲述果品与水泥厂“二龙戏珠”的计划时，岳鹏程写纸条让旁边的人故意刁难他，未得逞后，在全镇几乎所有村子都跟随岳赢官建设水泥厂的关键节骨眼上，将儿子已经和县里谈好的贷款中场抢走，来了个釜底抽薪。岳赢官的新的改革思想与举止可比作那小龙，岳鹏程看到后无法接受，如同看到怪物一样的无法忍受。新旧改革思想不能并存，但是一个时代整个社会的思想与观念的更新换代却需要承受撕心裂肺的痛苦。

2. 新旧冲突

岳鹏程为了改变落后面貌，采取了一些落后的办法和行动。有时是以落后反对落后，以错误反对错误；他痛恨封建主义、专制主义，可自己又常常自觉不自觉地搞起那一套，而且认定是最正确、最先进的。（P338）岳赢官认识到了被父亲美化的旧思想旧行为的本质：倒买倒卖，偷税漏税，请客送礼，行贿受贿，成为‘搞活经济’的必需；骂人打人，专横霸道，个人凌驾组织之上，搞独立王国，成为冲破‘改革阻力’的特殊手段。（P88），他多次劝诫父亲无效后，终与父亲决裂，自己踏上小桑园开始自己的事业与改革。

（三）乡镇企业之辩

乡镇企业是被邓小平同志称为除农村家庭联产承包责任制之外的当代中国农民“两大发明”的另一个发明，在改革开放初期极大地解放了农村劳动生产力。乡镇企业指农村集体经济组织或者以农民投资为主，在乡镇（包括所辖村）举办的承担支援农业义务的各类企业，是中国乡镇地区多形式、多层次、多门类、多渠道的合作企业和个体企业的统称。乡镇企业包括乡镇办企业、村办企业、农民联营、其他形式的合作企业以及个人企业。也有观点认为个人企业不属于乡镇企业的范畴，这不在本篇文章的考虑之中。本篇小说当中的大小桑园村庄的企业为村办企业，属于20世纪80年代典型乡镇企业中的一种——村办企业。

1. 发展轨迹

乡镇企业的前身是20世纪50年代的农村人民公社和生产大队两级集体经济举办的社队企业。1979年党的十一届四中全会通过的《中共中央关于加快农业发展若干问题的决定》正式确定了社队企业在中国经济中的地位。1984年3月中共中央、国务院转发农牧渔业部《关于开创社队企业新局面的报告》，将社队企业改称为乡镇企业。因此，乡镇企业其实是从1980年代开始正式发展的。而该篇小说就是发生在乡镇企业确立以及全面发展的阶段。主人公岳鹏程的远东实业产业巨大，包罗万象，包括木工厂、钢窗厂、园艺场、商场、豪华宾馆，并且正在筹划拿到烟台的月牙岛的开发权与经营权，将其开发成一条海上旅游线路，可谓是将商品经济搞得红红火火。

在20世纪90年代初，乡镇企业已毫无争议地成为农村经济的支柱和国民经济的重要组成部分。尤其1992年在邓小平南方谈话和中共十四大精神鼓舞下，乡镇企业以超高速向前发展，企业规模扩大，出口创汇提高，经济效益状况好转，乡镇企业又进入了一个黄金的发展时期。数据显示，1992年全国乡镇企业总收入比1991年增长49.5%，乡镇企业总产值从1991年开始4年迈过4个台阶，1991年突破万亿，而1994年达45378亿元，突破4万亿大关。随着改革开放和市场经济的不断推进，乡镇企业进行了产业结构调整，而其经营规模也逐步扩大。同时，乡镇企业开始采用高新技术，走向国际市场，在中西部地区也加快了发展建设，不少省、自治区的增长速度甚至高于东部地区。

20世纪90年代中期以来，乡镇企业发展速度明显放慢，随着私营经济地位的确立与完善，许多乡镇企业纷纷改制为私营企业。乡镇企业总数和吸纳劳动力的能力呈下降趋势，在发展的过程中暴露出一些问题。21世纪，尤其是中国加入WTO以后，乡镇企业运行的外部环境发生了重大变化，使乡镇企业的内部和外部环境更加严峻。

2. 改制原因

乡镇企业曾经在20世纪80年代异军突起、兴盛一时，关于其产生原因国内外学者形成了两种观点，一种是Putterman（1992）、渡边利夫（1991）、费孝通（1994）等学者认为的“内向发展论”，他们认为乡镇企业是在传统农业与现代工业的过渡中产生的中国工业的新起点，是一种农村型工业模式，它飞速地增长源于中国农村经济与农民自身的潜力，因此应该以农村为中心发展小城镇，形成区域性经济中心；另一种观点则是基于中国转型的大背景来分析，认为乡镇企业的发展是中国由计划经济体制向市场经济过渡的宏观经济背景下，产生的一种较为合理、具有激励性质的企业形式，这种“外向形成论”将乡镇企业的兴盛归于外在环境的影响。乡镇企业在经历了发展的最高峰之后，迎来了产权改制的大浪。其实在20世纪90年代初期，就已经有乡镇企业改为民营化的现象发生。乡镇企业改制的原因是什么？为何它的发生如烟火一样轰轰烈烈，却消失得悄然无声。究其原因，笔者认为要从乡镇企业自身以及外部环境来讲。自身的弊端是导致其落后的原因，虽然不像外部原因那样不可逆、不可控制，但却是其改制的催化剂。而其外部环境成为其改制的必然因素。

（1）内部弊端

虽然乡镇企业在其产生之初兴盛一时，在解决农村人口剩余劳动力、搞活市场经济、提供社会福利与公共物品等方面发挥了巨大的作用，然而其在发展上其实面临着诸多自身的问题，早在1986年就有学者将乡镇企业自身发展的弊端与问题总结为以下几点（图17-3）：一是贷款失控问题，乡镇企业的资金来源约75%来自外部，主要为国家贷款，1984年的国家贷款比1983年增长212%；二是内部结构不合理问题，乡镇企业的发展与升级存在着人才缺乏、技术落后、设备陈旧、管理制度不健全、资金短缺等短板；三是内部环境恶化问题，乡镇企业的快速增长，导致优势变为劣势，对原料、能源一时旺盛的需求导致了这两者的供应紧张和价格上涨；四是产业技术低级化问题，

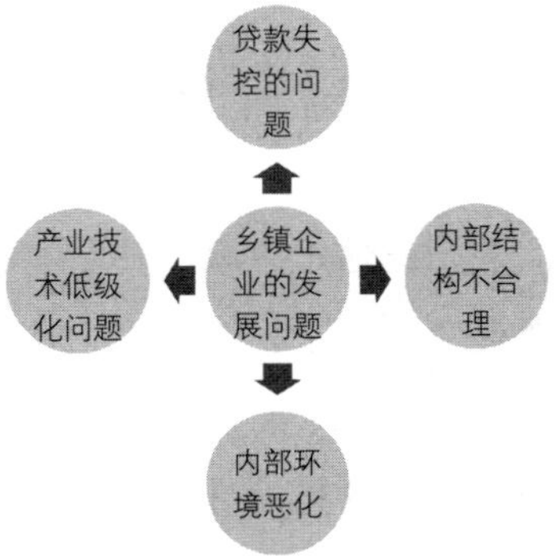

图17-3　乡镇企业内部的发展问题

乡镇企业在发展过程中，存在质量低下，生产的产品合格率低的问题，并且屡次发生掺杂使假的现象。

以上弊端主要是从乡镇企业作为一个企业发展与成功所需因素的角度考虑的。事实上，乡镇企业具备的集体经济替补特征与商品经济特征双重性质是其改制的本质原因，更多的是一种中国经济在农村地区转型所需要的一种过渡性的企业形式。

（2）外部变化

一些人认为乡镇企业只是一个地域性概念，然而它在产生之初本来就不是因为地域性而被赋予乡镇企业这个名字的，这可以修正一些后人对其的误解。源于社队工业的乡镇企业一开始是一个产权所属概念。在1980年代初人民公社逐步解体的背景下，1984年由社队企业更名而来的乡镇企业由地方乡镇政府进行管理，以及在此背景下产生的村办企业，都在一定程度上履行了计划经济本来应该满足的经济职能，如解决了在传统农副生产与人民公社体制过渡后大量闲置的农村剩余劳动力，填补了大量商品需求市场的空白。就管理者与职能角度来看，乡镇企业仍然是具有强烈的集体性质的，有的学者甚至称其为“第二国有部门”。同时，乡镇企业又是集体经济与商品经济紧密结合共同作用的经济与社会组织。

乡镇企业在1980年代兴盛一时是有原因的，原因就在于在市场化的大背景下，其具有了计划经济的一些职能的同时，又具备了商品经济的形式。正因为其双重属性，从而完美地完成了地方经济向商品经济的转变与过渡，减轻了我国经济由“集体型”向“私有化”的转变给农村经济带来的冲击，使人们看到了商品经济的活力，从而接受了商品经济这个以前被认为是只属于资本主义的经济形式。

因此，在大部分地区开始接受商品经济这种市场化经济进而纷纷建立私营企业从而使得私营企业的地位逐渐确立后，乡镇企业也逐渐失去了地方政府税收中第一把交椅的地位。同时，1994年实行了财税分税制改革，地方政府有了更大的财政自主压力，为了追求稳定、高额的税费收入，地方政府不得不将有限的支持给予私营企业，迫使一些乡镇企业转型。同时，乡镇企业去政府化，实践了企业管理的新理论：即企业经营摆脱政府干预，而将这个权力让给市场这只“手”。

对于中国的城镇化发展模式，学术界主要有“小城市大战略”、“大城市发展战略”、“多元发展论”、“城市体系论”、“大中小并举多元模式”五种争论，其中小城市发展模式就是以乡镇企业为导向，解决大量农村剩余劳动力的就业问题的城市化道路。小城镇模式正是20世纪80年代乡镇企业兴盛时期的产物，在现今“特色小城镇”风行的发展形势下，乡镇企业发展的关键仍在于解决乡镇企业的产权问题。而在产权确立的考虑中，应该将当地地区全部成员的财产权益加以考虑，在农村一级的乡镇企业中，农民股份所有制的运行应该充分保障分配公平。

参考文献

[1] 幸元源. 改革开放以来我国乡镇企业的发展历程和展望［J］. 改革与开放，2009（11）：99.

[2] 胡明. 改革开放以来我国乡镇企业的发展历程及启示——以1978—1992年江苏乡镇企业发展为例［J］. 党的文献，2008（4）：24-29.

[3] 李祥运，赵金林. 论我国乡镇企业的发展[J]. 北京商学院学报，1986(2)：14-19.

[4] 刘玉民. 骚动之秋[M]. 人民文学出版社，2005.

[5] 汤鹏主，张艳红. 试论城乡二元经济对乡镇企业发展的影响[J]. 企业经济，2011(3)：27-30.

[6] 严宇鸣. 乡镇企业转制的原因分析：一个文献综述[J]. 中国外资，2011(22)：2-4+22.

[7] 胡健. 中国城镇发展模式的若干思考[J]. 中国农业信息，2016(10)：52-53.

十八 穷途末路

——从《人生》解析社会阶层上升通道

谢若兰（2013级本科生）

在每个时代，每个人的一生中都会面临着新生活的彼岸和老土地的眷念。《人生》是一部讲述发生在1980年代中国黄土高原的故事的小说，它记录的土地精神，不仅包容土地上的人，还一次又一次地给迷茫中的主人公力量与勇气。在拥有稳定社会结构的中国现代农村，血缘关系是维持农村家庭生活的基本纽带，维系着每一个家庭成员。正是这种血缘关系孕育出来的乡土精神，让1980年代的青年们的人生时刻涌动着眷顾与渴望。

（一）乡村社会

1. 乡村自然景观

在《人生》中，作者对于土地的赞美从未停歇，虽然这里自然环境恶劣，地貌沟壑纵横，但辽阔平凡的土地有她特殊的力量和美感。在路遥的笔下，我们看到这片苍茫的土地，古老贫瘠，几无平地，在繁衍生命的同时，也发出沉重的叹息。她的生机勃勃将个体生命追求文明的痛苦反衬得淋漓尽致。高加林被迫回到农村，面对与他期望相去甚远的乡村环境时，他依然能看到：黄土高原八月的田野是极其迷人的，天蓝得像水洗过一般。雪白的云朵静静地飘浮在空中。大川道里，连片的玉米绿毡似的一直扑倒西面的老牛山下。川道两边的大山挡住了视线，更远的天边弥漫着一层淡蓝色的雾霭。向阳的山坡大部分是麦田，有的已经翻过，土是深棕色的；有的没有翻过，被太阳晒得白花花的，像刚熟过的羊皮。川道上下的几个村庄，全都罩在枣树的绿阴中，很少看得见房屋；只看见每个村前的打麦场上，都立着密集的麦堆，远远望去像黄色的蘑菇一般。（P13）在这些乡村景观的描写中，我们可以看到土地上的景象充满着无限的生机与活力，土地的颜色鲜亮夺目，无论人心如何变化，土地始终都以丰收的颜色面对儿女。大自然不管人间的喜怒哀乐，它总按自己的轨道变换，但土地的温暖和力量总会在儿女们最需要的时候传递出来，土地的包容让无数难以在城市生存的农村子弟重新找到栖息之所。

2. 乡村社会与风俗

血缘是家得以凝聚的内在先决条件，乡村对于血缘一种重要的认同形式就是“祖先崇拜”。小说中，高加林的叔叔高玉智对这种“迷信”活动表现出犹豫，但面对祖坟时依然表现虔诚。而正是因为这种以“家”为中心的社会意识，导致中国乡村各种社会关系都是相对封闭的，农民一旦改变自己的居住环境，融入新的社会环境和被新环境接受的过程都是漫长而痛苦的。在这种稳定的社会结构下，风俗文化自然相对落后。文中对刘巧珍刷牙这件事给予了大量描述：这件事一旦在她身上出现，立刻便在村里传得风一股雨一股。在村民们看来，刷牙是干部和读书人的派势，土包子老百姓谁还讲究这个？村里少数思想古旧、不习惯现代文明的人，在山里，在路上，在家里，纷纷议论他们村新出现的这个“西洋景”。（P55-56）这种态度鲜明的描写可以明显地看出1980年代的中国农村社会思想落后、古旧，有着狭隘、封闭、短视的观念。不仅如此，文中还对高加林村的领导内心活动给予了大量描写：实际上，他自己也清楚，现时的新政策的确能多打粮，多赚钱。尤其是山区，绝大部分农民都拥护。他不满意这政策主要是从他自己考虑的……队里从钱粮到人大大小小的事他都有权管……要是分成一家一户，各过各的光景，谁还再尿他高明楼！他多年来都是指教人的人，一旦失了势，对他来说，那可真不是个味道。他已多年没劳动，一下子怎能受得了自家地都要自己种的罪！（P87-88）在这种稳定的社会结构下，既得利益者拼尽全力获取更多利益，压榨普通农民，等级观念明显，面对改革的态度也让人担忧。正是这样一个存在漏洞的乡村，才让高加林这样的新青年愿意抛弃大好山河风光前往城市，适应更先进的观念，寻找属于自己的上升通道。

（二）城市社会

1. 城市人工景观

城市是主人公向往的地方。城市与乡村完全不同的景观，使冲突表现得更明显。当高加林再次走进县城的时候，他觉得：亲爱的县城还像往日一样，灰蓬蓬地显示出了它那诱人的魅力。（P25）公路上，年轻人骑着用彩色塑料缠绕得花花绿绿的自行车，一群一伙地奔驰而过。他们都穿上了崭新的‘见人’衣裳，不是涤卡，就是的确良，看起来时兴得很。粗糙的庄稼人的赤脚片上，庄重地穿上尼龙袜和塑料凉鞋。脸洗得干干净净，头梳得光光溜溜。远处城市中心街道的上空，腾起很大一片灰尘，嘈杂的市声听起来像蜂群发出的嗡嗡声一般。（P23）当高加林再往城中心走的时候，描写越发细致，充满诱惑。高加林看到：县城南关的交易市场热闹得简直叫人眼花缭乱。一大片空场地，挤满了各式各样买卖东西的人。以菜市、猪市、牲口市和熟食摊为主，形成了四个基本的中心。另一个最大的人群中心是河南一个什么县的驯兽表演团，用破旧的蓝布围了一个大圈当剧场，庄稼人挤破脑袋两毛钱买一张票，去看狗熊打篮球，哈巴狗跳罗圈。市场上弥漫着灰尘，噪音像洪水声一般喧嚣，到处充满了庄稼人的烟味和汗味。（P34）通过这一系列清晰而准确的表述，可以看到1980年代的小城市里市场兴盛，居民开始拥有正常的文化娱乐生活。显然，城市的生活比乡村的生活更有渲染力，更有吸引力。于是，城市开始聚集人口，不断接受先进的观念，逐步拉大了城乡之间各方面的差距，也为故事的发展作了十足的铺垫。

2. 城市文明与知识

高加林是农村知识青年，虽然进城的道路艰辛，但他依然追求精神意义上的进步。他曾作为一个接受了现代文明教育的高考落榜生回到土地，最让他苦恼的不是土地上的劳动和身体的疲惫，而是精神上的困境无法得到解决。高加林感到沉重和痛苦的是：现代文明的风啊，你什么时候才能吹到这落后闭塞的地方。（P97）一方面，现代文明打开了这些农村青年的眼界，让他们渴望外面的世界；另一方面，也肯定了土地上的劳动。青年人对城市的向往，根本上是对现代文明精神的渴望。高加林渴望广阔自由的精神空间，当他进城做了记者后，没事的日子总会去县图书馆翻阅杂志，他和黄亚萍的恋爱方式也完全是“现代”的。然而，对现代文明的渴望并非只存在于进城的农村知识青年中，也存在于部分农村的年轻女性中。刘巧珍最初靠近高加林的时侯，高加林是烦恼的，他在感情上是讨厌这个不识字的俊女子的，而巧珍的不识字似乎也成了她爱情悲剧的根源：她决心要选择一个有文化而又在精神方面很丰富的男人做自己的伴侣。（P39）刘巧珍对高加林的爱恋不仅因为高加林的大丈夫气质，她更喜欢他那一身本事。她开始刷牙，协助高加林用漂白水净化井水，尽管这种现代意义上的行为遭到嘲笑，但刘巧珍坚定地迈出了现代步伐。刘巧珍对高加林的爱带有对现代文明的渴望，但高加林对刘巧珍的爱情则暗含了现代文明对传统的挑战。刘巧珍和城市姑娘黄亚萍的根本差异就在于身份和文化，而这种差异正是源于城市文明与知识对人的改造。1980年代的文明与教育并不是每个人的权力，那是一种奢侈品。正是因为这种稀缺性，让乡村的传统风俗在新青年中一点点瓦解，变得一文不值。也正因为这种稀缺性，造成了乡村与城市在思想观念上的巨大差异，使得日后城市留给农民的空间越来越少。

（三）社会阶层上升通道

1. 乡村进入城市的通道

高加林一生曲折，从农村到城市再回农村，经历了几次变化：第一次通过入学，变成了在城里接受先进文化的小孩。然而，之后他又被迫返回了农村。因为“入学”这个上升通道，抛弃了他。“高考”这个上升通道在现在看来，也是被大家普遍认可的、唯一公平的让社会阶层流动起来的方法；第二次通过当民办教师的方式，再一次进入城市。在现在看来，高加林运用了“招工”这一上升渠道，可没想到，那时这一渠道极度不完善，任人唯亲的现象普遍存在。高加林身为贫苦子弟，一无背景二无关系，很快就被顶替了下来，再一次回到农村；第三次因为一身才气，被选到县委担任宣传干事，这次的上升通道变为“提干”。在当时的环境里，“提干”这件事对于高加林来说简直是城市所给予的大展身手的绝佳机会。他积极表现，一方面与城市女孩黄亚萍开始了一段城市恋爱，另一方面将自己的工作搞得风生水起。可没想到，城市还是没能给他落脚之地，最后他被告发返回了农村。

高加林一生三次进入城市，每次的方式都不同。在2006年前，实现户口农转非的途径只有四种：考学、招工、提干、入伍。高加林除了入伍没尝试过，其余都尝试过。其实，当时这四种方式都不稳定，每一种都有被城市抛弃的风险，而且户口的改变未必就是真正阶级的改变。所以，高考和提干这两种方式就有了局限性。其实，农村的机会向来不多，过去的封建社会重视家世、名誉、财富及文化传承，科举考试几乎是他们唯一的出路；现代契约型社会则重视个人能力、公平竞争，个人能力可以帮助人们向上升迁，然而最初资源的差异却已经造就了能力有别。城市给农村的机会少之又少，通过《人生》看透了进城的困难和立足的艰辛，社会阶层的变动困难重重。

2. 城市上升通道的变迁

城市和农村分别对应着城市居民和农民，身份上的不同使得这两个群体在生活和生存上有着鲜明的反差，特别是对想进入城市的农民而言，身份成为他们进入城市的绊脚石。因为在中国社会，农民不仅是一种职业更是一种身份。身份制度的差异造成了城乡景观的不同，不同的城乡景观对应不同的价值观念、风俗文化和生活方式，这种不同最终形成了中国社会最基本的差异：城乡差异。生活在闭塞落后土地上的农民只能通过参军、招工或者高考的途径进入城市，而对于大多数农村青年来说，高考是唯一的途径。高加林是高考落榜的农村青年，从学校回来不得不回到农村劳动，开始的时候还没有完全回归土地，而是在农村学校当上了教师。这种身份是一种精神劳动，是有望进入商品粮世界的途径。但当这种身份被取缔的时候，往往让农村子弟陷入焦虑。这种对农民身份的质疑和挑战，导致他们产生了对土地的惧怕和逃离。身份带给他们的巨大差异，深深刺激着处于矛盾漩涡中的青年人，他们认识到身份是进城道路上的一条无法逾越的横沟。

按照帕累托的精英理论，如果精英群体长期居于社会底层，就会引起社会的失衡，造成秩序的混乱。农民流入城市后，一下子落入了城市社会的底层，使精英群体也流入了底层。为了缓解底层精英对于社会失序的威胁，就要建立起允许精英上升的通道。中国社会自隋代以来的“科举制度”就是实现精英流动的杰出范例。据统计，在科举登第的人员中，来源于较贫穷家庭的人数比例是较高的。又如，对于底层精英，传统中国社会曾采用“招安”的方式来缓和矛盾，使其有进入上层的渠道。

改革开放以前，表面看来，户籍制度阻止了乡村精英地位的上升，但是实际上，当时的底层精英也有上升渠道，即政治的渠道。由于中国社会的主要特征是政治分层，人们的地位上升主要是通过政治地位的上升表现出来的，即通过积极的政治表现和政治努力来求得劳模、积极分子等身份和地位。

改革开放之后，中国从政治分层为主的社会转变为经济分层为主的社会，政治地位的重要性有所下降。今天，农民流入到城市，受到二元劳动力市场的阻碍，地位上升的渠道显得更为闭塞，其主要途径为务工，另一个重要途径为高考。然而随着城乡二元加剧，教育资源分配不公，越来越多的农村孩子选择弃考。过去10多年间，我国高等教育规模不断增大，但农村生源在重点大学所占的比例却逐年下降。底层上升通道受阻，社会阶层固化趋势加剧，贫穷将会代际传递。阶层固化阻碍了农民变市民，这一通道迫切需要改革，而让人欣慰的是，旨在促进教育公平的改革已经开始并正在如火如荼地进行。

美国社会学家帕金认为，任何社会都会建立一套程序或规范体系，使得资源和机会为社会上某些人享有而排斥其他人。这分为两种方式：集体排他和个体排他。我国目前对于城市农民工采取的是集体排他政策，即农民工不具有城市正式户口而被排斥在外。建立规范的城市上升通道，有利于将这种集体排他转换为个体排他。通过劳动力市场的自由竞争，形成分散的身份群体，将会缓解底层精英与主体社会的矛盾。

如今，城市的上升通道更加多元化，出现了创业、八级工资制等新形式。这些新形式都可以让农民工在城市中留下，并创造属于自己的价值，而不是当一个“城市里的农村人”或者“农村里的城市人”。

城市和乡村，是中国现代文明中对立的两极，同时也是中国乡土叙事中对立的两极。城市的进步、文明、富足优于乡村的落后、闭塞、贫穷，对农民来说是吸引、诱惑，农民也表现出对城市强烈的渴望。但是城市的冷酷无情会让人感到孤独、渺小，他们开始留恋乡村的温暖，听从乡村的召唤。处于这样的矛盾和尴尬中，他们的身份也在悄然发生着变化，农民身份不再纯粹，但又不是完全意义上的城里人。“城市里的农村人”或者“农村里的城市人”这种双重身份，使他们无法彻底融入任何一个空间，于是他们拥有了自己的定位——城乡交叉地带上的边缘人。

《人生》中的高加林在制度和道德的双重重压下回到土地，也许回到土地并不是他最后的结局，但是就算日后再进入城市，漂泊感也将是他最主要的精神体验。有知识的农村青年有幸成为中国农村城市文化的先行者，又不幸成为两种文明变换的历史“中间物”。在获得现代文明的过程中，当时的城市没有给他们相应的上升通道，使他们的身份在城市和农村的双重作用下变得模糊不清，这种模糊让他们陷入了精神的迷雾，失去了自我认同。

参考文献

[1] 路遥. 人生 [M]. 北京：北京十月文艺出版社，2012.

[2] 陈其南. 文化的轨迹 [M]. 沈阳：春风文艺出版社，1987.

[3] 郭星华. 漂泊与寻根——流动人口的社会认同研究 [M]. 北京：中国人民大学出版社，2011.

[4] 惠雁冰. 地域书写的困境——从《人生》看路遥创作的精神资源 [J]. 宁夏社会科学，2003（4）：114-116.

[5] 许心宏. 文学地图上的城市与乡村——二十世纪中国小说“城—乡”符号结构研究 [D]. 浙江大学，2010.

[6] 苏奎. 漂泊于都市的不安灵魂——中国现代文学中的“城市外来者”研究 [D]. 东北师范大学，2006.

[7] 郑功成. 中国流动人口的社会保障问题 [J]. 理论视野，2007（6）：8-11.

[8] 苏奎. 中国城市的进化与现代文学的发生 [J]. 社会科学战线，2010（11）：143-146.

十九 凤凰涅槃

——从《平凡的世界》论城乡二元制社会结构

白杨（2013级本科生）

《平凡的世界》是路遥文集中分量最重的一部长篇小说，描写了1975年到1985年10年间中国城乡社会生活的巨大变迁。那是一个从苏醒、徘徊中走向重生的时代，从极“左”中走出的中国社会，在改革开放的政策指引下迅速地恢复生机、蓬勃发展。而在中国社会巨大的变迁背景下，有一些问题不仅没有变，反而得到加强，如中国社会的城乡二元结构。

（一）改革开放前后城乡二元社会人文特征

1. 安于农村的孙少安

改革开放前的中国正处于以农业支撑发展工业的特殊时期，为了完成国家工业化和农业技术改造，需要大量资金，而其中相当大的一部分要靠农业方面的积累，这些积累主要通过统购统销政策、征收农业税以及价格方面压低农产品等“剪刀差”方式来获取。据估算，在1953年至1981年间，通过价格再分配、交纳税金等形式，农民提供给国家的产品价值或者货币积累资金，大约在7000亿元以上，而同时期国家对农业的投资总计仅为800亿元，所以需要农民的超负荷工作来为工业积累资金。小说中的孙少安，一个贫农家的大小子，十三岁便知道要放弃学业，支撑着他那风雨飘摇中破败的家。他用稚嫩的肩膀和父亲一起挑起了大梁，养活着一家老小，并支撑着弟弟和妹妹上学念书。他凭借自己刚毅沉稳的性格和敏捷的头脑成为生产队一队队长，拼命挥洒着自己的汗水，做着超出身体负荷的劳动，默默地坚持。他的信念只有一个：支撑起这个破败但却温暖的家。孙少安早早辍学回家拼命工作，超负荷劳动就是当时我国广大农民的缩影和当时政策对社会的微观影响。

2. 冲向城市的孙少平

少安的弟弟少平，作为家里的一份子，当然也受着贫穷的煎熬。学校里他也是衣不蔽体，食不果腹，支撑着他将书本读下去的依然是这个家的亲情和贫穷中的相濡以沫。尽管在学校里他在物质上不如别人，但是他却为自己搭建起了精神的大厦，畅游在书海里。少平比少安幸福一点的是他有机会挣扎着念完高中。可是，在“文革”这种环境中，他作为贫民的后代又能怎样，兄弟两个人只能苦苦支撑着家。同时，这个可怜的家又给他们的情感世界带来了痛苦，让他们的心切切实实地烙下了深深的疤痕。少安因为自己的贫穷和“卑贱”的地位放弃了身份是“公家教师”、善良、质朴的润叶，岂不知自己的“善良”却将润叶推向另一个苦境。少平也一样，失去了同样智慧而又善良的晓霞和金秀。他们无论在身体上还是在精神上，都备受煎熬。

（二）改革开放前后城乡二元社会制度特征

1. 统购统销

改革开放前城乡二元结构最主要的经济特征是统购统销。1953

年中共中央提出统购统销的政策时，由于农村尚未实行集体化，在几亿个体农户的基础上难以实施和操作。集体化后，国家不再和几亿个体农民发生直接关系，而是和数十万个合作社打交道。这对加快粮食收购进度、简化购销手段、推行统购统销带来了巨大便利。统购统销不仅是国家从农民那里获取工业化积累资金的方式，同时也是城乡分割形成的重要原因。

首先，实行统购后，特别是1957年8月国务院发布《关于国家计划收购（统购）和统一收购的农产品和其他物资不准进入市场的规定》后，关闭了粮食市场。这样，作为计划经济在农村的体现，统购统销用行政措施来排斥市场经济，割断了农民与市场的联系，也由此切断了农民与城市消费的直接商业联系。

其次，由于统购统销是国家制定的固定价格，按计划的要求，将收购额定量分到各地。这就等于发布指令性计划，让农民按计划指标进行种植，不能在土地种植方面实行多方面选择，最后就造成了城市只搞工业、农村只搞农业的城乡隔绝与对立的局面。

最后，统购统销造成国家在粮食和其他副食品的供应方面，对城市和农村采取不一样的政策。由此还形成了全国通用的和各个地方的粮、油、棉布等票证制度。而城镇居民与农村农民享有不一样的待遇，在计划经济时期，区别农民与市民的粮油供应制度和户籍制度共同构成了二元制社会结构的基本内容。

2. 农村集体化

与此同时，全国范围内基本实现了农村合作社的初级化、高级化、集体农庄化，这三个农业集体化的具体体现对二元社会结构产生了重大的影响，并为工业积累资金提供了农村组织上的保障。

农业集体化对我国城乡关系格局产生了长期负面影响，在农业集体化的过程中，城乡之间形成了一种基于行政手段控制的非商品交换关系，即国家通过行政手段从农民手中获取低价农产品。由此，国家对农民的生产行为实行行政性约束，除了建立农业集体组织外，还把农民的生产活动只限定于农业生产，视农民所进行的非农业生产活动为“资本主义倾向”而禁止。

3. 单位制度

农业集体化以后，农业集体生产组织也成了一种对农民起到限制和束缚作用的“单位”。如美国学者塞尔登所说，中国的农业集体化运动从未建立自愿民主的传统。对土地、劳动、收成的控制，从家庭转到国家控制下的集体单位，村民的生命和生计均受到集体化的束缚，干部对此却拥有绝对权力。农业集体化后，农民几乎成为被管制劳动的对象。孙少安所加入的生产队就是农业集体化的产物。

4. 户籍制度

1953年农业集体化制度逐步实施，干部的权力过大导致的过激行为令农民难以忍受，同时加上自然灾害的频发，大多数省份的粮食大量歉收，农民吃饭成了严重的问题，于是许多农民纷纷外流，试图到城市中寻求生存和发展的机会。针对农业集体化后农民大批涌入城市的现象，从1956年底开始，政府接二连三地下达专门文件和指示，防止农村人口盲目流入城市。1957年12月18日中共中央和国务院联合发出《关于农村人口盲目外流的指示》，并成为次年制定《户口登记条例》的基础。1958年的《户口登记条例》颁布实施，是从法律上限制农民迁徙自由的起点。《条例》主要是增加了迁入地和准迁单位的审批程序，虽然为限制迁徙自由提供了法律制度上的依据，但该条例本身的制定并没有立即导致对城乡户口的严格区分和对户口的迁移、转变的严格限制。完全分割城乡的二元户籍制度，是通过后来一系列的政策及政府部门规章的逐步完善而形成的。

小说中孙少安和孙少平俩兄弟因为“泥腿把子与公家人难以逾越的鸿沟”而放弃对各自爱情的追求，他们的爱情悲剧是不可避免的，带有时代的色彩，他们面对的“鸿沟”不仅仅是他们自己无法跨越，也是千千万万农民和城里人所无法逾越的体制的障碍。二元户籍制度就是其中最深的鸿沟、最大的障碍。

（三）城乡二元制社会结构的利与弊

1. 城乡二元制社会结构之利

新中国成立初期，城乡二元体制在利用农业产品支援工业建设、稳定社会秩序上作出了一定贡献，但它所带来的弊病也日益凸显。城乡二元体制对城市实行上学、就业、住房、医疗、养老等一包到底，对农村实行统购统销等一控到底，城乡之间在财产、户籍、粮食供给、教育和医疗、保险和养老等一系列涉及公民基本权利的制度上存在巨大差异，构成了城市和乡村之间巨大的不平等鸿沟，并已经成为当下社会不稳定因素的重要原因之一。千千万万的像孙少平一样的农民工，在城市从事着脏、苦、累、险的工作，为中国城市的发展作出了无法估量的贡献，但是因为他们不是城市户籍，他们便不能平等享受城市人的教育、医疗、养老等社会福利。同时城市公民又不愿意简单地把改革开放所获得的经济成果与进城的农民进行分享。这样的结果是城市里出现了新的二元社会结构，形成了新的对立阶层，而对立阶层的冲突必将引起社会的不稳定。

2. 城乡二元制社会结构之弊

现阶段，我国正处在城市化快速发展时期，中央和各地方政府也在积极推进城市化，但二元社会结构的格局不变、户籍制度不改，将会严重阻碍中国的城市化进程的脚步。如果来到城市的农民，辛勤地工作换来的是收入买不起房、看不起病、他们的孩子得不到良好的教育，在城市化的过程中沦为城市里的低收入阶层和失业人群，那么这样的城市化是失败的，带来的后果将是社会的动荡和不安。改革城乡二元体制背后不平等的政策和社会制度，是解决当下城乡二元制弊病、确保城市化顺利进行的当务之急。保证农民享有和城里人平等的教育、医疗、保险、住房等一系列社会福利制度，才能取消对农民的歧视，提高农民的社会和经济地位，缩小城乡的贫富差距。城市化不应是简单地修建高楼大厦，也不应是片面地达到85%以上的城市化人口。我国的城市化是要实现全体人民的共同富裕，尤其是占总人口50%以上的农村人口的富裕。这样才能从根本上消除社会的不安定因素，构建真正的和谐社会。

参考文献

[1] 金雪花. 我国公民迁徙自由法律制度研究 [J]. 江苏社会科学，2009 (4): 126-131.

[2] 张英红. 户籍制度的历史回溯与改革前瞻 [J]. 宁夏社会科学，2002 (3): 103-107.

[3] 翟晓黎. 论我国现行户籍制度及其法律改革设计 [J]. 江西公安专科学校学报，2007 (5): 68-70.

[4] 郭茜. 论我国户籍制度的改革 [D]. 苏州大学，2009.

[5] 郝斌，刘庆喜. 户籍制度改革——我国二元户籍制度的形成、弊端及其改革原则 [J]. 河北青年管理干部学院学报，2005 (4): 76-79.
[6] 赵文远. 20世纪50年代农民盲目外流与现代户籍制度的形成 [J]. 首都师范大学学报 (社会科学版)，2012 (1): 130-133.

二十 农民之殇

——从《天堂蒜薹之歌》看1980年代中国农村

倪雯（2015级研究生）

莫言于1988年创作的《天堂蒜薹之歌》以个人化记忆的方式叙述了天堂县群体性反抗事件，呈现了20世纪80年代中国农村的另一种现实。这是建立在个人记忆基础之上的对于20世纪80年代中国农村和农民生存现状的个人化书写，使我们不仅仅局限于对1980年代中国农村的符号化记忆和印象[①]。与其说从小说中可以发现乡村管理的具体过程、矛盾和冲突，倒不如说，这是国家发展过程中城乡经济社会发展思路的问题以及引发的一系列后果的反思。

（一）事件考证

1. 事件原型

《天堂蒜薹之歌》所依据的原型事件应为1987年发生在山东省临沂苍山县的“蒜苔事件”，又称“5·27事件”。据中华书局《苍山县志》记载：“5月27日。‘蒜苔事件’。全县种植大蒜6200万公斤，一度严重滞销，蒜农强烈不满。27日县城下庄大集，挤满卖蒜苔的各种车辆，收购点已停止收购。三合乡一蒜农将1车蒜苔拉进县政府院

① 张文诺．20世纪80年代中国农村的个人化书写——再读莫言的长篇小说《天堂蒜薹之歌》[J]．延安大学学报（社会科学版），2015（4）：71-77.

内，到处抛撒，引起群众围观，多达千人。极少数不法分子从中煽动群众冲进办公楼，将一楼4个单位的门窗玻璃全部砸碎，抢走档案资料、办公用具、印章等，直接经济损失6万多元。与此同时，神山镇的青竹、和庄一带过路汽车10多辆被砸，有的司机、干部被打。事件发生后，省地派工作组赴苍山调查处理。认为这件事主要是由于县委、县政府主要负责人思想上、作风上严重官僚主义和失职造成的。据此，中共临沂地委决定：撤销对'蒜苔事件'负有主要责任的李常存苍山县委副书记职务，并建议撤销其县长职务；县委书记杨国胜停职检查，视检查情况另行处理。对借机煽动打砸抢的少数违法分子，苍山县司法部门进行了收审，经审查逮捕9人，对29人分别作罚款、赔偿、教育释放处理。”[①]据采访报道，莫言受一则报道了“蒜薹事件”的地方报纸的启发，促使他放下正在创作着的家族小说，潜伏苍山10天，用了35天创作出这部长篇力作。同时据时间线索亦可推断出，小说的内容时间为1986年夏—1987年夏，成书时间为1988年。

2. 文学形式

小说通过四婶和高羊的回忆写出了天堂县农民卖蒜薹的艰难与心酸，天堂县政府鼓励农民种植蒜薹，天堂县农民把一年的希望都寄托在蒜薹之上，希望卖掉蒜薹改善自己的生活。为了尽早卖蒜薹，全县农民不得不一次次起早摸黑去县城。当高羊披星戴月赶着驴车走到半道时，四叔早已经走在他的前面了，在他们身后，蜿蜒着一条由马车、驴车、牛车、人拉的排子车、手推车、拖拉机、汽车组

① 苍山县志编纂委员会. 苍山县志. 北京：中华书局，1998：56.

成的车马长蛇，四面八方的蒜薹涌向县城。向东的路、向西的路都是一片黑压压的车，半上午的时候，他们距离冷库还有三里远的距离。蒜薹还没有卖，就要交纳交通管理费、工商交易税、环境保护费、卫生费等各种名目的费用以及罚款。到了傍晚，他们挨到了蒜薹收购点，四叔和高羊很是欣慰也有点局促不安，果然，他们心里的不安成了现实，冷库已满不再收了，他们只好拉着一年的收成往回走。当四叔不得不拖着沉重的步子往回赶时，被王安书记的小轿车撞死。四婶去乡政府要求赔偿竟被工作人员的几句话应付过去。金菊因为反抗强加于她的换亲竟然付出了生命的代价。农民在政府的号召下大量种植大蒜，导致蒜薹滞销、烂掉，还不能卖给外县的商贩，农民开始到县政府门前讨要说法。由于政府人员处置不当，愤怒的农民冲进县政府办公室，砸坏了办公设备，闹事的农民高马、高羊、四婶、郑老汉等被法院判以重刑。在监狱里，犯人受到了残酷的虐待，狱警凶神恶煞、草菅人命，根本就不管犯人死活。

3. 文学线索

在小说中，莫言塑造了出身地主家庭的高羊、年轻复员军人高马、忠于自己感情的金菊和金菊的父母与兄弟等性格饱满的人物。小说的主要故事线索有两条：一是天堂县农民因为蒜薹而冲击县政府，有勇气的个别农民不断与强权抗争的故事；二是血气方刚的高马与感情执着的金菊的爱情故事。围绕这两条故事线索，呈现了农民的无奈与反抗，以及因此而导致的各种悲壮和悲剧。

故事采取虚实结合的手法，并不完全紧贴“蒜薹事件”走，其中主要的主人公是莫言虚构的，并没有真实人物原型，但是书中农民反抗的县长、县委书记是真实存在的。“告诉您一个最新消息，在蒜薹事件中犯有严重错误的原天堂县委书记纪南城同志和原县委副书记、县长仲为民同志，认真学习党的路线、方针、政策，深刻检查思想，认识了错误，并决心在今后的工作中改正错误，弥补过失，苍山市委、市政府经研究并报请省委、省政府：拟任命纪南城同志为岳城县委副书记兼岳城县县长；拟任命仲为民同志为三河县委副书记兼三河县副县长。此系小道消息，不要张扬。”（P375）纪南城即苍山县县委书记杨国胜，仲为民即当时苍山县长、县委副书记李常存。

在事件细节与具体处理上，1987年7月19日，当时的《人民日报》都有详细报道和记载：“新华社济南7月18日电（记者尹建华）：山东省苍山县‘蒜薹事件’中犯有严重官僚主义的县长、县委书记李常存最近受到撤职处分，县委书记杨国胜停职检查，等待最后处理。苍山县生产优质蒜苔，今年又是大丰收。但是县委、县政府没有做好购销工作，造成1000多万公斤蒜苔短期内滞销，价格猛跌，引起群众强烈不满。5月27日冲进县府大院，找县长解决蒜苔销路问题。这件事被人们称为‘蒜苔事件’”[①]；7月24日在人民日报二版刊出新华社统稿，“据新华社济南7月23日电（记者尹建华）中共山东省委、省人民政府严肃处分了苍山‘蒜薹（原先误为苔）事件’中犯有严重官僚主义的县委、县政府负责人以后，日前责成苍山县有关业务部门认真检查在蒜薹事件中暴露的只顾部门利益，不管农民利益，乱收费、滥罚款等严重的行业不正之风，总结教训，端正业务指导思想，更好地为发展农村商品经济服务。”“一些部门、单位乱收费的名目很多，什么磅

① 山东通报处理苍山"蒜苔事件"责任者：犯有严重官僚主义错误的县长李常存被撤职，县委书记杨国胜停职检查［N］. 人民日报，1987-07-19（1）。

秤费、地摊费、跑腿费、手续费、交易费等，五花八门，挫伤了经营者的积极性。下庄供销社在自己院子里和设在小岭乡的门市部场地内收购蒜薹，按规定不应收管理费，但工商部门却分别收取了1700元和1000元的工商管理费。这还不算，实际收到4元，有时出来鉴定磅秤，每台加收6元的跑腿费。据不完全统计，5月20日至26日，县计量所共收费7800多元，罚款、没收款6800元。”①

8月6日在人民日报四版登出振道，“新华社济南8月4日电（记者尹建华）山东省苍山县人民法院与8月3日对在蒜薹事件中搞打砸抢的8名犯罪分子依法进行了判决。8名罪犯分别被判处1年至5年有期徒刑。今年5月27日，苍山县千余农民因蒜薹卖不出去，涌进县政府找县长要求解决蒜薹销路，极少数不法分子趁机搞打砸抢，几十间办公室被砸，一批财物、文件被抢。在这次事件中犯有严重官僚主义错误的县长、县委书记已分别被撤销职务和停职检查，趁机搞打砸抢的犯罪分子也依法收到了惩处。中共山东省委和省人民政府指出，打着反对官僚主义的旗号搞无政府主义的行为，是不能容许的。”②

（二）空间定位

小说提到的地点包括：“天堂县”、“苍马县”，根据农作物种类与地理方位可以推测，“天堂县”即为山东省临沂市苍山县（今兰陵县，图20-1），号称“山东第一县”。“爬上河堤，进入了苍马县境，

① 山东省委、省政府责成苍山县有关业务部门检查蒜薹事件中的严重不正之风［N］. 人民日报，1987-07-24（2）.

② 依法处理苍山蒜薹事件八名打砸抢罪犯被判刑［N］. 人民日报，1987-08-06（4）.

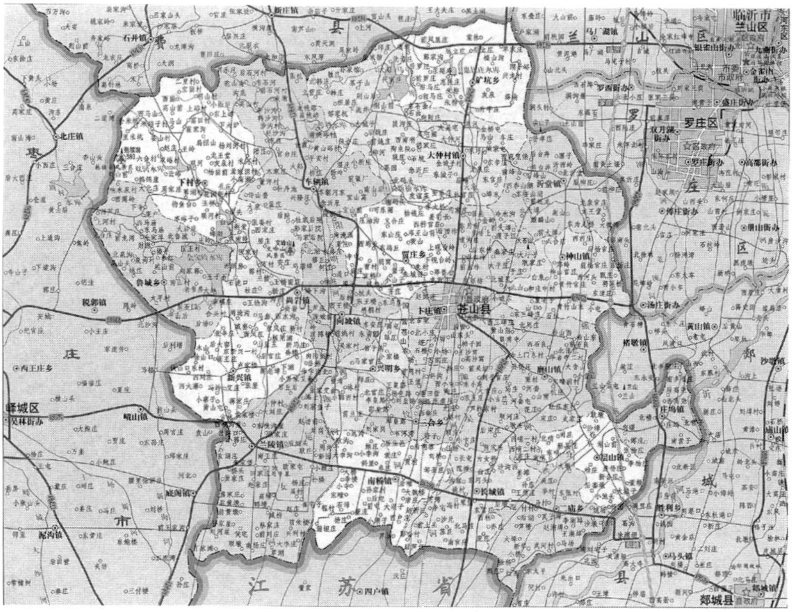

图20-1 苍山县地图
图片来源：临沂地图库.

这是一片巨大的洼地，全部种植着粗大的黄麻，黄麻晚熟，此时还是苍翠郁青，生机蓬勃。”（P80）位于苍马县东南方的隔壁县是盛产黄麻的郯城县。“这是条两县交界处的小河，河南是苍马县，河北是天堂县。河名顺溪。”（P80）据地图显示，顺溪应为沂河或其支流。可以看出，山东农村县境分界线常常以自然景观作为分界，如河流、山川等，如图20-2所示。

（三）事件解读

1. 国家发展思路

1953～1978年我国城乡关系由开放交流走向封闭隔离，特别是

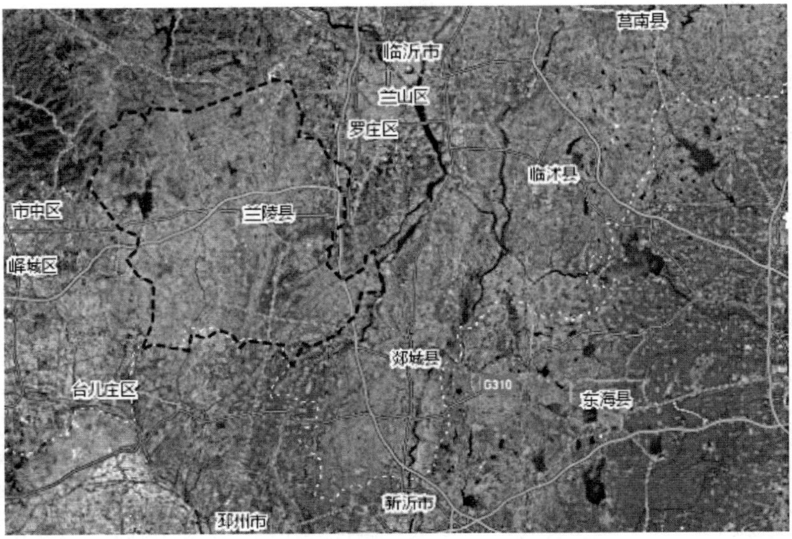

图20-2　兰陵县卫星图
图片来源：百度地图.

1958年以后逐渐形成的以统购统销、二元户籍、人民公社、城镇社会福利保障等制度为主要内容的城乡二元体制，把城市和乡村割裂为两个相对独立的单元，实行“以农补工，以乡养城”，致使城乡差别显著扩大，城乡二元结构进一步固化。第二代中共中央领导集体及时总结改革开放前处理城乡关系的经验教训和广大人民群众在城乡建设中的生动实践，开启了1978年以后中国特色社会主义城乡关系理论和中国特色社会主义城乡关系建设道路创新的新进程，形成了以“在改革中实现城乡互动”为核心的城乡关系理论。

改革开放开启以来，以邓小平为核心的党中央领导集体多次强调，要以农业为基础，为农业服务，始终抓紧粮食生产，把农业的基础地位提升到了前所未有的高度。鉴于农业的根本地位，邓小平认为应从两个方面着手发展：一靠政策，政策一方面是调动农民的积极性，使农民能够积极发展农业生产，多搞点粮食，把经济作物恢复起来，另一方面是工业支援农业；二靠科学，要适应科学种田和生产社会化的需要，发展适度规模经营和集体经济，实现农业的飞跃。[①]工农业互相支援是城乡互动的核心。

2. 乡镇企业认识

乡镇企业的兴起与发展是农民整合农村各要素，发展农村经济的又一次伟大创举。乡镇企业助推农业生产率的提高和农业经济的发展，主要遵循以下重要的逻辑依据：一是它可以就地吸收大量农业剩余劳动力，党和国家领导人曾高兴地谈到，乡镇企业容纳了农村剩余劳动力的百分之五十，农民“离土不离乡”就可以向非农产业转移，有利于农业劳动生产率的提高和农民收入的增加；二是它可以以农产品为原料进行加工，从而拓宽了农产品的市场渠道，也有利于提高农业附加值，提高农业发展质量；三是它生产的一些工业品主要是为农业和农村服务的，有利于改善农业生产条件和提高农村生活水平；四是它的部分利润和农民在乡镇企业中获得的部分收入，可以用于增加农业投资，缓解农业发展资金匮乏的状况。因此，就这一点而言，乡镇企业是工业支援农业的重要形式。

就乡镇企业推动农业现代化而言：一是它可以通过提供技术支持，提高农业的科技含量、农业的机械化水平和农民的科技文化素质；二是它提供的产品和服务，有利于增强农业的抗灾能力，降低农业生产的经营成本和风险；三是它有利于农产品实现科工贸一条龙、产供销一体化，从而提高农业的专业化、产业化、组织化和社

① 邓小平文选（第三卷）[M]. 北京：人民出版社，1993：355.

会化水平，提升农产品的市场竞争力和农业经济效益。基于此，乡镇企业为城乡之间架起一座桥梁，成为实现城乡互动的重要载体。

通过实施以打破城乡隔阂、实现城乡互动为目标的体制改革，党的城乡关系政策实践改变了农村基本经营制度、人民公社制度、商品流通和价格制度，松动了对劳动力流动和农民落户城镇的限制，使城乡之间的互动活跃起来。工农业生产的快速发展、城乡居民收入水平的迅速提高、乡镇企业的起飞和小城镇的勃兴成为城镇带动乡村的重要动力，是十年改革促进城乡互动、拉进城乡空间距离、缩小城乡差别的主要成效，也是对中国化马克思主义城乡关系理论经验的进一步丰富和积累。但改革中存在着国家投资结构上的不合理、工农业产品价格剪刀差扩大、“排农”的城市社会福利保障制度未加触动等问题，不利于城乡差别的缩小和城乡协调发展。

3. 乡村发展引导

在中央的城乡建设思路指导下，农村开始了经济体制改革的伟大进程。农村经济体制改革激活了农民的积极性，农村连年丰收，短短几年就基本解决了农村温饱问题。可是，到了1980年代中后期，随着经济体制改革释放活力的挖尽，农民的温饱问题解决了，但农民的富裕问题仍很难解决。在农村，基层政府开始调整农村产业结构，引导农民致富，希望促使农村生产再上一个新台阶，由于当时没有多少企业来容纳农民就业，农村基层政府开始发展大棚种蔬菜、种棉花、栽果树等经济作物。然而，由于他们没有考察市场便盲目推行，导致了“谷贱伤农”的后果，再加上某些干部的腐败以及工作作风问题，管理理念上的工具主义和功利主义，片面追求部门利益，侵犯农民的利益，管理过程中没有法律规定和制度约束，不懂法、不守法，于是引发冲突。应该说，基层政府引导农民致富无可厚非，很多地方也不乏成功的范例，关键是他们没有预见到实施后的问题，也没有做好后续的服务，惠农事件反而成了伤农事件。基于此，改革是消除城乡互动体制障碍的根本途径，教育是消除阶层固化、改变思想封建，促进农村真正向上流动的唯一手段。农村稳定是整个国家和社会稳定的基础，因此要坚持深化农村经济体制改革，重视农村教育，为城乡互动创造前提，解决城乡二元制度性障碍。

参考文献

[1] 曾万明. 我国统筹城乡经济发展的理论与实践［D］. 西南财经大学，2011.

[2] 江小容. 改革开放以来农村经济发展历程研究［D］. 西北农林科技大学，2012.

[3] 彭晓伟. 中国共产党的城乡关系理论与实践［D］. 西南交通大学，2012.

[4] 葛福东. 改革开放以来中国共产党农村社会建设理论与实践研究［D］. 吉林大学，2010.

[5] 王西强，张笛声. 叙事语境转换中的现实关怀言说——从《红高粱家族》到《天堂蒜薹之歌》［J］. 陕西教育学院学报，2005（1）：54-57.

[6] 于子月. 在历史叙事中彰显生命意识——试论《红高粱》与《天堂蒜薹之歌》中的人性描写［J］. 长春师范大学学报，2014（7）：65-66.

[7] 韩辉. 叙事学视域内的《天堂蒜薹之歌》葛浩文译本阐释［J］. 中国石油大学学报（社会科学版），2014（4）：87-91.

[8] 张学军.《天堂蒜薹之歌》的叙事结构［J］. 山东师范大学学报（人文社会科学版），2014（3）：20-25+2.

[9] 莫言. 天堂蒜薹之歌［M］. 北京：作家出版社，2012.

[10] 张文诺. 20世纪80年代中国农村的个人化书写——再读莫言的长篇小说《天堂蒜薹之歌》[J]. 延安大学学报（社会科学版），2015（4）：71-77.

[11] 张文诺. 论莫言对20世纪80年代中国农村的解构与再构[J]. 大理学院学报，2015（9）：22-27.

[12] 杜迈可，季进，王娟娟. 论《天堂蒜薹之歌》[J]. 当代作家评论，2006（6）：55-61.

[13] 刘姝. 非长歌何以聘其情？——莫言小说《天堂蒜薹之歌》中歌谣的叙事功能[J]. 柳州师专学报，2013（5）：31-34.

[14] 王若拙.《天堂蒜薹之歌》的人物悲剧性[J]. 鸭绿江（下半月版），2014（7）：3-4.

[15] 王子潇. 底层的无助与冷痛——读《天堂蒜薹之歌》[J]. 神州，2013（6）：5-6.

[16] 侯令琳. 论《天堂蒜薹之歌》的叙事技巧[J]. 文学教育（下），2016（1）：21.

[17] 张秉正. 关注人生 关注人性——重读莫言《天堂蒜薹之歌》[J]. 新闻出版交流，2002（4）：20.

二十一 再无忠实
——从《白鹿原》看教育的影响

刘舸（2013本科生）

一个村的兴衰演替、几代人的恩怨纷争；血泪革命史，芸芸众生相……一部白鹿原，道出了陕西关中地区白鹿原上白鹿村从清朝末年到二十世纪四五十年代长达半个多世纪的历史变化，是一部沉重的农村生活影记。

（一）教育背景与发展路径

《白鹿原》中的人物有着鲜明的性格和不同的成长轨迹，因此在革命发生和到来时，也表现出了不同的应对方式。

1. 教育背景

白鹿村的老一辈人或多或少都深受儒家文化的影响：最深刻如朱先生，是一代鸿儒；浅显似鹿三，也恪守仁义礼信；而白嘉轩和鹿子霖，则是几年私塾教育的产物。随着时代发展，白鹿村的子辈们接受了更多的教育（表21-1）：白嘉轩在村祠堂办的学堂，为村上所有的孩子敞开大门，白鹿两家兄弟连同黑娃一起在这里接受了儒家教育，也是最初的思想启蒙。接着，黑娃辍学，白鹿兄弟们进入朱先生的学堂进一步深造。之后，白家的孩子回家种地，而鹿家两个人进城念新书，这也是他们人生轨迹的分岔路口。至于年幼一点的白灵，则走了和鹿氏兄弟一样的道路。

小说中人物的受教育情况　　表21-1

	黑娃	白孝文	白孝武	白灵	鹿兆鹏	鹿兆海
村里学堂（小学）	√	√	√	√	√	√
白鹿书院（初中）		√	√		√	√
进城念新书（高中）				√	√	√

2. 发展路径

通过教育历程的梳理，可以把书中人物重新进行分类：①鹿三、黑娃和田小娥，属于文化程度最低的，文盲或半文盲；②白嘉轩、鹿子霖、白家二兄弟和朱先生，属于深受儒家思想影响的一批；③鹿家兄弟和白灵，则是新式教育下成长起来的一代。对于革命的应对态度，也可以由此分为三种：

（1）盲目的追随者

鹿三是典型的忠厚老实的农民，在革命浪潮第一次冲击到白鹿村时，鹿三的感觉是：我的粮食要多上缴一份。所以他跟着自己的主人去抗议，在白嘉轩被“软禁”不能出门的时候，代替主人出头，却阴差阳错完成了自己人生历程中的一次壮举。他扛着一架没有安装铁铧的犁杖，走出白鹿村就拥入从各个村子涌出的庄稼人当中……鹿三听了大叫一声：“白鹿村鹿三算一个！”话音未落，他立即被身旁的人抬了起来，鹿三站在陌生人的肩膀上，高高地俯视着乌压压的一片黑脑袋，忽然觉得自己不是鹿三而是白嘉轩了，直到死亡，鹿三都没有想透，怎么会产生那样奇怪那样荒唐的感觉。（P94）

黑娃的一生深受鹿兆鹏的影响，从参加农讲所到成立农协，从当土匪被招安到带领国民党保安团投诚，黑娃一直在兆鹏的引导下，走着自己的人生路。没有兆鹏，黑娃就是一个典型的农民，一辈子面朝黄土背朝天，无论如何都不会卷入革命。然而正是因为他对有学问的鹿兆鹏有一种盲目的崇拜，再加上自己眼界有限对事情没有独立的判断，才会被兆鹏鼓动投身到革命中。在小说后半部分，黑娃经历了一些事情后想要开始读书，于是拜到朱先生门下做了关门弟子，这一段的学习让他思想境界有了很大提升，最终在投诚一事上和兆鹏达到了前所未有的默契。黑娃深深地受了感染，对兆鹏的真诚信赖更为感佩："你叫我来就为说这话吗？早知这样我早就来了……你日后有啥事只要兄弟能帮得上忙，尽管说好咧。"随之把物色他去参加"农讲所"的事说了。黑娃听了不感兴趣："噢呀，我这回可不想跟你跑了。"……"这样吧，你先去参加一回。你觉得有意思你回来咱俩继续共事，你觉得没意思你就过你的小日月。"……黑娃迟迟疑疑算是答应了。（P158）

至于田小娥，她唯一一次与革命有交集，是跟着黑娃办农协时，做了一次妇女主任。这三个人的共性在于，他们本身对于革命是懵懵懂懂的，没有自己独立思考和判断的能力，缺乏对时事把握的敏感性，容易被人说动或是盲目跟风。

（2）乱世中求安定

儒家向来追求稳定，懂一点道理，却容易囿于其中。而跳脱其中的办法，就是不断学习，拓宽视野。

如白嘉轩初遇革命时，尝试过参与，他是交农事件的发起人，最终却没有成功。从此他意识到，不与外面的纷争发生联系，才是最好的明哲保身。所以他，连同自家的儿子，全部选择了在革命中默不作声，躲避风头，一心务农。白嘉轩告诫说：“从今日起，再不要说人家到哪儿念书干什么事的话了。各家有各家的活法。咱家有咱家的活法儿。咱只管按咱的活法儿做咱要做的事，不要看也不要说这家怎个样那家咋个样的话。”（P134）孝文走进轧花房，神色慌乱地说：“校长领着先生学生满街上刷写大字。满墙上都是‘一切权力归农协’。‘农协’是弄啥哩？”白嘉轩继续往机口里扔着棉花团儿头也不转地说：“这跟咱屁不相干嘛！你该操心自己要办的事。”（P184）

鹿子霖选择了另外一种自我保护的方式——顺从。他巴结每一个上位者，几次跌倒几次都要站起来为自己谋一官半职，因为在他的认知里，有权利有地位，才能保护自己和家人的安全，才可以与白家抗衡。他在白鹿村和白嘉轩搭手修造祠堂，创立学堂，修补堡子围墙，结果却只是增加了族长白嘉轩的功德；现在他将第一次出面独立行事，就决心要办出个样子来。在白鹿村，他的财富可以累加，却与族长的位置无缘；现在，他是保障所的乡约，下辖包括白鹿村在内的十个村庄，起码不在白嘉轩之下了吧？（P88）

朱先生属于生于儒家又脱胎于此，他一方面尽力躲避与乱世的官场发生联系，一方面又在涉及民众利益时出头干涉。朱先生的学问不止于儒学，他每天都在学习，不仅是诵读经典，连全国之事也了然于胸，因此，他能精准地把握甚至预测时事的发展，也会投笔从戎，展现他充满血性的一面。朱先生是被神化的一个角色，从只身劝退十二万清军，保全百姓；到天下大变时镇定地拟乡约、安民心；为了拒绝做官自己找了编撰县志的苦差事；唯一一次替官府做事是饥馑之年主持发救济粮——也是为了百姓；最后在得知自己得意门生牺牲之后，愤慨之下要和几位先生一起去从军抗日。朱先生常讲，晨诵晨读可以明心智，作为一代大家，他至死都在读书做学问。

白嘉轩就提出诸多疑问："没有了皇帝的日子怎么过？皇粮还纳不纳？是不是还按清家测定的'天时地利人和'六个等级纳粮，剪了辫子的男人成什么样子？长着两只大肥脚片的女人还不恶心人？"朱先生不置可否地听着妻弟发牢骚，从抽屉里取出一份抄写工整的文章，交给嘉轩："发为身外之物，剪了倒省得天天耗时费事去梳理。女人的脚生来原为行路，放开了更利于行动，算得好事。唯有今后的日子怎样过才是最大最难的事。我这几天草拟了一个过日子的章法，你看可行不可行？"白嘉轩接过一看，是姐夫一笔不苟楷书的《乡约》。（P84）

鹿兆鹏默默地坐下来，"我要走了。"师母说："你能走得动？"朱先生没有说话，用筷子搅着碗里的黑豆惨儿。兆鹏做出一副轻松玩笑的样子问："先生，请你算一卦，顶卜一下国共两党将来的结局如何？"朱先生莞尔一笑："卖荞面的和卖合络的谁能赢谁呢？二者源出一物嗒！"兆鹏想申述一下，朱先生却竟自说下去："我观'三民主义'和'共产主义'大同小异，一家主张'天下为公'，一家昌扬'天下为共'，既然两家都以救国扶民为宗旨，合起来不就是'天下为公共'吗，合不到一块反倒弄得自相戕杀？公字和共字之争不过是想独立字典，卖荞面和卖合络的争斗也无非是为独占集市！既如此，我就不在注重'结局'了……"鹿兆鹏忍不住痛心疾首："是他们破坏国共合作……"朱先生说："不过'公婆之争'，……"朱先生说："冷先生本人留给你的一句纯系家事：给女人个娃娃。给个娃，他女子在你屋就能活下去，他自己在白鹿镇也能撑一张人脸……”鹿兆鹏软软地坐下去，双手抱住脑袋：“天哪！倒不如让田福贤杀了我痛快！”朱先生说：“怎么又变得如此心窄量小了？”鹿兆鹏猛然站起来：“我能豁出命，可背不起他们救命的债……先生。我走了，你老有话给我吗？”朱先生淡然一笑：“我嘛只期盼着落一场透雨……”（P332）

（3）革命的带头人

鹿兆鹏、白灵和鹿兆海，分别参加了共产党和国民党。且不论两派后来的纷争，至少在民族危亡面前，三个人都属于愿意捐躯赴国难的。他们接受了新式的教育，有了新的是非观，所以在革命发生时，他们看到了变革的好处，走在改革的前列，成为革命的带头人。

通过整理书中主要人物对待革命时的反应，可以得出这样一个结论：一个人的教育水平决定了他的眼界，也影响着他面对改变时的态度（图21-1）。

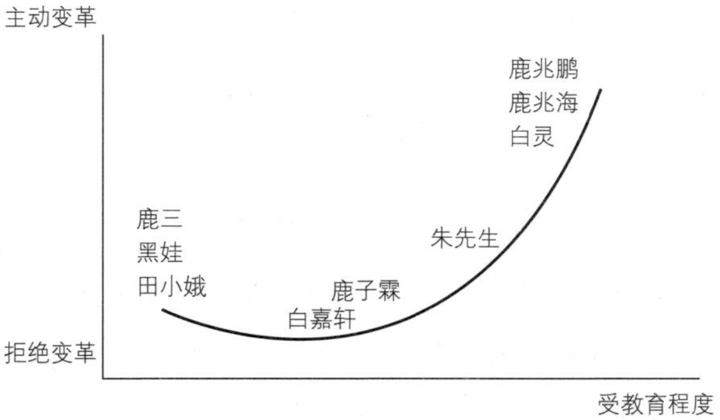

图21-1　主要人物教育水平与行为的相关关系示意图
图片来源：作者绘制.

（二）当代中国乡村教育意义

1. 当代乡村教育现状

（1）基本问题

经过几十年义务教育的普及，当代农村教育现状依然不容乐观。以农村小学教务为例，主要存在以下问题：

①家庭教育水平低下。体现在教育价值观不端正、教育方式不科学、家庭学习环境不容乐观。由于大部分农村家长受教育程度水平比较低，且多数家长的职业没有规律性，大部分外出打工，对于教育的看法形成两种极端：一种为“读书无用型”，家长并没有从长远的角度出发，认为打工也是一条不错的致富道路，于是会唆使孩子早点放弃学业外出打工；另外一种为“望子成龙型”，家长希望孩子能通过教育改变命运，“好成绩代表一切”的观念不仅给孩子造成很大的压力，也阻碍了学校新课改的深入推进。由于家庭环境的因素，一些孩子过早地背负上家务的重担，使学生在课外抽出时间学习的机会比较少。另外，农村家庭的教育设施差，绝大部分的家庭根本没有报刊和藏书。这些因素使得农村的学生没有良好的阅读习惯，同时自身的课外知识极度匮乏。更令人担忧的是，在留守儿童家庭中，由于缺乏父母的关爱，他们不仅没有良好的学习环境，连对家庭温暖的基本需求也无法得到满足。

②师资力量薄弱。受地区经济发展的影响，农村的工作环境比较艰苦，导致城乡与农村之间的教师待遇有着很大的差距。农村教师一直都处于供不应求的状态，许多老师身兼数职，每天上课的工作量巨大，容易影响上课质量。另外，农村教师的收入偏低，付出

与收入之间严重失衡。多种因素造成了本地教师不安心、外地教师不愿来、学习深造机会少、教师知识老化等现象。

③教育投入不足。教育投入向高等教育倾斜带来了义务教育增长的缓慢。义务教育经费投入又向城市倾斜，造成了农村义务教育投入增长难以满足其自身发展需要。更严重的是，对农村教育的投入由于经历的程序比较复杂，在经过层层盘剥之后，真正能投入到农村教育中得到实际使用的资金更是少之又少。虽然国家对农村教育的投入越来越重视，但是从教育所需经费和教育投资规模来看，农村教育的质量还是难以得到保障的。尤其是一些西部地区财政收入水平比较低，可投入的金额更少。教育经费的不足使很多学校无法购置新的教学设施，仍使用破旧简陋的旧设施，大部分农村学校不能应用现代教学技术，学生自然也无法全面接收到现代化信息。

（2）发展思路

近日，国务院印发了《关于统筹推进城乡义务教育一体化改革发展的若干意见》。国务院新闻办公室召开新闻发布会，教育部副部长刘利民对该文件的实施背景和重要内容作了进一步阐释：①在许多地方，城乡二元社会结构矛盾依然突出，乡村优质教育资源紧缺，教育质量亟待提高。城镇教育资源配置不适应新型城镇化发展，大班额问题严重；②中央和地方财政将投入5000亿元，改造农村薄弱学校。虽然农村义务教育普及的推进一直是各方专家和各级政府重视的问题，“家门口上小学”也在很多村得到了落实，可是仍然还有很多地方难以获得足够的教育资源，教育的城乡差距依然存在且不容忽视，由于距离遥远而辍学的现象在中国农村依旧十分常见。

2. **教育之于个体意义**

教育于个体的意义是双重的：①教育是人生活的基本需求之一，获得教育是一个人脱离贫困的基本能力之一。尤其在农村地区，只有个体接受了与城市同等的教育，他才可能具备可以与城市群体竞争的能力；②教育能够促使农民政治意识的觉醒，提高农民维权的能力和效率。目前，农民还是一个相对分散的团体，缺乏组织性，在权力资源配置中处于不利的地位，在现代政治生活中的利益表达渠道不畅，维权的能力和效率不高，无法争得其应有的生活机会。这一切与农民素质整体不高有密切的联系，正如列宁曾指出："文盲是处在政治之外的"[①]。

3. **教育之于乡村意义**

教育不仅能够改变和决定一个人未来的命运，也能够改变和决定一个国家未来的发展。我国正处在从传统农业向现代农业转变的阶段，具有一定知识含量的技术性劳动将逐步取代手工劳动，其转变的快慢成功与否直接取决于农民素质的高低。提高农民素质，关键在教育。邓小平指出："我们国家，国力的强弱，经济发展后劲的大小，越来越取决于劳动者的素质，取决于知识分子的数和质量。一个十亿人口的大国，教育搞上去了，人力资源的巨大优势是任何国家都比不了的。"[②]

当今的社会虽然不会再有大的革命，可是城乡尤其是乡村的改革却风头正盛，如农业人口的市民化、农村住房改造等。如何让农民自愿离开守了几辈子的土地，改变长久的生活方式，是推进农村

① 列宁全集（第42卷）[M]. 北京：人民出版社，1987：200.
② 邓小平文选（第三卷）[M]. 北京：人民出版社，1993：120.

改革的关键，除了相应的政策到位之外，农民想法的转变也十分重要。如果能够提高农村居民整体的教育水平，那么他们会不会有更多自己的思考和理解，能在村庄改造中发出自己的声音，减少盲从式的群体性事件发生呢？

在农村普及基础教育，提高农村子女接受高等教育的比例，是一个农村地区改变的重要条件。推进教育公平，不仅可造福于人，也关系到乡村发展，更影响着整个中国的未来。

（三）乡村教育发展建议

1. 教育设施完善

教育部《关于规范农村义务教育学校布局调整的意见》中提出，农村义务教育学校布局要保障学生就近上学的需要：①农村小学1至3年级学生原则上不寄宿，就近走读上学；小学高年级学生以走读为主，确有需要的可以寄宿；②初中学生根据实际可以走读或寄宿。原则上每个乡镇应至少设置1所初中，3万人口以上的乡镇可设置2所初中；③人口相对集中的村寨，要设置村小学或教学点；人口稀少、地处偏远、交通不便的地方，应保留或设置教学点；④各地要根据实际条件合理确定学校覆盖范围，一般应使学生每天上学单程步行时间不超过40分钟；具备公共交通或校车服务条件的，学生每天上学单程乘车时间应不超过40分钟；⑤增加农村教育的教师资源配给，提高教师队伍素质。培养能承担多门学科教学任务的小学教师和“一专多能”的初中教师。要给予农村教师足够的政策优惠和倾斜，如农村学校教师职称晋升比例应不低于当地城区学校教师，落实对在连片特困地区的乡、村学校和教学点工作的教师给予生活补助的政策，推进农村教师周转宿舍建设，努力改善农村教师生活条件等。只有硬件配套设施跟得上，教师队伍足够完备，农村的教育现状才有更进一步的改善。

2. 软件配套

在农村教育体系的建设方面，《意见》要求建立不同于城市教育的、有乡村特色的教育体系，即农村教育服务于农村社会全体成员，农村教育发展的质量也要根据能否满足农村社会成员所有的教育需求来衡量。而现实中，农村学校教育只为一部分学生提供一定阶段的教育服务，虽然这种教育服务还包括了“免费九年义务教育”，但因其没有遵循全体学生身心发展特征和个性需求，使得农村学校教育服务具有强迫性。因此，建立健全面向全体农村社会成员的差异性的教育方案和教育服务体系是十分必要的：

①制订递升型教育实施方案。人的发展是终其一生的，人生不应被“实体化的目标”所压缩、分割，而应是从出生到死亡的分阶段连续的递升过程。换言之，农村教育不应单纯为了升学或经济功能而忽略了人的发展在不同阶段的任务与矛盾；

②建构终身教育服务体系。农村社会成员不可能都接受相同类型或层次的教育，因此，从各级学校教育分流出来的学生还应有机会接受继续教育，而且，这种继续教育应当能够满足他们自己的兴趣和需求。可以说，农村教育只有建构起为所有农村社会成员的终身教育服务体系，才能使他们得到持续的发展并积极为社会发展贡献力量。

小说中的朱先生曾经说过一句话：“兴办学堂才是大善事，功德无量的大善事。”可见，有识之士很早就意识到了教育的重要性，随着社会的进步，越来越多的人也明白了教育的意义，因此农村教育落后症结的关键其实在于农村教育设施的缺乏。或许在白鹿原上，影响众人面对革命的态度，除了受教育水平的差异之外，还有人生经历、成长环境等因素，但是不可否认教育在其中起到的基础性作用。白鹿村的后人已然接受了比父辈们更好的洗礼，那我们有什么理由不让往后的每一代都能受到更好的优质教育呢？

参考文献

[1] 列宁全集（第42卷）[M]. 北京：人民出版社，1987：200.
[2] 邓小平文选（第三卷）[M]. 北京：人民出版社，1993：120.

二十二 格桑花下

——从《尘埃落定》看藏区土司制度

卢玫诗（2013级本科生）

《尘埃落定》是20世纪末中国文坛一部具有重要意义的优秀作品。2000年，《尘埃落定》获第五届“茅盾文学奖”，评奖委员会委托北京大学严家炎教授起草的颁奖辞说:《尘埃落定》借麦其土司家“傻瓜”儿子的独特视角，兼用写实与象征表意的手法，轻巧而富有魅力地写出了藏族的一支——康巴人在土司制度下延续了多代的沉重生活。作者以对人性的深入开掘，揭示出各土司集团间、土司家族内部、土司与受他统治的人民以及土司与国民党军阀间错综的矛盾和争斗。并从对各类人物命运的关注中，呈现了土司制度走向衰亡的必然性，肯定了人的尊严。小说具有丰厚的藏族文化意蕴。轻淡的一层魔幻色彩，增强了艺术表现开合的力度。语言颇多通感成分，充满灵动的诗意，显示了作者出色的艺术才华。

（一）原型解读

藏地传统上分为卫藏、康巴、安多三个地区（图22-1）。所谓卫藏地区，就是现在的西藏地区。历史上的康巴地区，主要指现在甘孜藏族自治州所属区域，此外，还包括西藏的日喀则地区、云南的

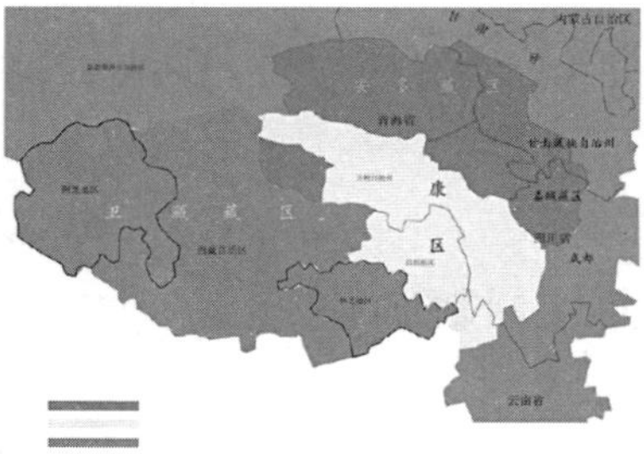

图22-1　藏地三区分布图
图片来源：杨霞.《尘埃落定》的空间化书写研究［D］. 中国社会科学院研究生院，2010.

图22-2　嘉绒地区地形图
图片来源：百度地图截图.

迪庆藏族自治州等。安多藏区是另外同样广大的地区，它包括今甘肃南部、河西走廊、青海高原及四川西北，是与我国中原地区西北邻近的少数民族聚居区。而安多藏区的“四川西北”部分，正是现在的阿坝藏族羌族自治州所辖区域。

作者阿来在《落不定的尘埃》中写道，故事发生的原型是“我怀念或者根据某种激情臆造的故乡”，而他的故乡在四川阿坝州，这一地区在藏语中被称为“嘉绒”，意思是靠近汉区的农耕山谷。嘉绒藏区在今四川省西北边陲之地，具体说，就是云南、贵州、甘肃、青海与四川省结合部的大渡河、金沙江、岷江和黄河源头的部分地区，处于青藏高原东缘的横断山脉地区。这里河谷纵横交错，既有大峡谷，也有海拔4000 米以上的高山，还有河流冲积而成的台地与河谷平原（图22-2）。由于地理位置特殊，嘉绒藏区受到藏、汉、蒙、纳西以及尼泊尔、印度等民族文化的影响，尤其是藏、汉族文化的影响最为深远。

（二）土司制度特征

土司制度是封建王朝统治阶级用来解决西南少数民族地区的民族政策，其义在于羁縻勿绝，效仿的是唐代的“羁縻制度”。所谓羁縻可引申为笼络统治，唐朝采用的羁縻政策，是承认当地土著贵族、封以王侯以及纳入朝廷管理。而自元朝实行的土司制度，其做法是中央对各民族或部落首领封以官爵及名号，使其世袭统治原有的各族人民，中央只通过他们进行间接地统治。同时又规定各民族首领必须承认其为中央王朝统治下的一部分，听从中央的调遣，按期缴纳一定的贡赋及承担一部分政治、经济、军事等方面的义务。土司制度在政治上巩固了中央的统治，经济上维持原来的生产方式、满足于征收纳贡。

1. 土司的职权

土司制度是中央政府为加强对边疆少数民族地区的统治和管理，与地方政权相互妥协的产物，因此，土司拥有一些汉族地区流官所不具有的特殊职权：①藏区土司实行世袭制，一般为“父死子继，兄终弟及”，与中央政权皇室贵族传承方式相似，这是它与其他政治制度最明显的差异；②土司享有该区域的财政税收、军事等特权，拥有自己的私人武装，战时可随朝廷出征，以此获取封赏或升迁；③土司是土地山林的所有者，拥有对土地和农奴的高度支配权；④土司向朝廷称臣纳贡，以获得朝廷的承认与支持，同时对所属农奴在经济上实行残酷地剥削，从而形成了一套土司辖区范围内的经济制度。

文章中多次提到家奴就是牲口，即土司制度是农奴制度的一个体现：如“刚走到楼下，几个家奴的孩子就把我围了起来。父母亲经常对我说，瞧瞧吧，他们都是你的牲口。我的双脚刚踏上天井里铺地的石板，这些将来的牲口们就围了过来。他们脚上没有靴子，身上没有皮袍，看上去却并不比我更怕寒冷。他们都站在那里等我发出命令呢”（第一章 1. 野画眉）。“顺着河谷远望，就可以看到那些河谷和山间一个又一个寨子。他们依靠耕种和畜牧为生。每个寨子都有一个级别不同的头人。头人们统辖寨子，我们土司家再节制头人。那些头人节制的人就称之为百姓。这是一个人数众多的阶层。这又是一种骨头的人。这个阶层的人有可能升迁，使自己的骨头因为贵族的血液充溢而变得沉重。但更大的可能是堕落，而且一旦堕落就难以翻身了。因为土司喜欢更多自由的百姓变成没有自由的家奴。家奴是牲口，可以任意买卖任意驱使。而且，要使自由人不断地变成奴隶那也十分简单，只要针对人类容易犯下的错误订立一些规矩就可以了。这比那些有经验的猎人设下的陷阱还要十拿九稳（第一章 2. 辖日）”。

2. 土司与各方关系

（1）藏区土司与中央政府的关系

土司制度作为地方政权与中央政权相互妥协的产物，具有较强的政治独立性。藏族土司拥有自己的私人武装，在地方享有军事特权，常常彼此征伐。然而中央政府仅仅依据当地习俗给予物质上的处罚，可见中央政府对于藏族土司管理的乏力。但是相对于中央政府而言，藏族土司的力量又是微乎其微的，因此，各藏族土司都委身于中央政府，接受其统治，并以此为自身寻求更多的利益。地方土司在历史上尾大不掉，中央政府也曾因此进行过“改土归流”，将土司制改为流官制，由朝廷任命，但是由于藏族地区社会环境的复杂性，对于藏区的“改土归流”是很少的。

土司制度在产生之初并不是为了解决藏族问题而设立的，而是中央政府为了加强少数民族地区的统治而设立的。虽然说土司制度在藏区也有所实行，但是实行的力度和广度是不尽相同的。离中央越远的地方，政府对其的控制力也就越低。从小说原文中也可以看出，距离中央越近的地方受皇帝的影响更大，但仍然有土司受宗教的影响更多，这也体现出中央对土司的鞭长莫及。如“一条河流从山中澎湃而来，河水向东而去，谷地也在这奔流中越来越开阔。有谚语说：汉族皇帝在早晨的太阳下面，达赖喇嘛在下午的太阳下面……我们是在中午的太阳下面还在靠东一点的地方。这个位置是有决定意义的。它决定了我们和东边的汉族皇帝发生更多的联系，而不是和我们自己的宗教领袖达赖喇嘛。地理因素决定了我们的政治关系……你看，我们这样长久地存在就是因为对自己的位置有正确的判断。而一心与我们为敌的汪波土司却一味只去拉萨朝佛进香，他手下的聪明人说，也该到汉人地方走走了。他却问，汪波大还是中国大？而忘了他的土司印信也是其祖先从北京讨来的”（P17）。

（2）藏区土司与寺院僧侣的关系

藏族是一个信仰佛教的民族，虽然各教派的教义不同，但是佛教在藏民中的影响是不可忽视的。作为藏民的一部分，藏族土司也多是虔诚的佛教徒。藏族地区散落着数以千计的佛寺，僧侣人数众多，宗教生活是藏民日常生活的重要部分。虽然土司在该地区享有政治、经济、军事大权，但是人民的思想却是由僧侣和佛教统治的，也包括土司本人。因此，土司对于其管理地区的寺院多给予优待，不仅为寺院捐赠大量的粮食和钱财，还为僧侣提供安全保护，以此来换取僧侣对于其统治的支持。如“我们家里养着两批僧人。一批在官寨的经堂里，一批在附近的敏珠宁寺里”（P18）。不过不同地区佛教对政治的影响也不尽相同。在卫藏地区，由于佛教各派别的大型寺院多汇聚于此，佛教对民众具有较强的影响力，因此该地区的土司数量明显少于另外两个藏区。在康巴藏区和安多藏区，由于离汉族文化区较近，深受汉族政治文化的影响，距离统治中心也要比卫藏地区近，同时有不少其他少数民族与之杂居，因此这两个藏区的土司制度就比较发达，土司众多。这两个藏区土司的政治性色彩也比较浓厚，佛教对于政治的影响力也较弱。

小说里也描写过主人公的父亲与寺院之间不甚融洽的关系。如“起因是我爷爷过世后，济嘎活佛脑袋一热，放出话说，只有我叔叔才合适继承土司的职位。后来，是我的父亲而不是叔叔做了麦其土司。这样一来，寺院自然就要十分地寂寞了……父亲按正常的秩序继位作了土司，之后，就在家里扩建经堂，延请别处的有名僧人，而不把不守本分的寺院放在眼里”（P19）。

（3）土司之间的关系

土司之间为了争夺人口、土地等经常发生战斗，为了自身的利益又往往通过联姻来巩固统治。一般来说，统治阶级的婚姻具有很强的政治意味，嘉绒藏区各土司之间同样也借助婚姻加强彼此的联系，巩固各自的统治。如“在我们这个地方，通婚是要看对方是什么骨头的。所以土司之间，都是亲戚。多次通婚，造成不止一层的亲戚关系。麦其土司家和汪波土司家也不例外。我们两家既是表亲又是堂兄弟。这次打完了仗，下次我们又有可能发生婚姻关系。叫人弄不清楚哪一种关系更为真实”（P30）。

3. 土司制度的作用

对国家而言，在藏族地区实行土司制度具有一定的无奈性和进步性。在藏区的一部分地区实行土司制度，能够限制僧侣日益增强的势力，保证国家的统一。同时这种制度也促进了各方权力的相互制衡。相邻的土司之间土地相连，在以土地为主要财富和生产资料的时代，土司之间往往会因为土地互起争端或是相互妥协。土司与土司以及中央王朝之间形成了三角关系，土司之间的争斗不得不考虑到王朝的权威干预，土司与中央王朝之间的博弈不得不考虑到其他土司趁机渔利。这种牵制使得多方关系在不激化矛盾的前提下相安无事，维持了相对稳定的社会秩序。

这种制度也节约了行政成本，民族地区多是边远地区或高寒山区，在以土地为基本生产资料、以粮食为主要收成、商品经济不发达的社会时期，中央王朝能够从民族地区获得的税收和物产是极其有限的。因此，他们对民族地区的主要期望是保境安民，获取税赋或者地方特产，如马匹和木材之类的物资还在其次。土司在向中央政权臣服之时，一般会表示愿意缴纳的税赋量，但是实际上并没有如数缴纳，而一旦遇上水旱之灾或者其他特殊情况，土司都会向皇帝报告，请求减免税赋，皇帝通常都会应允，并且给予一定的物资帮助。土司进贡地方特产后，皇帝也不会只进不出，在“来而不往非礼也”的儒家文化影响下，还会回赐比进贡物价值较高的钱财，以凸显王朝的恩威。土司与中央王朝之间体现的主要是行政隶属关系，经济依附关系并不明显。土司“因俗而治”的管理模式，使得中央王朝不必在边疆地区投入大量的人力物力，大大节约了行政成本。同时，土司制度的实行，实际上是对藏族社会的一次重要改造，将较为先进的土司制度引入藏区，有利于加快藏族的封建化进程，从而有利于中央政府加强其统治。土司制度其实是一种“以夷制夷”的方针，能够削弱藏族人民的反抗意识，从而有利于藏区的社会稳定，有利于国家政局的稳定。

此外，中央政府将军政大权下放给土司，能够有效地利用土司来巩固边防，防范外族势力入侵。元朝时期，中国版图空前强大，如何巩固边疆成为统治者不得不考虑的问题。元朝统治者表示，只要边疆民族表示臣服，就不再干涉其对本地的管理。如此一来，元朝不必耗费巨大的精力来治理边疆，土司疆界成为一道坚固的防线，保卫了国家的安全。明朝初年基本上延续了元朝的边疆治理方式，并将土司制度发展到极致。

对藏区而言，土司制度的实行促进了藏区社会、政治、经济、文化等多方面的全面发展，促进了藏族文化与其他民族文化的交流与融合。少数民族文化是长期历史过程的积淀，在“同化”的过程中难免受到强势文化的侵袭而流失。土司制度“因俗而治”的方式给了少数民族很大的自由空间，保护其传统文化免遭重创，虽然存在一定的弊端，但是其对藏族地区的历史发展起到了积极的推动作用。

（三）土司制度的衰亡

1. 衰亡的原因

土司制度衰亡有以下原因：

①土司拥兵自重，与中央相抗衡。继羁縻政策之后，土司制度的建立并没有改变少数民族地区的政治格局，少数民族地区的首领和酋帅转变为土司，其政治权利几乎没有改变，反而似乎变得更加“名正言顺”。一些土司占地数百里，筑土城，加强防御工事，扩充

武力，称霸一方，且不服朝廷管制，公然对抗封建中央政权。土司私权的膨胀，扰乱了一方的安定，威胁到封建统治阶级的切身利益，更不利于封建国家的稳定和统一，因此必定为封建国家所不容。

②土司之间为了利益，相互征战杀伐。在明清时期土司之间因各种原因相互征战杀伐，不仅弄得民不聊生，而且破坏了地方安定，为封建中央政权的稳定带来诸多问题。

③肆虐农奴。土司利用对农奴的人身依附关系，暴虐淫纵，作威作福。甚至有的农奴结婚土司还要享受初夜权。土司还私设公堂，严刑摧残农奴更是司空见惯。农奴往往受怨遭受酷刑，且无处申诉，因此只好忍气吞声，任其践踏。土司对农奴的剥削到明末清初已经发展到极为严重的地步，土司肆意苛索农奴已是常事。土司往往借口向中央王朝缴纳钱粮，鱼肉农奴。土司利用身为辖区内最高土地所有者的身份，将土地划分为庄田和份地，强迫领种份地的农奴无偿为上司耕种庄田，同时农奴还要为土司提供各种杂役。

2. 衰亡的过程

土司们对下，生杀予夺、为所欲为；对上，桀骜不驯、分庭抗礼；对同样的土司，恃强凌弱、巧取豪夺；对生产力的发展，自给自足、不思进取；对社会的发展，封闭自得、长期停滞不前。这些都促使一种全新的制度来取代落后的土司制度。

新中国成立后，中国共产党终结了土司制度，具体步骤和措施有三方面：①民族区域自治从制度层面否定了土司制度，自治区政府的建政程序抛弃传统的册封授职做法，土司头人虽在人民政府任职但身份发生变化；②中国共产党在“走上层”、争取团结及任用民族上层时，也积极培养农牧民出身的干部。新型民族干部经过成长锻炼，替代旧的土司头人，当家做主，实现干部的“民族化”；③中国共产党领导“民主改革”运动，通过民主建政、“‘土’离土”“枪换肩”等，在基层社会消除了土司制度残存的“土壤”。

《尘埃落定》描绘了这样一部民族的兴衰史：一个声势显赫的康巴藏族土司，有着一个傻儿子，他带着超时代的预感和举止，成为土司制度兴衰的见证人和掘墓人。这部作品从新的立意与新的视角展示了一幅民族的画卷、一部民族的历史。土司制度连同土司的官寨轰然飞上天空，扬起漫天的尘埃，然后徐徐落下。那伴随着的一切野蛮、生活在土司阴霾下的尘俗人物，也像那漫天的尘埃一样徐徐落定，大地重归于安静、平和。

参考文献

[1] 杨霞.《尘埃落定》的空间化书写研究［D］. 中国社会科学院研究生院，2010.

[2] 叶小琴. 近六十年来嘉绒十八土司研究综述［J］. 西藏民族学院学报（哲学社会科学版），2012（4）：78-84.

[3] 李康云. 论《尘埃落定》与土司制度——两处“误读”的澄清与阿来小说历史意识的思想根源解读［J］. 乐山师范学院学报，2002（1）：29-34.

[4] 方波. 以奔放之笔写盛衰之情——解析阿来《尘埃落定》之文势构建［J］. 内蒙古农业大学学报（社会科学版），2009（4）：352-355.

[5] 孙明明. 近代康区政治权力结构演变研究［D］. 中央民族大学，2012.

二十三 文明碰撞

——从《额尔古纳河右岸》看原始部落民族的现代化

沈晶晶（2013级本科生）

《额尔古纳河右岸》是迟子建所创作的一部讲述驯鹿鄂温克命运的小说，文中以第一人称叙述，通过讲述鄂温克部落最后一个酋长女人的一生，展示了鄂温克民族的命运轨迹和面对现代化时的矛盾。

（一）人物关系与原型考据

1. 人物关系梳理

小说的主角是“我”，以“我”展开（图23-1）：①“我”的父亲是林克，母亲达玛拉。尼都萨满是父亲的哥哥，依芙琳是父亲的姐妹；②“我”的父母生育了三个孩子，列娜，“我”，鲁尼，列娜很小的时候就夭折了；③“我”有两任丈夫，第一任丈夫拉吉达，和“我”生育了三个孩子：维克特、死女婴、安道尔；④维克特的妻子是柳莎，他们生育了一个儿子，九月，九月和一个汉人姑娘生育了一个孩子叫做六月；⑤安道尔的妻子是瓦霞，他被瓦霞诱骗，她生下了一个孩子安草儿，安草儿娶了优莲，生了一对双胞胎：帕日格和沙格力；⑥“我”和第二任丈夫瓦加罗生了一个女儿，达吉雅娜，达吉雅娜嫁给了鄂温克汉子索长林，生了两个女儿，依莲

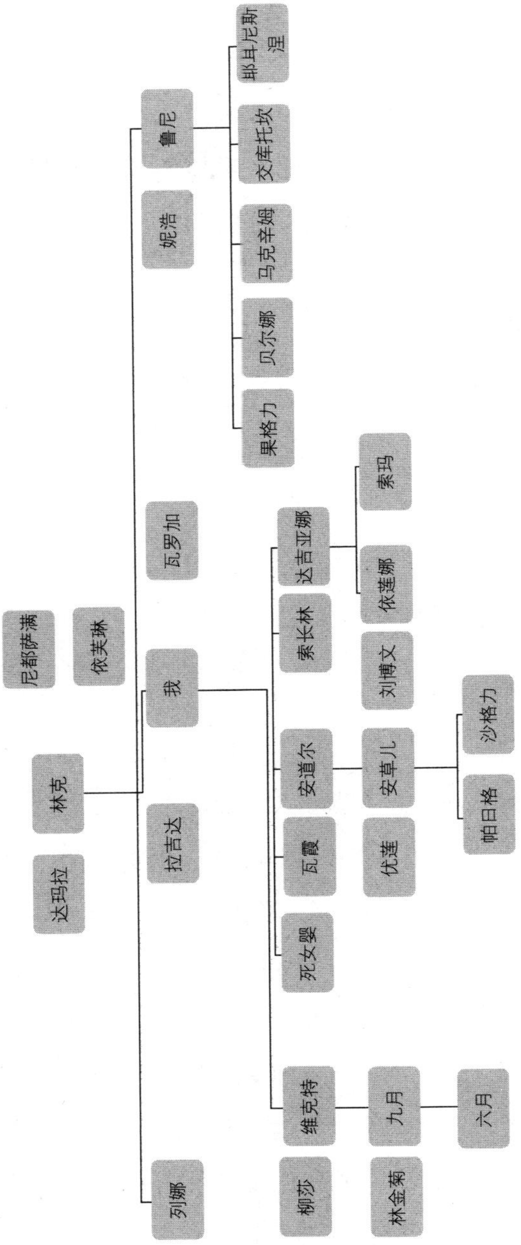

图23-1 “我”的家庭人物关系图

图片来源：作者绘制.

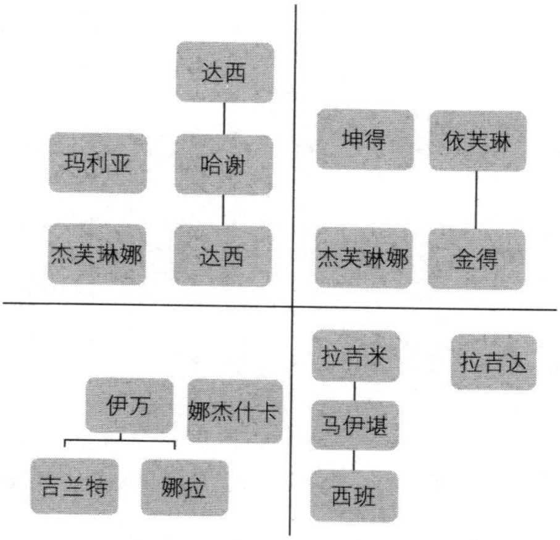

图23-2 其他家庭人物关系
图片来源：作者绘制.

娜和索玛。依莲娜嫁给了刘博文，后来离婚了；⑦“我”的弟弟鲁尼的妻子是妮浩，他们生育了五个孩子，但是因为妮浩是萨满，最后就只剩下两个，贝尔娜和马克辛姆。

其他家庭人物关系（图23-2）主要有四个：①哈谢是老达西的儿子，他的妻子玛利亚多年不孕，在老达西死后生了一个儿子，为了纪念老达西，给孩子也取名叫做达西。杰芙琳娜本来要嫁给金得，但是金得自杀了，达西就娶了她；②“我”的姑姑依芙琳的丈夫是坤得，他们的儿子叫做金得，坤得是被迫娶的依芙琳，依芙琳强迫金得娶杰芙琳娜，结果金得在结婚当天自杀；③伊万的妻子是娜杰什卡，一个俄罗斯女人，他们生下了儿子吉兰特和女儿娜拉，在日本人来的时候娜杰什卡带着儿女跑回了额尔古纳河左岸，没有再回来；④拉吉米是“我”第一任丈夫拉吉达的弟弟，他没有生育能力，捡了一个女儿马伊堪，马伊堪生下了一个儿子西班陪着拉吉达，自己自杀了。

小说中的重要人物有两个：①妮浩。“我”的弟媳，在尼都萨满死后继任萨满，因为萨满救人要以命换命，她的几个孩子都因为她救人而死，只剩下马克辛姆和贝尔娜，贝尔娜因为恐惧离开了乌力楞；②依莲娜。乌力楞中第一个大学生，她是一个画家，往返于大城市与大山中，最终葬身流水，是我们要讨论的主要人物。

2. 故事原型考据

在《额尔古纳河右岸》这本小说的后记中，迟子建明确写出她创作这部小说是因为敖鲁古雅鄂温克下山。她关注了这件事，而她的朋友寄给她一份写鄂温克女画家柳芭的报纸，并且鼓励她写关于女画家的故事。迟子建持续做了一些准备，觉得时机成熟之后，就创作了这部作品。作者在文中写道："有关敖鲁古雅的鄂温克人下山定居的事情，我们从前两年的报道中知道的已经太多了。当很多人蜂拥到内蒙古的根河市，想见证人类文明进程的这个伟大时刻的时候，我心中却弥漫着一股挥之不去的忧郁和苍凉。就在这个时候，我的朋友艾真寄来一份报纸，是记述鄂温克画家柳芭的命运的一篇文章，写她如何带着绚丽的才华走出森林，最终又满心疲惫地辞掉工作，回到森林，在困惑中葬身河流的故事。艾真在报纸上附言：迟子，写吧，只有你能写！她对我的生活和创作非常了解，这种期待和信任令我无比温暖和感动，我马上给她打了电话，对她说，我一直在关注这件事，也收集了一些材料，但我想等时机成熟了再写"（P263）。"我觉得找到了这部长篇的种子。这是一颗沉甸甸的、饱满的种子。我从小就拥有的那篇辽阔而苍茫的林地就是它的温床，我相信一定能让它发芽和成长的"（P268）。

关于柳芭和敖鲁古雅鄂温克的故事，我并没有找到当年的那份报纸，但是关于柳芭和敖鲁古雅鄂温克的影像资料是较多且清晰的。央视的孙增田导演曾经给柳芭拍摄过一部纪录片，叫做《神鹿啊，我们的神鹿》，从柳芭和她的母亲、姥姥三代人的生活向我们展现了敖鲁古雅鄂温克的生活，讲述了柳芭在城市和大山之间的抉择问题。

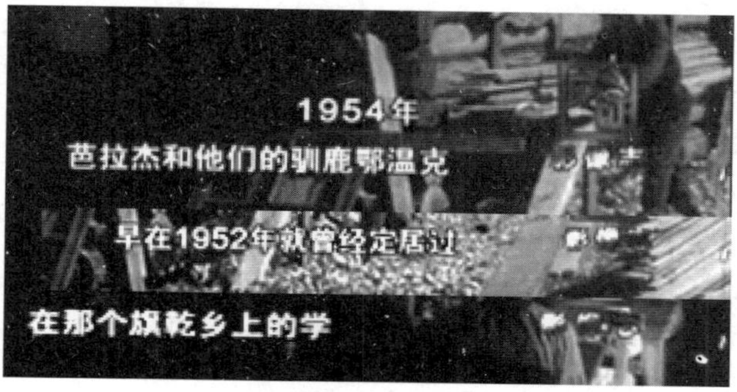

图23-3 《神鹿啊，我们的神鹿》截图
图片来源：纪录片《神鹿啊，我们的神鹿》.

柳芭于2002年在央视《新闻夜话》栏目接受了一次访问，在访问中，她谈到了自己在大山和城市间的摇摆不定。同年，她溺水去世，留下丈夫和幼小的女儿。十年之后，央视见证栏目拍摄了柳芭家人的生活现状的纪录片，片中对《神鹿啊神鹿》进行了回顾（图23-3），又去采访柳芭的丈夫和她的母亲，记录了柳芭离开后他们的生活。视频中的记载较为详尽，结合小说，我们可以对原文中的地点和人物原型进行较为准确的考据。

（1）额尔古纳河

关于额尔古纳河，在文中的描述很多。如“在那个夜晚，依芙琳姑姑告诉我，河流的左岸曾经是我们的领地，那里是我们的故乡，我们曾是那里的主人。三百多年前，俄军侵入了我们祖先生活的领地，他们挑起战火，抢走了先人们的貂皮和驯鹿，把反抗他们的暴行的男人用战刀拦腰砍成两段，对不从他们奸淫的女人给活生生掐死，宁静的山林就此变得乌烟瘴气，猎物连年减少，祖先们被迫从雅库特州的勒拿河迁徙而来，渡过额尔古纳河在右岸的森林中开始了新生活。所以也有人把我们称为‘雅库特’人。在勒拿河时代，我们有十二个氏族，而到了额尔古纳河右岸时代，只剩下六个氏族了。”（P12）“在勒拿河上游，有一个拉穆湖，也就是贝加尔湖”（P12）。

图23-4　额尔古纳河位置
图片来源：截取自网络地图.

额尔古纳河，现在的名字也是额尔古纳河（图23-4），是黑龙江的正源，上游为发源于大兴安岭的海拉尔河，下游则与从蒙古国流来的鄂嫩河汇聚，向下称为黑龙江。额尔古纳河的名称是鄂温克语honkirnaur的音译，意思为鄂温克江，位于内蒙古自治区东北部呼伦贝尔地区，为中俄界河。额尔古纳河右岸是鄂温克人生活的领地，而左岸则是俄罗斯的领地。但在更早的时候，额尔古纳河是中国的内河，公元16世纪末，康熙与沙俄签订了《中俄尼布楚条约》，将额尔古纳河划分给了沙俄。本文中主角生活的时代为20世纪初期，从16世纪末到20世纪初正好是三百多年，所以本文的额尔古纳河就是现实中的额尔古纳河。

（2）激流乡——奇乾乡

关于激流乡，在文中的描述是这样的：“一九六五年的年初，有四个人来到我们那里。他们中有一名猎民向导，一名医生，另两名则是干部模样的人。他们一来是为我们普查身体，二来是动员我们下山定居的。他们说山上居住环境恶劣，医疗条件差，政府经过多次考察，也征求了一部分猎民的意见，已经在贝尔茨河和下乌力吉气河交汇的地方，为我们设立了一个乡——激流乡，开工建造定居点了”（P215）。

在纪录片中，驯鹿鄂温克早在1952年就下山定居过。这个时间虽然比文中的定居时间早了十多年，但可以确定视频中所说的奇乾乡，就是文中的激流乡。因为这是敖鲁古雅鄂温克第一次下山，这一次下山，他们并没有都下来居住，驯鹿依旧留在山上，孩子都送到山下上学。芭拉杰就是这时候下山上的学，她在山下生活的时间要多一些，所以在后来敖鲁古雅鄂温克下山到根河定居时，她表现得比较高兴。

（3）布苏——根河市

文中描述根河市是这样的："但这次他们是彻底离开大山了。他们去的那个地方叫布苏，帕日格告诉我，布苏是个大城镇，靠着山，山下见了很多白墙红顶的房子，那就是他们定居的住所。山脚下还有一排鹿圈，用铁丝网拦起，驯鹿从此将被圈养起来。"（P2）布苏是族人最后搬迁到的地方，而敖鲁古雅鄂温克最后也是搬到了根河市。在根河市，政府为鄂温克人提供了房子和鹿圈，根据纪录片中的图片，根河市给他们提供的就是白墙红顶的房子（图23-5），可以确定，布苏的原型就是根河市。

图23-5 新定居地
图片来源：《见证影像志》截图

（4）依莲娜——柳芭

虽然依莲娜的出场较晚，但她是文中非常重要的一个人物，从文中可以看到她的生命轨迹："依莲娜那时已从北京的美术学院毕业，到呼和浩特的一家报社做美术编辑。……依莲娜每年都要回来看我。她来的时候会把画画的东西带来。她除了画画，就喜欢和驯鹿待在一起。……依莲娜终于有一天辞了职，带着她的行李回到我们中间……她这次回来，不再使用油彩作画。她开始做毛皮镶嵌画”（P215）。“第二天上午，我们在贝尔茨河的下游找到了依莲娜的尸体”（P255）。文中依莲娜的经历和柳芭是几乎重合的，柳芭是鄂温克第一个大学生，她是一个艺术家，创作油画、毛皮镶嵌画，现在她的故居内还挂着她的作品。她在山里和城市之间徘徊，最终葬身河流。依莲娜的原型就是柳芭，虽然她在文中出现的地方并不多，却是这篇文章里最重要的人物之一。

（5）“我”——玛利亚·索

在原本的推测中，《额尔古纳河右岸》的主人公原型是玛利亚·索——敖鲁古雅鄂温克的最后一任女酋长。她从小在山上长大，小时就陪伴着父亲打猎，在丈夫拉吉米死之后，当上了酋长。在文中，“我”是柳芭的姥姥，笔者原本想要从玛利亚·索和柳芭的关系来推测证实她就是“我”的原型，很多资料上其实也表示玛利亚·索就是柳芭的姥姥或者妈妈。但是玛利亚·索老人还健在，而在见证栏目中，柳芭的姥姥已经去世了。玛利亚·索和柳芭的姥姥并不是一个人，而是两个，她们一个是萨满，一个是酋长。玛利亚·索在敖鲁古雅鄂温克搬迁到山下时，坚持留在了山上，在他们搬迁后，发现驯鹿无法适应山下的生活，很多人又搬回山上一起居住了。[①]

（6）妮浩——纽拉

纽拉是柳芭的姥姥，她们部落的最后一任萨满，萨满相当于部

① 刘兆明. 大森林里的玛利亚·索老人和驯鹿［J］. 中国民族，2015（2）：62-65.

落中的巫医，但是她救人需要付出代价，想要救活别人，就要牺牲自己的孩子。纽拉生育了十二个孩子，七男五女，其中七个男孩都因为她救人而死，她的女婿后来也因此早亡。而文中的妮浩作为最后一任萨满，也是牺牲自己的孩子去救别人，妮浩的原型就是柳芭的姥姥纽拉。

（二）从鄂温克的变迁看文化冲突

敖鲁古雅鄂温克在2003年由政府统一安排下山居住，将驯鹿也带到山下，彻底改变了他们的游猎生活。但是如同《额尔古纳河右岸》中写道，并不是所有人都离开了山上，连同老酋长在内还有几个人留在了山上。而在他们搬迁之后，由于驯鹿不能适应山下的环境，不能圈养，敖鲁古雅鄂温克又回到山上去放牧驯鹿，并没有完全融入现代的生活。虽然本文中讲述更多的是少数民族的传统生活和现代生活之间的矛盾，但其实这也是一种城与乡的全方位冲突，而这种矛盾与冲突，似乎是无法调解的。

1. 原始的善与恶

（1）原始的善

原文中洋溢着原始生活的善："它们吃东西很爱惜，它们从草地上走过，是一边行走一边轻轻啃着青草的，所以那草地总是毫发未损的样子，该绿还是绿。它们吃桦树和柳树的叶子，也是啃几口就离开，那树枝依然枝叶茂盛。它们渴了夏季喝河水，冬季则吃雪。只要你在它们的颈下拴上铃铛，它们走到哪里你都不用担心，狼会被那响声吓走，而你会从风儿送来的鹿铃声中，知道它们在哪里。驯鹿一定是神赐予我们的，没有它们，就没有我们"（P17）。"激流乡新上任的古书记听说我投了反对票时，特意上山来做我的工作。他说我们和驯鹿下山，也是对森林的一种保护。驯鹿游走时会破坏植被，使生态失去平衡，再说现在对于动物要实施保护，不能再打猎了。他说一个放下猎枪的民族，才是一个文明的民族，一个有前途和出路的民族。我很想对他说，我们和我们的驯鹿，从来都是亲吻着森林的。我们与数以万计的伐木人比起来，就是轻轻掠过水面的几只蜻蜓。如果森林之河遭受了污染，怎么可能是因为几只蜻蜓掠过的缘故呢？”（P259）

驯鹿鄂温克放牧驯鹿，逐水草而居，他们对森林的破坏是微乎其微的。驯鹿采食苔藓，它们的食物充足，会边走边吃，并不会彻底破坏森林的生态，而现代文明进山才为山林带来了灭顶之灾。鄂温克民族有很多亲近自然的传统，他们平时所住的屋子是可以看到星星的，在吃猎物之前要祭祀，在林子中安放储存食物用具的靠老宝，让路过的人也可以取用。他们的生活原始、虔诚，充满对自然的尊重。在文中作者着重描绘了三代萨满：尼都萨满、妮浩和最终没有变成萨满的马克辛姆。其中妮浩是最重要的一个人物，在她身上，我们可以看到这个民族的善良。妮浩为了救别人的孩子，牺牲自己的孩子，而她的孩子为了母亲甘愿牺牲。在主角的乌力楞中，为他人牺牲的人不止一两个，他们有的天生无私，有的虽然之前犯过错，但总是能够改正。这是原始的善、乡村的善，他们是贴近自然的、无私奉献的。

（2）原始的恶

“医生说她可能有肺结核，给她留了一包药片。依芙琳拿了那包药后，拄着拐棍，颤颤巍巍地去妮浩那里。她见了妮浩对她说，以后你就不用给人跳神看病了，你看，有治病的东西了！她把托在掌心的那包药给妮浩看，说，你的孩子从此就平安了！她的话让妮浩感动得流下了泪水”（P21）。原始的恶源自于蒙昧落后，因为没有好的医疗手段，就只能够依靠神明来救人，以命换命。妮浩的几个孩子都因为她要救别人而死，她的一个女儿因为惧怕死亡最终逃离了他们的部落。部落中的人吃生肉，这使他们的肠胃受到伤害，致使他们生病，从而危害到他们的健康。为了挽回健康，就可能要牺牲更多的人，而恶劣的生活条件，也是一些不必要的悲剧发生的根源。保暖措施一旦做得不好，新生儿就可能夭亡，主人公的一个刚出世的姐姐就是这么离开的。也是因为生育孩子，主角母亲的身体变差，失去孩子的抑郁缠绕着她，令她痛苦不堪。

如果她们有山下的医疗条件，那就能避免很多悲剧的发生，新生儿会好好活下来，长久不孕的玛利亚也许可以早一些治愈拥有自己的孩子，妮浩就不用拿自己孩子的命去换他人的命。落后与蒙昧，是乡村的恶，而与此对应的较为高超的技术，那便是城市的善了。山上的生活是传统的，他们信奉着天神，遵从自然的规律，享受着快乐，也承受着痛苦，每个人都有自己的命运轨迹。而山下人对于他们来说，是很遥远的，他们相比山上的人，要有心机得多，和他们交换生活必需品会提高价格，还会拐俄罗斯姑娘去当妓女。部落中的孩子下山去有的还会学坏，进了监狱。现代文明不断冲击着传统文明，想要将它强硬地拉扯到自己的阵营中，然而传统文明也是顽强的，它不断抗争，才使得这份融合变得疼痛。

2. 现实的文明冲突

看完书中的城乡，再看现实，并没有得到些许安慰，反而觉得更加悲观。除了某些非常封闭的地方，乡村已经被城市浸染得差不多了，城市的恶也融入了乡村，加上自身的蒙昧，现在的乡村已不再像从前。它可能仍旧是贫穷落后的，可是人与人之间却也不能像从前一样亲密，要提防着有人来偷盗，丢失了“夜不闭户路不拾遗”的习惯。现在城与乡的矛盾实质是文明的冲突，主要体现在城市对乡村的侵入和利用，城市的发展对乡村的带动作用并不明显，而城市不断地盘剥乡村使得城乡差距越来越大。

（1）城市向乡村传递了较为负面的价值观

改革促使我国经济飞速发展，但是市场经济的发展也让人心变得浮躁、唯利是图，一切都用金钱来衡量，甚至有些丧失了道德底线。这种价值观从城市侵入乡村，破坏了乡村原本和谐的环境，导致乡村如前所述，人们不再崇拜道德高尚者，转而崇拜富有者。

（2）城市吸收了乡村的大量劳动力

由于经济的发展和环境的变化，很多农村人无法再靠耕种满足自己的需求，越来越多的农民工涌向城市。农民工一般文化水平较低，收入也较低，他们很难真正融入城市成为城市居民。他们为城市贡献自己的价值，却不能够得到相应的回报，只能享受到有限的城市福利。

（3）教育使人从乡村进入城市，但大多数文化水平较高者不会回到乡村

教育是农村居民上升的一种方式，但是大多数人在接受教育之后，会选择留在城市，因为在城市他们能获得更高的收益，马太效应使得乡村和城市的差异越来越大。

（4）乡村成为城市污染物的排放地

现今城市污染愈发严重，为了减轻城市污染，工厂被搬迁到郊

区和农村，反而给乡村带来了巨大的污染。城市从物质和精神层面都吞没了乡村，给乡村提供了一定的帮助和便利的同时，也侵害了乡村的权益。在城市和现代面前，乡村和原始是弱势的，就像在汉民族主流文化面前，鄂温克民族等少数民族文化也是脆弱的。

（三）基于管理学的抉择

从管理学角度来讲，城市化是我们的最终目标，是必须要达到的，在此过程中，必定会遭遇很多困难。城市化的大趋势是无法阻止的，但城市也并不是洪水猛兽。

城市和乡村的矛盾是既定的事实，我们无法让时间倒退，但我们可以通过自己的力量做一些改变。选择城市或者乡村都是个人的自由，国家发展最终要营造的是经济富裕、科技发达、富有人情味儿的城市和自然、淳朴、有自身特色的乡村。如果我们不能够改变过去，不如用自己的双手改变未来。

额尔古纳河右岸的鄂温克现在还没有完全停留在城市中，他们要饲养驯鹿，就要留在山林里，但是传统的文化已经遭遇了现代文化的冲击，很多人习惯了山下的生活，变得越来越现代化。柳芭留下的女儿，取了一个鄂温克名字，但是在视频资料中，从她身上几乎看不出鄂温克的影子了。她和爸爸一起在林场生活，穿着打扮和汉人无异，跟着爸爸到北京接受颁奖的她还喜欢吃麦当劳。她是这一代鄂温克人的写照，他们还在饲养驯鹿，还留着鄂温克的血脉，取着鄂温克的名字，但是他们的生活已经和山下连接得更加紧密。他们的思想也随着环境改变了，不再像祖辈那样固执地留在山上，留在能够看星星的房子里。而我们的农村人，还在源源不断地前往城市，努力成为城市人。当然，城市化的潮流不会因任何人而停止，我们所要做的，应是不忘初心，守护住那一片心灵的净土。

参考文献

[1] 迟子建. 额尔古纳河右岸 [M]. 北京：人民文学出版社，2010：273.
[2] 刘兆明. 大森林里的玛利亚·索老人和驯鹿 [J]. 中国民族，2015（2）：62-65.